GREENWASH - EIN KATERINA CARTER WIRTSCHAFTSTHRILLER

COLLEEN CROSS

Übersetzt von
ELKE WILL

Greenwash - Ein Katerina Carter Wirtschaftsthriller

Diese Geschichte ist frei erfunden. Namen, Charaktere, Orte und Ereignisse sind entweder das Produkt der Fantasie des Autors oder fiktiv eingesetzt, und jede Ähnlichkeit mit realen Personen, lebendig oder tot, Geschäftsunternehmungen, Veranstaltungen, oder Schauplätze sind rein zufällig.

Herausgegeben von Slice Thrillers

AUSSERDEM VON COLLEEN CROSS

Verhexte Westwick-Krimis

Verhext und zugebaut
Verhext und ausgespielt
Verhext und abgedreht
Die Weihnachtswunschliste der Hexen
Hexenstunde mit Todesfolge

Wirtschafts-Thriller mit Katerina Carter

Exit Strategie: Ein Wirtschafts-Thriller
Spelltheorie
Der Kult des Todes
Greenwash
Auf frischer Tat
Blaues Wunder

Zu Neuigkeiten über Colleens Bücher, besuchen Sie ihre Website: http://www.colleencross.com

Einfach für den Neuerscheinungen Newsletter anmelden, um immer direkt über die Neuerscheinungen informiert zu werden!

GREENWASH

EIN KATERINA CARTER
WIRTSCHAFTSTHRILLER

Greenwash Ein Katerina Carter Wirtschaftsthriller

**Rocky Mountains, tödliche Lawinen - und ein kaltblütiger Killer.
Er schleicht sich immer näher heran ...**
Die private Wirtschaftsermittlerin Katerina Carter und ihr Freund
genießen einen winterlichen Wochenendausflug kurz vor Weihnachten in einer Luxus-Berghütte. Während er an der Biografie eines
Milliardärs und Umweltschützers schreibt, erkundet sie die
verschneite Wildnis.

Dann sterben zwei Umweltschützer unter mysteriösen Umständen
und sie decken eine noch tödlichere Katastrophe auf. Berge nehmen
niemanden gefangen.

Der Mörder auch nicht.

Wenn Sie geheimnisvolle, spannende Mystery-Thriller mit Nerven-
kitzel mögen, werden Sie Greenwash, ein packendes Abenteuer,
verschlingen.

KAPITEL 1

Katerina Carter warf einen Blick auf ihren Freund, Jace Burton. Er fuhr sich gedankenverloren mit der Hand durch die dunklen lockigen Haare, während er sich mit gesenktem Kopf auf seine Notizen konzentrierte.

Dennis Batchelor hatte sein Privatflugzeug nach Vancouver geschickt, um sie abzuholen. Der Milliardär und Umweltschützer hatte den Journalisten Jace sorgfältig ausgewählt, um seine Biografie zu schreiben. Er hatte darauf bestanden, ihn in seiner abgelegenen Berghütte in den Selkirk Mountains im Südosten von British Columbia zu treffen.

Weder Kat noch Jace waren zuvor in einem Privatflugzeug geflogen. Kat konnte ihre Augen nicht von dem Ausblick abwenden, während die zweimotorige Cessna Höhe gewann und Vancouvers Glas- und Betonstadt hinter sich ließ. Jace jedoch nahm diese luxuriöse Umgebung überhaupt nicht wahr. Sie waren die einzigen Passagiere an Bord.

Der tiefe Innenraum des Flugzeugs war opulent im Vergleich zu einer Verkehrsmaschine. Kat streckte die Beine aus und war überrascht, dass sie nicht an den Sitz vor ihr stieß. Tatsächlich gab es keinen Sitz vor ihr. Die Plüschmöbel fand man eher in einem Executive-Büro oder Wohnzimmer als in einem typischen Passagierraum eines Flugzeugs. Die Kabinen hatten sogar einen rechteckigen Eichentisch und Stühle, ähnlich wie solche in einem abgespeckten Sitzungssaal. Kat und Jace setzten sich auf zwei der sechs Liegeledersessel mit einem Tisch zwischen ihnen. Holzklasse war das hier mit Sicherheit nicht.

Kat freute sich auf das Wochenendabenteuer. Sie war zwischen zwei Fällen in ihrer Wirtschafts- und Betrugsermittlungspraxis und da Weihnachten vor der Tür stand, hatte sich ihre Auftragslage etwas vermindert. Sie hatte ein paar Untersuchungen laufen, aber nichts Dringendes. Alle dachten schon an die Feiertage. Onkel Harry hielt im Büro die Stellung. Offiziell war er im Ruhestand, aber mit seiner ständigen Präsenz im Büro, war er quasi ein Büroassistent für ihr Einfrauunternehmen. Onkel Harry fehlte es an Bürokenntnissen, aber er war eine gute Gesellschaft. Und seine Anwesenheit im Büro war der Grund, warum sie überhaupt in der Lage war, Jace zu begleiten.

Es gab nichts anderes für Onkel Harry zu tun an einem Freitag im Dezember, als Anrufe zu beantworten und Lieferungen von Weihnachtsschokolade und Süßigkeiten von Geschäftspartnern und dankbaren ehemaligen Kunden entgegenzunehmen. Sie hatte null Willenskraft, wenn es um Weihnachtsschokolade ging, daher freute sie sich, vor der Versuchung zu entfliehen.

Sie konnte ihren Mini-Urlaub in den Bergen kaum erwarten. Es waren noch zwei Wochen bis Weihnachten und sie kam jetzt schon in festliche Stimmung.

In weniger als zwei Stunden wären sie Gäste in der winterlichen Batchelor-Berghütte. Zu dieser Jahreszeit und die Entfernung der Batchelor-Lodge in der Bergwildnis, machten den Luftweg zur einzig gangbaren Transportart. Sie war Feuer und Flamme und hatte ein ganzes Wochenende vor sich.

Das Gebiet hatte eine interessante Geschichte, und sie freute sich, es zu erkunden. Sie würden in Sinclair Junction landen, der einzigen Stadt schlechthin in der Nähe des Batchelor Anwesens. Sinclair Junction wurde auf einem Goldfund errichtet und florierte, als die Eisenbahn nach Westen erweitert wurde. Aber während eines ganzen

Jahrhunderts hatte diese Stadt mit harten Zeiten zu kämpfen, bis zu ihrer jüngsten Auferstehung, als informelle Hauptstadt des Marihuana-Anbaus Kanadas. Es war eine seltsame Umgebung für den Milliardär, dort sein Haus zu errichten.

Aber vielleicht war es gar nicht so seltsam wie es schien. Der Umweltschützer und Gründer von Earthstream Technologies hatte sich als ›Grüner‹ sein Vermögen erarbeitet.

Nichts davon war der Öffentlichkeit bekannt, bis Batchelor Jace aus heiterem Himmel bat, seine Biografie zu schreiben. Es war ein Angebot, das er nicht ablehnen konnte. Nicht nur wegen des sechsstelligen Honorars, sondern auch aufgrund der Publicity, die er als Batchelor-Biograf haben würde.

Eine Biografie zu schreiben war weit entfernt von seiner journalistischen Arbeit bei *The Sentinel*. Aber er schrieb noch immer und Diversifizierung war eine gute Sache, wenn man die derzeitige Rückläufigkeit der Zeitungsindustrie berücksichtigte. Das Schreiben einer Milliardärs-Biografie wurde gut bezahlt, und könnte für Jace ein Trittbrett für eine neue Karriere sein.

Nur 20 Minuten Flugzeit von Vancouver und sie hatten bereits die Coast Mountains hinter sich gelassen. Der Himmel war klar und unter ihnen befanden sich riesige Wälder, die nur durch gletscherblaue Seen getrennt wurden, die in der Wintersonne glitzerten. Weit vor ihnen ragten die schneebedeckten Gipfel der schroffen Selkirk und Purcell Bergketten hervor, und darüber hinaus, die Rocky Mountains. Nach ihrer Landung in Sinclair Junction, würde sie ein Fahrer abholen, der sie in die Berge und zu Dennis Batchelors Lodge brächte.

Der Umweltschützer hatte aus seinem Umweltaktivismus ein Milliarden-Dollar-Geschäft erwirtschaftet. Er legte sein Geld dort an, wo er aktiv mit Umweltberatung zu Gange war, d.h. in Solar- und Windenergieunternehmen und in der Regel ›in grün investieren‹, wie er so schön sagte.

»Was soll ich denn so alleine machen, Jace?« Das ganze Wochenende und nichts zu tun, das war eine große Veränderung von ihrer normalen rund um die Uhr Arbeit. Als einzige Ermittlerin in ihrer im Aufschwung befindlichen Wirtschafts- und Betrugsermittlungspraxis war sie Ausfallzeiten nicht gewohnt. »Ich hätte mir etwas Arbeit mitnehmen sollen.«

Jace schüttelte den Kopf. »Dies ist die perfekte Gelegenheit, sich zu entspannen. Während ich arbeite, kannst du einen Gang zurückschalten und dir wenigstens einmal etwas Spaß gönnen.«

»Das will ich ja gerne tun, aber ich bin nicht sicher, ob ich es das ganze Wochenende durchziehen kann.« Sie tätschelte ihren Seesack zur Beruhigung. Im Inneren befanden sich Touristenführer und Karten aus der Gegend. Sie konnte je nach der Schneemenge entweder Schneeschuh laufen oder wandern. Sie hatte auch ein halbes Dutzend Kriminalromane eingepackt, nur für den Fall, dass sie drinnen bleiben müsste. Das einzige, was sie nicht konnte, war nichts tun.

»Es ist nicht so schwer, wenn du dich mal dran gewöhnt hast. Betrachte es das als deine Belohnung. Ausnahmsweise mal sind die Rollen getauscht. Ich werde das ganze Wochenende arbeiten.« Bis zu ihrer Abreise am Sonntag hätte Jace einen ersten Entwurf für Batchelors Durchsicht und Genehmigung vorgelegt und würde dann das Buch abschließen, sobald sie nach Vancouver zurückgekommen sind.

Nichts falsch mit Freizeit, entschied Kat. Sie war es nur nicht gewohnt. Jedenfalls hatte sie ihren Laptop als Backup-Plan mitgenommen, sollte es Probleme im Büro geben.

Ein schwerer Wintersturm hatte die Gegend in den letzten Tagen heimgesucht, sodass ihre Reisepläne bis zu diesem Morgen in der Luft gehangen haben, bis sich das Wetter vorübergehend beruhigt hatte. »Ich hoffe, dass wir nicht einschneien«, sagte Kat. »Ich habe am Montagmorgen ganz früh ein Kundentreffen.«

»Ich bin sicher, dass das Wetter halten wird.« Jace sah von seinem Notizblock auf. Er liebte es, in der freien Natur unterwegs zu sein und war ein Freiwilliger des Such- und Rettungstrupps der Bergwacht. Er vergötterte Batchelor quasi für seine Umweltarbeit. »Ich kann es immer noch nicht fassen, dass er gerade mich ausgewählt hat, um seine Biografie zu schreiben. Er hätte jeden anderen auswählen können.«

»Das ist genau der Punkt, du bist nicht ›jeder andere‹.« Dann legte sie behutsam ihre Hand auf seine. »Er hat dich ausgewählt.«

»Ich bin ein bisschen nervös. Was, wenn ich es vermassle?« Jaces übliches Selbstvertrauen fehlte, weil er so in Ehrfurcht vor Batchelor war.

Kat drückte seine Hand. »Mach dich doch nicht lächerlich. Du schreibst nun schon seit mehr als zehn Jahren für *The Sentinel*. Er will mit dir arbeiten, weil du so ein großartiger Schreiberling bist.«

»Ich habe noch nie ein ganzes Buch geschrieben, geschweige denn eine Autobiografie für einen berühmten Milliardär.«

»Du kannst das. Es könnten sich neue Möglichkeiten für dich eröffnen.«

»Ich weiß.« Jace seufzte. »Irgendwie dachte ich, mein erstes Buch wäre keine Biografie. Ich dachte, es wäre ein Actionroman oder so etwas.«

»Das ist doch egal. Du kannst schreiben Jace und Batchelor vertraut dir. Durch deine Erfahrung in der Natur habt ihr beide eine Menge Gemeinsamkeiten.« Jace war nicht nur ein Freiwilliger des Such- und Rettungsteams, sondern auch ein begeisterter Wanderer und Skifahrer. Wenn es um die Natur ging, war Jace dabei. Beide Männer liebten die Natur und respektierten die Umwelt.

»Ich hoffe, dass du dich nicht zu sehr allein langweilst, da ich mit diesem Mann Tag und Nacht beschäftigt sein werde. Ich muss noch vor Sonntag einen ersten Entwurf vorlegen. Was wirst du in dieser Zeit tun?«

Kat lachte. »Ich werde mir etwas ausdenken.« Obwohl es schön wäre, zur Abwechslung mal zu entspannen, aber vielleicht könnte sie ihm irgendwie behilflich sein. Jace hatte ihr so oft bei ihren Betrugsermittlungsfällen geholfen und es wäre schön, ihm jetzt auch einen Gefallen zu tun. »Ich bin sicher, dass wir ein paar kurze Momente zusammen finden werden.«

»Versprechen kann ich nichts. Du weißt doch, wie diese Tycoon-Typen sind. Ich habe das Gefühl, dass ich permanent mit ihm zusammen sein werde.«

»Das ist schon in Ordnung! Wenn ich will, kann ich jederzeit in die Stadt gehen und alles erkunden.«

Kat beäugte Jaces Notizen. »Gibt es etwas in seiner Biografie, das tabu ist? Ich wette, er hat ein paar Geheimnisse zu erzählen. Die meisten Milliardäre haben es.«

»Wenn es irgendetwas gäbe, was tabu ist, hätte ich diesen Job nicht angenommen.« Jace streckte seine langen Beine aus. »Geschweige denn würde ich meinen Namen draufsetzen. Ein bisschen Kontroverse ist eine gute Sache. An solchen Dingen sind die Leser interessiert. Das ist der Grund, warum sich ein Buch verkauft.«

Kat nickte. »Es macht es objektiv und ausgewogen. Wenn das der Fall ist, dann machst du alles richtig.« Dennis Batchelor wurde für seine Umweltarbeit verehrt, hatte aber viel Feinde mit seinen hemmungslosen Kampagnen. Einige beschuldigten ihn des Eigennutzes und dass er mit seinen medienerregenden Taktiken nur seine persönlichen Ziele verfolgt. Aber die gleiche Rücksichtslosigkeit trennte die Milliardäre, von den ferner liefen.

Kat sondierte die aufwendige Kabine. Das Flugzeug hatte weniger als die Hälfte der Sitze als ein Linienflugzeug und die Atmosphäre war viel formloser. Keine lästige Sicherheitskontrolle und Schlangen vor den Gates, keine vollgestopften Gepäckfächer und keine widerspenstigen Passagiere. Es war das erste und wahrscheinlich das letzte Mal, dass sie in einem Privatflugzeug geflogen war.

Als Imbiss hatte man ihr geräucherten Lachs, Bruschetta und exotischen Käse mit Mineralwasser serviert. Sie könnte sich ohne Weiteres an diese Rockstar-Behandlung gewöhnen. Aber lieber nicht, denn der Flug dauerte nur eine Stunde. Sie war sich ziemlich bewusst, dass dies wahrscheinlich das einzige Mal sein wäre, dass sie einen solchen Luxus erleben würde. Dies hatte absolut nichts mit den eingeengten Selbstverpflegerflügen in der Holzklasse zu tun, mit denen sie üblicherweise flog.

Batchelor hatte GreenThink gegründet, eine die Umwelt betreffende Interessengruppe, die bekannt ist für ihre Haltung gegenüber Kahlschlag, Fischfarmen und so ziemlich allem, was das große Geschäft mit der Natur verbindet. Seit ihrer Gründung vor dreißig

Jahren hatte sie Einfluss auf Regierungen genommen und zum Schutz der Umwelt und dessen Erhaltung angeregt.

Ironischerweise waren diese zähen Umweltschützer selbst zu Vertretern eines großen Konzerns geworden. Earthstream Technologies, seine eigene überaus erfolgreiche Firma, war aus seiner Umweltarbeit entstanden und hatte den Startschuss zu einem Multi-Milliarden-Dollar-Geschäftsimperium gegeben. Earthstreams patentierte Dekontaminationstechnologie war die ideale, schnelle und konkurrenzfähigste Lösung, um einen Standort zu entseuchen.

Earthstreams Motto *Grün macht alles gut* war in mehr als einer Hinsicht wahr. Batchelors Unternehmen setze Technologien ein, die die Umwelt verbessern oder erhalten. Neben Umweltsanierung und Aufräumaktionen hatte das Unternehmen eine patentierte Technologie entwickelt, die Giftstoffe ohne ätzende Chemikalien auflöst. Earthstream war ein Lehrbuch, wie Gutes tun auch profitabel sein kann.

Kat wurde auf dem Sitz durchgeschüttelt, als die Cessna durch ein paar Turbulenzen flog. Sie warf einen Blick aus dem Fenster, um zu sehen, dass sich der vorher helle und wolkenlose Himmel mit Kumuluswolken verdunkelt hatte.

Die Cessna begann ihren Sinkflug. Sie durchbrach Wolken und öffnete die Sicht auf steile, schneebedeckte Berge und einen strahlend türkisblauen Gletschersee, eingebettet in einem großen Senkungsgraben. Das Flugzeug umkreiste das Wasser, bevor es auf der Landebahn am Seeufer aufsetzte.

Das Sonnenlicht blendete und es blies ein kalter Wind vom See herüber, als sie aus dem Flugzeug stiegen. Schnee bestäubte die umliegenden Hügel. Kat zitterte in ihrer schweren Daunenjacke, als sie an die nächste Etappe ihrer Reise zu Batchelors Berghütte dachte.

Sie wurden von einem großen, bärtigen Mann um die Dreißig begrüßt. Er streckte seine Hand aus und lächelte. »Ranger. Ich bringe Sie zur Lodge.«

Kat fragte sich, ob das sein Vor- oder Nachname war, bekam aber keine Gelegenheit, ihn zu fragen. Innerhalb von Sekunden waren er und Jace in eine angeregte Diskussion über Skiausrüstung verwickelt.

Sie blickte sich auf der Rollbahn um und bemerkte die geringe Aktivität auf dem kleinen Flughafen. Ihrer war der einzige Flug, obwohl ein halbes Dutzend andere Flugzeuge in oder außerhalb ihres Hangars abgestellt waren. Abgesehen von Rangers Land Cruiser gab es keine weiteren Fahrzeuge, um Passagiere aus anderen Flügen abzuholen.

Sie wusste, dass die Stadt schwere Zeiten durchlebt hatte, aber sie hätte durchaus mehr Lebenszeichen erwartet. Sie hing ihren Rucksack über die Schulter und folgte Ranger und Jace auf dem Asphalt über die Rollbahn zum Geländewagen.

Bald darauf fuhren sie eine steile Straße zum Hauptteil der Stadt hinauf. Sie erhaschte kurze Blicke auf die historische Innenstadt, während sie hindurchfuhren und war bereits hin und weg als sie die Stein- und Ziegelsteingebäude aus dem späten neunzehnten Jahrhundert sah. Vor hundert Jahren war hier ein Gold- und Silberboom ausgebrochen, gefolgt von Jahrzehnten als Eisenbahnverkehrsknotenpunkt. Die Architektur stand als Beweis für ihren kurzlebigen Wohlstand.

Nach fast einem Jahrhundert des langsamen Rückgangs, hatte sich die Stadt als inoffizielle Marihuana-Hauptstadt von British Columbia neu entwickelt, aber auch dieser Handel war versiegt. Das ganze Glück, das man in den Bergen gemacht hatte, war zusammen mit den Menschen verschwunden, und übrig blieb eine schäbige und abgenutzte Stadt.

Sie wäre gerne geblieben, um alles zu erkunden, aber ihr Endziel war noch eine Stunde entfernt. Nach ein paar Blocks mit geschlossenen Cafés und müde aussehenden Fassaden, gab die Stadt den Weg zu einer mit dichtem Wald umgebenen zweispurigen Autobahn frei. Während der gesamten Fahrt begegneten sie nur wenigen Autos in der entgegengesetzten Richtung, sodass sie überrascht war, als der Fahrer nach einer Dreiviertelstunde plötzlich zum Stehen kam.

Ein Dutzend Fahrzeuge, meistens Lastwagen und SUVs parkten willkürlich und planlos auf dem Seitenstreifen. Ranger bremste ab und bog direkt vor den Autos auf die Schotterstraße ab. Eines der Fahrzeuge blockierte die Straße.

Sie waren mitten im Nirgendwo. Woher waren die Autos hergekommen?

Ein paar Dutzend Männer und Frauen standen auf der anderen Straßenseite, etwa 15 Meter von der Autobahnkreuzung entfernt. Sie hielten Protestschilder hoch. Eine ältere Frau brach aus der Gruppe aus und stolzierte schnurstracks auf ihr Auto zu. Es war eine Blockade.

Kat wand sich auf dem Sitz. »Wer sind diese Leute?«

Ranger verlangsamte den Geländewagen zu einem Kriechtempo. »Nur ein paar Radikale. Hier gibt es eine Menge davon.«

»Was wollen sie?«, fragte Jace.

Die Männer und Frauen, die die Straße blockierten trugen alle Schilder. Auf dem einen war zu lesen: *Schützt unser Trinkwasser.* Auf einem anderen stand: *Wir wohnen hier. Kein giftiges Wasser.*

Mehrere Meter weiter stand eine andere Gruppe zusammengekauert um ein behelfsmäßiges Feuer in einem Benzinkanister herum. Eine halb-permanente Sperrholzstruktur bot ihnen Schutz. Ein paar Plastikstühle standen darunter verteilt.

»Alles und jedes«, sagte Ranger. »Sie sind gegen Weiterentwicklungen jeglicher Art. Als ob ihre Häuser und Bauernhöfe nicht damit zu vergleichen wären.«

Kat suchte verstohlen Jaces Blick. »Wohnen Sie hier in der Gegend?«

Ranger nickte. »Ich lebe auf dem Lodge-Gelände in einer separaten Hütte.«

Kat vermutete, er wollte sagen, er besäße kein Land in der Gegend. Dies erklärte seine lässige Haltung gegenüber der Weiterentwicklung. Es kümmerte ihn nicht, da für ihn kein Eigentum auf dem Spiel stand.

»Was hat das mit dem Trinkwasser auf sich?«, fragte Kat.

»Nichts Besonderes, wirklich. Sie überreagieren und malen den Teufel an die Wand mit ihrer Angstmacherei.«

»Warum sollten sie das tun?«

»Ganz in der Nähe gibt es ein altes Bergwerk. Es wurde vor ein paar Jahren stillgelegt, sodass es keine Arbeit mehr gibt. Ein kleiner Teil des Absetzteichs – also das ist ein Teich, der durch Aufschüttung

von Dämmen künstlich angelegt wird und zur Klärung von Abwäs-
sern aus der Aufbereitung mineralischer Rohstoffe dient – war
zerbrochen und jetzt sind sie davon überzeugt, dass dadurch ihr
Wasser vergiftet wird.

»Wird es das denn nicht auch?«, fragte Jace.

»Technisch gesehen ja, aber in der Praxis ist das alles ziemlich
gering. Das Wasser des Absetzteichs ist zwar übergelaufen, hat aber
nie Prospector's Creek erreicht. Das Grundwasser wurde auf Verunreinigungen positiv getestet, aber das war vor drei Jahren. Das
Gelände wurde komplett gereinigt und nichts ist jemals bis zur
Wasserversorgung oder jemandes Eigentum gelangt. Aber diese Leute
sehen das anders. Sie behaupten, Verluste erlitten zu haben, aber ich
sage, dass sie einfach nur nach einem Vorwand suchen, um zu protestieren.« Ranger verlangsamte den Geländewagen, während er sich der
Gruppe näherte.

»Wenn dieser Bereich so weit entfernt ist, warum sind sie denn
dann gerade hier, an diesem Ort?«, fragte Kat.

Ranger starrte sie durch den Rückspiegel an. Er zog die Augenbrauen hoch. »Was meinen Sie damit?«

»Na ja, sie können hier tagelang herumstehen, ohne dass ein
anderes Fahrzeug vorbeikommt.«

»Sie haben mich wegfahren sehen und wussten, dass ich zurückkommen würde, also haben sie ihre Truppen zusammengetrommelt«,
sagte er.

»Aber der Protest hat keine Auswirkungen auf Sie, oder etwa
doch? Machen sie diese Demonstration wegen uns, d.h. Ihren
Gästen?«

»Zum Teil. Aber auch wenn Sie nicht hier wären, hätten sie die
Straße blockiert. Sie belästigen uns gerne. Aber wie gesagt, es ist ohne
Belang. Das Wasser ist sauber, ist es immer gewesen und es wird
regelmäßig überprüft.« Ranger verlangsamte das Auto, als sich eine
schlanke Frau um die Sechzig, dem Geländewagen näherte. »Es hat
absolut nichts mit Dennis zu tun.«

Ranger ließ sein Fenster herunter. »Elke.«

»Du kannst hier nicht vorbei.«

»Du kannst mich nicht aufhalten. Ich wohne hier.«

Elke spähte in den Geländewagen und fragte: »Wer sind diese Leute?«

»Das geht dich nichts an. Aber ich sage es dir trotzdem. Das sind Freunde von Dennis. Nun sei eine gute Nachbarin und lass uns weiterfahren.«

Elke verzog das Gesicht, wich aber vom Geländewagen zurück. Ranger fuhr langsam an der Gruppe vorbei, die Obszönitäten schrien.

Nachdem sie an der Menge vorbeigefahren waren, drehte sich Kat um und blickte zurück. »Das war ja ein tolles Begrüßungskomitee.«

Die Demonstranten hatten ihre Plakate heruntergenommen und gingen in ihre provisorische Schutzhütte aus Sperrholz zurück. »Es muss doch furchtbar kalt sein, hier draußen herumzustehen.«

»Die Klügeren haben schon vor langer Zeit zusammengepackt«, sagte Ranger. »Aber es gibt immer ein paar Hartgesottene.«

»Und Elke ist eine von ihnen.«

»Ja. Sie und ihr Mann wollen einen finanziellen Ausgleich. Lächerlich, da sie nicht in irgendeiner Weise geschädigt worden sind. Sie sagen, dass ihr Eigentum im Wert gesunken ist, aber Eigentumswerte waren in unserer Gegend schon immer niedrig gewesen. Sie suchen nur nach einem Vorwand, um Geld zu verdienen.«

»Warum belästigen sie dann Dennis damit? Wer sind die Minenbesitzer?«, fragte Jace.

»Offshore«, sagte Ranger. »Da die Minenbesitzer nicht vor Ort sind, bilden sie sich ein, sie würden Aufmerksamkeit erregen, wenn sie stattdessen Dennis belästigen. Wir versuchen, sie zu ignorieren.«

»Wo ist die Mine?« Kat hatte keinerlei Geschäftstätigkeit gesehen, seit sie Sinclair Junction verlassen hatten.

»Die Regal Goldmine befindet sich die Straße hoch. Sie grenzt an Dennis' Eigentum. Wenn ein Umweltaktivist wie Dennis nicht darüber besorgt ist, sollte sie es auch nicht sein. Sie machen aus einer Mücke einen Elefanten und suchen einen Grund, um zu streiten.«

»Wem genau gehört die Mine?«, fragte Jace.

»Die Regal Goldmine gehört einer chinesischen Firma, die unbehelligt bleiben möchte. Es gibt keine Möglichkeit, den abwesenden

Eigentümer zu erreichen. Die Demonstranten haben sich bei der Regierung beschwert, die sagt, es läge auch nicht in ihrer Verantwortung. Also glauben sie, dass Dennis die nächstbeste Stelle ist, an die sie sich wenden können, da er Umweltschützer ist. Sie denken, sie können Schuldgefühle bei ihm hervorrufen, indem sie ihn in die Sache hineinziehen.« Er schüttelte den Kopf. »Sie irren sich. Er mag es nicht, wenn man ihm vorschreibt, was er tun soll.«

Kat lachte. »Ziemlich ironisch, nicht wahr? Dennis Batchelor im Visier von Demonstranten?«

Ranger blieb stumm. Diesmal erwiderte er ihren Blick im Rückspiegel nicht.

Sie fand es lustig, aber vielleicht hätte sie einfach den Mund halten sollen.

Sie fuhren die steile Schotterstraße hinauf, die immer höher zum Berg führte. Alle paar Minuten gab es eine Lücke in den Bäumen und Kat konnte einen kurzen Blick auf ein Tal darunter erhaschen. Es war atemberaubend. Riesige Berge umgeben von einem türkisfarbenen See, rundherum mit Schnee bedeckt.

»Es ist sehr schön hier, so unberührt und wild.« Sie verstand, warum Batchelor dieses Gebiet als sein Zuhause gewählt hatte. Mit dem Flugzeug war es ein Katzensprung von Vancouver, aber abgelegen und für die Medien und die Öffentlichkeit nicht leicht zugänglich.

Minuten später ebnete sich die Schotterstraße und verwandelte sich in Asphalt, als sie auf ein großes Bergplateau fuhren. Dennis Batchelors Lodge war von etwa einer Meile des Plateaus zu sehen. Die massive Stein- und Holzkonstruktion wurde aus Steinaufschluss errichtet, der aus der sonst flachen Landschaft ragte. Sie ähnelte einer Blockhütte aus sehr teurem Baumaterial. Sie war von kleineren Gebäuden und Wald auf zwei Seiten umgeben. Die Hauptfassade war aus Glas und zum Tal gerichtet.

~

SIE TRANKEN heißen Cappuccino im Salon, während ihr Zimmer vorbereitet wurde. Es war eigentlich kein Zimmer, sondern eine in sich geschlossene Hütte, die am Klippenrand errichtet wurde. Kat gefiel es hier immer mehr.

Der Salon der Lodge war größer als ihr ganzes Haus. Deckenhohe Glaswände waren mit massiven Holzbalken und Stein unterbrochen und verliehen dem Ganzen ein Gefühl von lässiger Erhabenheit. Auf der anderen Seite knisterte ein Feuer in einem offenen Kamin aus Felsgestein. An der Kaminwand waren Fotos von Batchelor zu sehen. Sie waren in chronologischer Reihenfolge, eine bildliche Zeitreise von Batchelors Leben und der Umweltbewegung, die er inspiriert hatte.

Das erste Foto war der Ausgangspunkt, der Batchelor eine internationale Anhängerschaft verschafft hatte. Mehrere Demonstranten blockierten eine Forststraße, darunter ein trotziger Dennis Batchelor um die Zwanzig, der Brennpunkt des Bildes. Er hatte sich an eine alte Sitka-Fichte gekettet. Er grinste trotzig in die Kamera. Ein Dutzend Holzfäller standen ihm gegenüber, denn ihr Durchgang war blockiert. Die Polizei stand hinter den Holzfällern und zögerte, Maßnahmen zu ergreifen, die einen Kampf provozieren könnten.

Ein von der Kameralinse eingefrorener Moment war der Katalysator gewesen, um die öffentliche Meinung über die Notlage des Carmanah-Tals und seiner sagenumwobenen Geisterbären zu beeinflussen. Die Proteste dauerten schon seit Jahren an, aber dieser Tag war der Wendepunkt. Demonstranten mobilisierten sich in Scharen, um sich dem Kampf anzuschließen. Dies war der Beginn von Batchelors Umweltkreuzzug.

Während Batchelor bei weitem nicht der allererste Demonstrant war, zogen sein Charisma und seine unverschämten aufsehenerregenden Eskapaden eine kritische Masse von Anhängern an. Seine waghalsigen Stunts führten zu großartigen Videoaufnahmen, und er nahm einen fast mythischen Actionheldenstatus an. Viele Stunts waren geradezu gefährlich, aber er bekam die Aufmerksamkeit, die er suchte. Er dachte sich nichts dabei, direkt aus einem Flugzeug in eine Holzeinschlagsoperation zu springen.

Sein Idealismus gepaart mit seinem jugendlichen guten Aussehen bescherten ihm viele Anhänger, vor allem weibliche. Die öffentliche Meinung zwang die Regierung, den verbleibenden altbestehenden Wald zu erhalten und zu schützen.

Er war immer noch Anfang zwanzig, als er GreenThink gründete, die Graswurzelbewegung, die eine Generation junger Menschen inspirierte. Ein paar Jahre später kombinierte er seine Leidenschaft für die Umwelt mit einer Reihe von profitablen Unternehmen. Das jüngste, Earthstream Technologies, war eine Milliarden-Dollar-Erfolgsgeschichte. Kat fragte sich, ob der an den Baum gekettete Hippie jemals gedacht hätte, dass er eines Tages ein berühmter Milliardär sein würde.

»Du hast es geschafft.« Eine tiefe Männerstimme dröhnte von irgendwo hinter ihnen.

Kat drehte sich um und sah Dennis Batchelor am Eingang stehen. Er war dreißig Jahre älter, achtzehn Kilo schwerer, sein einst hübsches Gesicht war durch hängende Wangen und dunklen Schatten unter den Augen verändert. Obwohl es immer noch eine leichte Ähnlichkeit mit dem jugendlichen Demonstranten auf dem Foto gab, hatten die Milliarden ihren Tribut gezollt.

Er trug ein Flanellhemd, ausgewaschene Jeans und ausgelatschte Cowboystiefel.

Sie musterte ihn. »Niemand trägt hier Anzüge. Komm so wie du bist!«

»Klingt plausibel.« Kat nippte an ihrem Cappuccino und zeigte auf das größte der Fotos. Darauf blickte Batchelor an einem Holzfäller herab, inmitten einer ansonsten menschenleeren Forststraße, an der jahrhundertealten Sitka-Fichten entlang standen. »Ich erinnere mich, dieses Bild gesehen zu haben, als ich noch ein Kind war. Ich hatte nie wirklich über die Umwelt nachgedacht, bis ich Sie gesehen habe.«

»Niemand tat es. Deshalb musste ich mich behaupten.« Batchelor lachte. »Obwohl ich befürchtete, dass sie direkt über mich hinweg fahren würden. Es war damals schon ziemlich extrem.«

»Sie haben an diesem Tag den Wald gerettet«, sagte Jace.

»Jemand musste es tun«, sagte Batchelor. »Solange wir es noch konnten. Der Bau dieser Straße hätte alle möglichen Probleme mit

sich gebracht. Menschen, Fahrzeuge, umweltschädliche Unternehmen. Sobald der Lebensraum zerstört ist, ist es ziemlich schwer, ihn
wiederherzustellen.«

»Sie haben eine ganze Generation inspiriert, auch mich«, sagte
Jace. »Die Wahrheit veröffentlichen, egal wie umstritten. Deshalb bin
ich Journalist geworden.«

Batchelor lächelte. »Das ist sehr schmeichelhaft. Dies ist auch der
Grund, warum ich Sie für meine Biografie gewählt habe. Ich muss mit
jemandem zusammenarbeiten, der versteht, worum es mir geht.«

Die Biografie von Dennis Batchelor zu schreiben, war eine riesige
Gelegenheit, eine einmalige Chance, die Jaces Karriere fördern oder
zerstören könnte. Es gingen Gerüchte um, dass es notorisch schwierig
war, mit diesem Tycoon zu arbeiten, aber Kat sah keinen Anlass dafür.
Zumindest noch nicht.

Batchelor schritt zum großen Kamin. »Sie schätzen die Natur wie
ich.« Er nickte Kat zu. »Ich dachte, Sie beide könnten sich über ein
Wochenende hier freuen. Ist es nicht atemberaubend?«

»Unberührte Wildnis«, stimmte Jace zu. »Es ist ein wunder-
schöner Ort.«

»Hat mich zehn Jahre gekostet, es zu bauen«, sagte Dennis.
»Leider komme ich nur selten nach Hause, um es zu genießen.«

KAPITEL 2

Kats und Jaces sogenannte Blockhütte war dreitausend Quadratmeter Luxus pur, ein authentisches Blockhaus mit einer 6 Meter hohen Decke und einem Loft im zweiten Stock. Das Erdgeschoss bestand aus einer offenen Ebene mit Ausnahme von zwei Schlafzimmern und einem Badezimmer.

»Unfassbar, dass wir diesen Ort ganz für uns haben«, sagte Kat. »Ich kann mich nicht erinnern, dass ich jemals irgendwo so luxuriös gewohnt habe.«

Jace nickte. »Zumindest hast du jetzt die einmalige Chance, es voll zu genießen. Ich werde das ganze Wochenende mit Dennis beschäftigt sein.«

»Wir werden etwas Zeit zusammen verbringen, nicht wahr?« Kat stellte sich Skifahren oder Schneeschuhwandern in der spektakulären Umgebung vor. »Vielleicht später am Nachmittag?«

»Ich würde nicht damit rechnen. Leute wie Dennis scheinen 24 Stunden am Tag zu arbeiten und immer auf der Suche nach Möglichkeiten zu sein, noch mehr Geld zu verdienen. Darum geht es auch in diesem Buch – eine Möglichkeit, aus seinem Namen Kapital zu schlagen. Er will bis Sonntag einen groben Entwurf sehen.«

»Das ist wahnsinnig schnell. Aber am Ende lohnt es sich wahrscheinlich. Die Arbeit mit einem Milliardär sollte dir helfen, auch dir einen Namen zu machen.« Ein Buch über Dennis Batchelor zu schreiben war so gut wie eine Garantie auf einen Bestseller. Die Menschen vergötterten den renommierten Umweltschützer. Er war in ganz Nordamerika bekannt wie ein bunter Hund.

Kat zog den Reißverschluss ihrer Tasche auf und holte den Laptop heraus. Sie schloss ihn an die Netzsteckdose an. »Wenn ich gar nichts zu tun habe, könnte ich keinen besseren Ort finden als hier.«

»Alles, was du tun sollst, ist, dich zu entspannen«, stimmte Jace zu. »Schalte dein Telefon aus und kapsle dich von deiner Arbeitswelt ab.«

Sie freute sich auf etwas Auszeit, wollte aber zuerst ihre Mails prüfen. Sie fluchte, als sie merkte, dass sie kein Handysignal hatte. »Mein Telefon scheint hier nicht zu funktionieren. Zu abgelegen für eine Netzverbindung, vermute ich.« Sie hatte absolut nicht daran gedacht, dass es in den Bergen keine Mobilfunktürme geben könnte. Wie kam Batchelor ohne sie aus?

Stattdessen konzentrierte sie sich auf ihren Computer. »Oh-oh. Internet gibt's auch keins. Ich kann keine Verbindung herstellen.« Batchelor muss doch wenigstens eine Satellitenverbindung haben. Sie waren notorisch langsam und unzuverlässig.

»Du brauchst keine.« Es war ein ständiger Kampf zwischen ihnen. Jace ließ seine Arbeit im Büro, während Kat keine Grenzen zwischen Arbeit und zu Hause setzte. Oder wie Jace sagen würde, sie hätte kein richtiges Leben. Diesmal war der Spieß aber umgedreht. Jetzt hätte Kat mehr Freizeit als er.

Jace hatte bereits fast seine gesamte Kleidung ausgepackt und legte sie in eine der zwei handgeschnitzten Kommoden am Bettende im Hauptschlafzimmer. Kats Habseligkeiten blieben eingepackt. Sie würde sich später darum kümmern, sobald sie ihren Laptop eingerichtet hätte.

»Ich dachte, du hättest das Ding zu Hause gelassen.« Jace runzelte die Stirn. »Wo liegt der Sinn darin, hier zu sein, wenn du die Umgebung nicht genießen kannst?«

»Es ist zu schwierig, Jace. Ich kann nicht entspannen, solange ich nicht sicher bin, dass alles zu Hause in Ordnung ist. Ich werde nur meine E-Mail ab und zu prüfen.« Ihr Glück hing tatsächlich an einer Wi-Fi-Verbindung. Sie wusste, wie dumm das klang, aber zumindest war sie ehrlich mit sich selbst.

»Ich bin derjenige, der hier arbeiten muss, nicht du.« Jace verdrehte die Augen. »Ich hätte vor dem Wegfahren deine Taschen inspizieren sollen. Du musst dich mal behandeln lassen. Kannst du nicht einfach für ein Wochenende die Arbeit vergessen?«

Jace hatte wahrscheinlich recht, aber seine Anstellung als Enthüllungsjournalist bedeutete, dass er sich auf einen regelmäßigen Gehaltsscheck von *The Sentinel* verlassen konnte, selbst wenn das Geschäft nicht so gut lief. Sie hingegen stand auf ihren eigenen Füßen und war auf ihre Kunden angewiesen. Keine Arbeit bedeutete keinen Lohn. Aber irgendwie stimmte es, was Jace sagte. Weihnachten nahte und ihre Arbeit hatte sich ohnehin zu einem Rinnsal verlangsamt. Alle ihre Betrugsermittlungen waren abgeschlossen und sie war bis Januar frei. Die meisten Menschen bereiteten sich schon auf die Feiertage vor und hatten einen Gang zurückgeschaltet. Sie sollten das Gleiche tun.Technisch gesehen war sie im Urlaub, mit einem völlig freien Wochenende in einer luxuriösen Lodge in der Wildnis, wenn auch eine mit lausigem Internet. Ihre einzige Aufgabe war es, mit sich selbst zurechtzukommen. Wie schwer könnte das sein?

Aber was, wenn jemand ihre Hilfe brauchte? Ein neuer Kunde?

Unwahrscheinlich zu dieser Jahreszeit. »Ich glaube, du hast recht.« Sie seufzte und klappte ihren Laptop zu. Sie war im Augenblick sowieso von der Außenwelt abgeschnitten. Sie würde es erneut versuchen, sobald Jace mit der Arbeit begänne.

Es war ein bisschen töricht, Zeit damit zu verbringen, auf einen Bildschirm zu starren, während sie von unberührter Wildnis umgeben war. Der einzige Nachteil war, dass Jace beschäftigt sein würde, aber sie könnte sich gut selbst zerstreuen. Sie könnte Schneeschuh laufen, wandern oder einfach nur in dieser wunderbaren Hütte herumlungern.

Sie breitete sich auf dem Kingsize-Bett aus und versank in der luxuriösen Weichheit des Daunen-Trösters. Sie rollte sich zur Seite, um die Landschaft durch die raumhohen Fenster zu genießen.

Balkontüren führten auf eine große Terrasse mit einem 180-Grad-Blick auf das darunter liegende Tal.

»Komm und genieße die Aussicht. Dieser Blick ist einfach wunderbar.« Sie stützte sich auf das halbe Dutzend Kissen und begutachtete den Raum. Das Beste an ihrer Hütte war, dass sie in sich geschlossen war, mit einer voll ausgestatteten Küche, die einen gut ausgestatteten Weinkühler enthielt.

»Nur eine Sekunde.« Jace erschien an der Tür mit der Aktentasche in der Hand. »Ich werde es mir später ansehen, sobald ich meine Sachen organisiert habe.«

»Warte nicht zu lange.«

Ihre Unterkünfte waren nur wenige hundert Meter von der Hauptlodge und Batchelors Privatresidenz entfernt, aber eine kleine Anhäufung von Weißtannen verbarg die Lodge vollständig. Alle Annehmlichkeiten waren in Reichweite, dennoch waren sie völlig allein. Das Gefühl von Einsamkeit in der Wildnis hatte sie bisher nur ein einziges Mal erlebt, während einer einwöchigen Alaska-Wildniswanderung. Auch für diese Reise waren Sie eingeflogen worden. Aber da hören die Ähnlichkeiten schon auf. Während sie für beide Reisen im Busch waren, war diese Erfahrung deutlich gehobeneren Stils.

Der Schnee hatte schon kurz nach ihrer Ankunft in der Hütte zu fallen begonnen und die dicken Flocken bedeckten den Boden mit einer dünnen weißen Schicht. Ihre Augen folgten der Flugbahn eines goldenen Adlers, der zur Landung auf einer Kiefer umherkreiste, die an ihrer Veranda stand.

»Schau mal, Jace. Da ist ein Nest.« Sie zeigte auf die Spitze des Baumes, wo der Adler am Rande eines massiven Nestes thronte. Sie konnte die ganze Aktivität durch die Fenster beobachten, ohne auch nur aus dem Bett zu steigen. Wie sollte sie diesen Ort jemals verlassen?

Jace ließ seine Sachen fallen und setzte sich zu ihr aufs Bett. »Du hast Glück. Schade, dass ich zur Arbeit gehen muss.«

Kat zog eine Schnute und kuschelte sich an ihn. »Du Ärmster.«

Der Adler verschwand im Riesennest und ahnte nicht, dass sie ihn beobachteten. Wahrscheinlich hielt er sich dort versteckt, um das Ende des Schneefalls abzuwarten.

Ihre Hütte war direkt in die Klippe hineingebaut. Die gesamte Südseite war aus Glas und bot einen atemberaubenden Blick auf das Tal hunderte Meter weiter unter ihnen. Der Entwurf des Architekten folgte den Konturen der Klippe und nutzte die natürliche Geografie, um Schutz vor dem Wind zu bieten. Die Veranda ragte von der Klippe heraus, etwa 9 Meter und bot einen Blick aus der Vogelperspektive auf die Landschaft.

Es war einfach atemberaubend.

Es waren bisher nur wenige Personen hierhergekommen, da sich Batchelors Anwesen in einer nur schwer erreichbaren Ecke von Selkirk Mountains befand. Die Landstraße, auf der sie hierhergefahren waren, konnte leicht übersehen werden; ansonsten war der Ort nur im Hubschrauber oder mit dem Motorschlitten erreichbar.

Sie bestaunte die Aussicht. Wie hatte es Batchelor geschafft, einen solch weit abgelegenen Ort zu entdecken? »Ich könnte mich daran gewöhnen.« Der Wald auf der Ostseite der Hütte war von der Ecke des Fensters sichtbar. Die Bäume waren vom Schneegestöber, das eine Stunde zuvor begonnen hatte, wie mit Puderzucker bestreut. Ein starker Kontrast zum strahlenden Sonnenschein, der sie begrüßte, als ihr Flugzeug ein paar Stunden zuvor gelandet war.

Jace rollte sich zu Kat und legte die Arme um sie. »Ich auch.«

»Wann ist dein Treffen mit Batchelor?«

»In genau einer Stunde.« Jace setzte sich auf und zog ein Funkgerät aus der Tasche. Dennis' Stimme krächzte heraus. Die Männer sprachen etwas weniger als eine Minute zusammen. »Planänderung. Er möchte sofort anfangen.«

»Ich vermute, dass du einen Milliardär nicht warten lassen solltest.« Kat lächelte, war aber enttäuscht. Jace war bereits mit Dennis über ein Funkgerät angebunden. Soweit so gut, dies war also der kurze Augenblick, den sie vor seiner Arbeit gemeinsam genießen konnten. »Es ist besser, du gehst jetzt.«

Jace küsste sie. »Ich bin bald wieder zurück. Wir wollen nur den

Überblick diskutieren, den ich ihm vorab zugesandt hatte.« Jace hatte ihn letzte Woche nach Vertragsunterzeichnung geschickt.

Kat seufzte. »Ich warte hier auf dich. Nichts tuend, natürlich.«

Sie starrte aus dem Fenster. Der Sonnenuntergang würde noch ein paar Stunden auf sich warten lassen, obwohl der Himmel genauso grau war, wie die Wolken, die darin eingeschlossen waren. Vielleicht war dieser Tag ideal, drinnen zu bleiben und ganz einfach die urige Gemütlichkeit in der Hütte zu genießen.

Im Kamin knisterte ein Feuer und wärmte die Suite. Das Feuer brannte schon bei ihrer Ankunft hell und leuchtend als eine nette Geste. Es war beruhigend und wohlig wärmend. Jace hatte recht. Entspannung war gut für die Seele. Leider war sie eine unruhige Seele.

Kat stand auf und kniete neben dem Kamin. Sie nahm ein Holzscheit vom Stapel neben dem offenen Kamin und legte es ins Feuer. Sie schürte das Feuer und war wie hypnotisiert von den Flammen. Wem machte sie etwas vor? Sie war nicht hypnotisiert, sie war gelangweilt. Sie würde ja gerne einfach so herumsitzen und nichts tun, fand es aber unmöglich.

Aber raus gehen war im Augenblick mit dem brennenden Feuer im Kamin keine Option. Sie könnte genauso gut etwas Stretching machen, während Sie darauf wartete, dass das Feuer herunterbrennt. Wie beim Yoga atmete sie tief ein, während sie vor dem Kamin kniete. Dann hustete sie durch den Rauch, der plötzlich herauskam.

Das können wir also auch vergessen!

Wie konnte sie Zen artige Ruhe hervorrufen, während Jace ganz in der Nähe schuftete?

Sie stocherte mit einem Eisen im Feuer herum, um die Flammen mit Asche zu ersticken. Sie hatte immer noch genügend Zeit für einen Spaziergang rund um das Gelände, solange es noch hell war. Die frische Luft wäre belebend. Außerdem hatte sie unendlich viel Zeit, sich später mit Jace am Feuer zu entspannen.

Sie zog ihre Stiefel und Jacke an und ging ins Freie, auf dem Steinweg entlang, der ein paar hundert Meter weiter zur Lodge führte.

Sie hatte mehrere Seitenwege bemerkt, die von dem Hauptgehweg zwischen ihrer Hütte und der Lodge abzweigten und jetzt war der ideale Zeitpunkt, alles zu erkunden. Sie hatte sich gerade weniger als zehn Meter ins Unbekannte gewagt, als sie mit Jace zusammenstieß.

Er stampfte mit gerötetem Gesicht wütend den Pfad hinunter. Er beachtete sie noch nicht einmal.

»Das ging aber schnell«, sagte sie, als Jace an ihr vorbeidüste. »Was vergessen?«

»Nur meinen gesunden Menschenverstand.« Er marschierte in Richtung Hütte.

Sie machte kehrt und lief ihm hinterher. Er war erst vor 30 Minuten weggegangen. »Was ist los?«

»Erzähl ich dir drinnen.« Er stürmte an ihr vorbei und stieg die Treppe zur Blockhütte hinauf. Er stampfte die Füße auf der Fußmatte ab, ein wenig härter als notwendig, um den verkrusteten Schnee von seinen Sohlen zu entfernen. Er schnürte seine Stiefel auf und trat sie aus. »Ich hab es doch geahnt, dass Batchelors Angebot zu gut war, um wahr zu sein.«

Kat zog die Stiefel aus und folgte Jace hinein. Sie packte ihre Schuhe und brachte sie nach drinnen, weil ein kalter Wind Schneeflocken in den Eingang blies. Es war so ungewöhnlich Jace wütend zu sehen, vor allem, wenn es um die Arbeit ging.

Jace zog die Jacke aus und warf sie auf den Esszimmerstuhl. Er marschierte zum Schrank, schnappte sich seinen Seesack und warf ihn aufs Bett. »Batchelor hat mich belogen. Er will keinen Biografen. Er will, dass ich als Ghostwriter seine Memoiren schreibe. Das ist nicht das, was ich unterschrieben habe.«

Genau das hatte sie befürchtet. Die gegenseitige Bewunderung war ein wenig überzogen gewesen und diese plötzliche Umkehr, hatte für Jace in eine Enttäuschung über sein Kindheitsidol geendet. »Das ist aber schade. Immerhin zahlt er dir doch viel dafür. Ist das denn wirklich so schlimm?«

»Natürlich ist es das. Wir haben uns auf eine Biografie ›von Jace Burton‹ geeinigt. Keine Autobiografie, bei der ich nur ein anonymer Ghostwriter bin.«

Kat seufzte. Sie hätte ihren Stolz für hundert Riesen geschluckt. Natürlich in einem vernünftigen Rahmen. »Es ist anders, als er dir gesagt hat, aber er zahlt dir immer noch hunderttausend Dollar.«

»Es mag eine Menge Geld sein, aber es ist auch eine Menge Arbeit für mich. Dieser Vertrag hätte mich als Autor etabliert. Jetzt, als Ghostwriter, mache ich die ganze Arbeit und bleibe unsichtbar.«

»Und er sagt dir das erst jetzt, nachdem wir den ganzen Weg hierhergekommen sind?« Sie hatte auch schon gedacht, dass es zu schön ist, um wahr zu sein, wollte aber seine Traumblase nicht platzen lassen, als ihn Batchelor vor einer Woche angesprochen hatte. Und es war alles so schnell organisiert worden, dass gar keine Zeit zum Grübeln geblieben war.

Aber immerhin verdiente er damit hunderttausend Dollar. Das war eine Menge Geld.

Lebensveränderndes Geld. Jace war so außer sich, dass er nicht mehr richtig denken konnte.

»Dennis hat das alles gründlich geplant. Er wusste, dass ich einen Ghostwriting-Auftrag ablehnen würde.«

»Du glaubst, dass er dich absichtlich ausgetrickst hat, nur um dich hierher zu lotsen?« Obwohl sie bereits mit einem Haken an Jaces sechsstelligem Deal gerechnet hatte, bezweifelte sie dennoch, dass ihn Batchelor absichtlich getäuscht hatte. Jace hatte wahrscheinlich nicht das Kleingedruckte lesen.

»Japp«, seufzte Jace. »Wie konnte ich nur so bescheuert gewesen sein?«

»Es ist nicht das Ende der Welt, Jace.« Sie schnappte sich eine Flasche Merlot von der Küchentheke und suchte einen Korkenzieher. Es war offensichtlich, dass Jace heute nicht zur Arbeit zurückkehren würde, und wenn sich jemand entspannen und beruhigen musste, dann er.

»Es ist beleidigend. Du weißt was Ghostwriting bedeutet.«

Kat fühlte sich schuldig, diesen angenehmen Ort zu genießen, obwohl es Jace eindeutig nicht konnte. Sie wollte nicht, dass das Wochenende so endet, weil sie gerade begann, sich zu entspannen.

»Ich weiß, es ist nicht das, was du erwartet hast, aber was ist denn so schlimm daran, wenn sein Name statt deinem auf dem Buchcover steht? Er hat offensichtlich eine hohe Meinung von deiner Schreibkunst.« Nicht toll, aber sie würde für hunderttausend Dollar keine Sekunde lang zögern, als Ghostwriter zu schreiben. Sie fand ein paar Weingläser im Schrank und füllte sie. Sie reichte Jace ein Glas, der es auf den Tisch stellte.

»Das ist nicht das größte Problem.« Jace ging zur Kommode und hob eine Handvoll seiner Kleidung heraus. Er ließ sie in seinen Seesack fallen. »Das bedeutet, dass ich die Geschichte so schreibe, wie er sie mir erzählt. Ob sie stimmt oder nicht. Ohne unabhängige Überprüfung. Ohne objektive Sicht. Ich bin nichts weiter als ein Schreiber für ihm. Es ist beleidigend.«

»Du lässt dich von deinen Emotionen leiten. Halte inne und denke drüber nach.« Jace tendierte immer dazu ein bisschen voreilig zu sein, wenn ihm Unrecht getan wurde oder er sich ärgerte. Dieser Auftrag brachte eine Menge Geld ein. Geld, das sie gebrauchen könnten, um die endlosen Renovierungsarbeiten ihres viktorianischen Hauses zu bezahlen.

»Da gibt es nichts zum Nachdenken. Meine Entscheidung ist gefällt.«

»Aber du weißt doch schon so viel über ihn. Du kannst dieses Buch ganz einfach schreiben, ohne viel mit ihm reden zu müssen.« Kat nippte an ihrem Wein. Er war samtig glatt und gut trinkbar. »Nimm es nicht so persönlich.«

»Wie könnte ich das nicht tun? Ich werde es nur zu meinen Bedingungen tun, genauso, wie ursprünglich vereinbart.« Jace faltete den Vertrag auf. »Im Vertrag ist nicht die Rede von Ghostwriting.«

»Aber du hast doch bereits einen ersten Entwurf gemacht. Es ist doch bestimmt ganz einfach für dich, das Buch zu schreiben. Wo also liegt das Problem, wenn dein Namen nicht draufsteht? Vielleicht ist es besser so.« Kat ging zum Fenster und bewunderte die Aussicht. Eine leichte Wolkendecke versteckte die Sonne, und warf unheimliche Schatten auf die Landschaft. »Warum nicht das Beste aus einer schlechten Situation machen?«

»Besser auf welche Weise? Soll ich mich vielleicht kompromittieren?« Er ging zurück an den Tisch und nahm einen Schluck aus seinem Weinglas. »Hmmm. Der ist verdammt gut.«

Sie hatte nicht erwähnt, dass sie den Wein nicht mitgebracht hatte. Jace würde vielleicht anders denken, wenn er wüsste, dass er direkt aus dem gut bestückten Weinkühler kam, als kleine Aufmerksamkeit von Batchelor. »Lass mich mal sehen.«

Jace reichte ihr den Vertrag.

»Du stellst dich nicht bloß. Du führst nur einen Auftrag aus, genau wie jeden anderen bei *The Sentinel*. Kannst du entscheiden, über was du in der Zeitung schreibst?«

Er seufzte. »Nein, ich denke nicht.«

»Das hier ist das Gleiche. Du steckst deine Eitelkeit weg, um Batchelor glücklich zu machen, und du wirst fürstlich dafür bezahlt. Du hast einen Vertrag unterschrieben, aber er kann dich nicht unbedingt dazu zwingen, etwas zu schreiben, was du nicht willst. Sollte dies passieren, dann kannst du die spezifischen Instanzen zu diesem Zeitpunkt diskutieren. Ich vermute, es wird außer ein paar Übertreibungen nicht viel geben.«

Jace runzelte die Stirn.

»Außerdem«, fügte sie hinzu, »sitzen wir hier bis Sonntag fest. Wir haben keine Möglichkeit, diesen Ort auf eigene Faust zu verlassen.«

»Zweifellos auch Teil seines Plans«, murmelte Jace.

Aber er hatte sich beruhigt. Der Wein wirkte bereits.

Kat las den Vertrag gründlich durch. Von der Vertragssprache her war eindeutig, dass Jaces Name auf dem Buchdeckel erscheinen würde. Allerdings war die Klausel am unteren Rand von Seite acht versteckt, sodass sie nicht offensichtlich war. Es wäre nicht gut, wenn sie ihn jetzt darauf aufmerksam machen würde.

»Sicher hast du recht.« Jace hielt inne. »Ich glaube, ich weiß nicht einmal, ob ich überhaupt etwas einzuwenden *hätte*. Ich kann es zurückdrängen, bis die Situation tatsächlich auftritt. Es ist ein bisschen früh, um das Schlimmste zu befürchten. Ich komme mir einfach nur durch die Vertragssprache überrumpelt vor.«

»Ich wette, seine Anwälte lassen ihn überall irgendwelche Klauseln einsetzen. Immerhin ist er Milliardär.« Sie verzichtete auf die Tatsache, dass Jace die Verwirrung hätte vermeiden können, wenn er den Vertrag vor der Reise gründlich gelesen hätte.

»Ich bezweifle immer noch, dass er objektiv sein wird. Er wird nichts Schlechtes über sich selbst sagen.«

»Die Ghostwriting Sache ist ein Segen. Du musst dich nicht um Inhalte kümmern, da dein Name nicht auf dem Buch steht. Ich weiß, es ist nicht ideal, aber warum es nicht einfach ausprobieren? Du kannst dich jederzeit zurückziehen, wenn du dich kompromittiert oder unwohl bei der Angelegenheit fühlst. Aber gehe bitte nicht sofort vom Schlimmsten aus. Zumindest jetzt noch nicht.« Unabhängig davon, ob Jace mit Batchelor kooperierte oder nicht, brachte sie der Charterflug nicht vor Sonntagnachmittag zurück. Und sie brauchten ein geeignetes Transportmittel, um aus den Bergen bis zum Flughafen nach Sinclair Junction zu gelangen.

»Ich glaube, du hast recht.« Jace stellte sein Weinglas auf den Kaminsims und legte noch ein paar Holzscheite aufs Feuer.

»Die Tatsache, dass Batchelor ausgerechnet dich gewählt hat, ist doch ein Kompliment an sich. Er hat Geld genug, um jeden anzuheuern, den er will.« Schade, dass er Jaces Bild seines Jugendidols zerschmettert hatte.

»Nehme ich stark an.« Jace kam zu ihr ans Fenster. »Wenigstens genießt du diesen Aufenthalt.«

»Wie könnte ich nicht? Gerade an diesem Ort.« Ihre luxuriöse Blockhütte würde in einem Ferienort auf dem Berggipfel mehrere Tausend pro Nacht kosten. Die geräumige Blockhütte war größer als ihr Haus und ihre beheizten Schieferböden und die kleinen Teppiche viel opulenter. Die spektakulären Seitenansichten auf die Klippe waren atemberaubend.

Kat öffnete die Schiebetür und trat auf die Veranda. In weniger als einer Stunde hatte der Schnee die Felsen bedeckt und sie in große weiße Hügel verwandelt. Die Wolken hingen tief über dem Tal und verliehen ihm etwas Mystisches und Unheimliches. Alles war still und stumm, die Vögel hatten Schutz in ihren Nestern gesucht, da der Schneesturm immer stärker wurde.

Sie zitterte und ging wieder hinein. »Es sind noch ein paar

Stunden bis zum Abendessen. Lass uns eine Schneewanderung machen. Du könntest etwas Dampf ablassen.«

»Das Wichtigste zuerst«, sagte Jace und zog Kat aufs Bett. »Lass uns stattdessen hier entspannen.«

Das war nicht ganz das, was sie im Sinne hatte, aber es war auf jeden Fall viel wärmer als draußen herumzulaufen und sie hatte das Gefühl, dass die Hitze im wahrsten Sinne des Wortes etwas zunahm. »Ist es nicht atemberaubend? Ich könnte den Schneefall stundenlang beobachten.«

Kat kuschelte sich an Jaces Brust. Die Landschaft war ein schöner Kontrast zum regnerischen Vancouver. Die winterliche Landschaft versetzte sie in Weihnachtsstimmung. Das Beste von allem war, dass sie bequem von ihrem breiten Doppelbett sichtbar war. Die Schneeflocken waren jetzt dicker und der Blick aufs Tal verdeckt. Drinnen zu bleiben war vielleicht gar keine schlechte Idee. Es war wirklich schade um Jaces Buch, aber vielleicht war es besser so.

Plötzlich setzte sich Jace erschreckt auf. »Moment mal, ist das nicht Ranger?« Er deutete auf das Küchenfenster. »Was macht der denn da draußen?«

Vielleicht war ihre Blockhütte doch nicht so abgelegen, wie sie zuerst gedacht hatte. Etwa neun Meter entfernt, direkt hinter den Bäumen, sah sie den großen Ranger zusammen mit einem anderen, kleineren Mann. Sie standen neben einem Motorschlitten, vermutlich auf einer Zufahrtsstraße, möglicherweise ein Teil der Straße, auf der sie hierhergekommen waren.

»Sie scheinen zu streiten.«, sagte Kat. Der kleinere Mann gestikulierte wütend und stieg auf den Motorschlitten.

Jace ging zum Fenster, um einen besseren Blick zu bekommen. Kat folgte. Von ihrem Aussichtspunkt konnten sie ungesehen das Geschehen beobachten. Sie konnten nichts von dem Gespräch hören, aber es war offensichtlich, dass Ranger dem Fremden einen Auftrag erteilte, etwas zu tun. Aber es lief nicht glatt. Der Mann sprang vom Motorschlitten und stapfte in Rangers Richtung durch den Schnee. Er gestikulierte wild und schrie Ranger an.

Ranger packte die Arme des Mannes und riss sie nach unten. Er schob den Mann zurück.

Der Fremde schwankte zunächst, machte dann einen Schritt vorwärts, um sein Gleichgewicht wieder zu erlangen. Ranger schob ihn wieder zurück und der Mann fiel neben den Motorschlitten mit dem Rücken in den Schnee.

Am Motorschlitten war ein kleiner Anhänger befestigt. Beide waren schwer beladen mit Kartons. Die Kartons hatten eine große rote Beschriftung, aber es war zu weit entfernt, sie zu entziffern.

Der Mann richtete sich auf und stützte sich mit einem Arm auf die Kartons. Er sagte etwas zu Ranger, diesmal wohl etwas Gedämpfter.

Ranger hob die Hände in den Himmel und stürmte in Richtung Lodge. Innerhalb weniger Minuten tauchte er auf einem zweiten Motorschlitten wieder auf. Die beiden Männer rasten auf ihren Fahrzeugen davon, Ranger vorweg. Sie zogen eine Spur im Schnee hinter sich her.

Kat hatte jetzt ihre Meinung zu einem Motorschlittenausflug mit Ranger geändert. Seine Stimmungsschwankungen sorgten nicht gerade für gute Gesellschaft.

»Jace?«

»Hmm?«

»Ist es nicht ironisch, dass unser Umweltschützerfreund eine große Lodge bewohnt, die Tonnen von Energie verbraucht? Und all diese Fahrzeuge? Wie viele Umweltschützer haben ihr eigenes Privatflugzeug?«

»Das ist ein Argument.«

»Frag ihn mal danach.«.

Jace schnaubte. »Das geht nicht.«

»Wieso nicht? Nur, weil du Ghostwriter bist, bedeutet das nicht, dass du einen Maulkorb tragen musst. Warum erzwingst du dieses Thema nicht einfach?«

Jace warf einen zweifelnden Blick zurück.

»Faktenprüfung«, sagte Kat. »Er muss das Thema in seinem Buch angehen, sonst werden es andere Leute für ihn tun. Auf diese Weise kannst du ihn davon überzeugen, dir die Wahrheit zu erzählen. Selbst wenn dein Name nicht auf dem Buch steht, kannst du immer noch stolz darauf sein, wie es geschrieben wurde.«

»Ja, das müsste hinhauen. Das Schlimmste, was mir passieren kann, ist, dass er mich rausschmeißt. Und um das zu tun, muss er uns nach Hause fliegen.« Er lächelte. »Das ist sowieso genau das, was ich will.«

»Frag einfach lieb und nett.« Dann umarmte sie ihn. »Ich möchte diesen Ort noch ein wenig genießen, bevor du seine Gastfreundschaft ganz zunichtemachst.«

»Ich werde es versuchen, aber ich kann für nichts garantieren, wenn es bedeutet, meine Werte und Überzeugungen zu kompromittieren. Am besten amüsierst du dich recht schnell, bevor es zu spät ist.«

Genau das wollte sie auch tun.

KAPITEL 3

*A*m Samstagmorgen war es draußen hell und klar. Kats Magen knurrte, aber sie war besorgt um das Frühstück in der Lodge mit Batchelor. Jace hatte die ganze Nacht über Batchelors Vertragstricks gegrübelt, und sie hatte die Befürchtung, er könnte seine Haltung verlieren.

Er musste einfach nur ein Wochenende lang mit Batchelor kooperieren, um für seine Mühe coole hunderttausend Dollar zu verdienen. Natürlich war es nicht ganz so einfach. Die beiden Männer würden an diesem Wochenende den ersten Entwurf abschließen. Jace würde ihn in den kommenden Monaten überarbeiten, aufpolieren und in ein fertiges Manuskript übertragen. Er musste nur für ein Wochenende lang sein Temperament im Zaum halten.

Jace hatte nicht mit der lukrativen Zahlung gerechnet, sondern auch damit, dass sein Name als Autor bekannt würde. Aber das war sein Knackpunkt. Als Ghostwriter wurde nur Batchelors Name auf dem Buchdeckel abgedruckt. Jaces Beitrag war anonym.

Obwohl sie Jace nicht vorwarf, sich wegen der Biografie betrogen zu fühlen, war es dennoch ein beschlossener Deal und leider hatte er nicht das Kleingedruckte gelesen. Ein Vertrag war ein Vertrag und er hatte die Verpflichtung, ihn zu erfüllen. Er musste Batchelor nur für einen Tag ertragen, bis sie am nächsten Abend wieder nach Vancouver zurückflogen.

Batchelor saß bereits im Speisesaal und wartete, als Kat und Jace zum Frühstück in die Lodge kamen. Er nickte zustimmend, während er in ein Headset sprach. Wie die meisten Tycoons arbeitete er ständig. Kats Besorgnis um Peinlichkeit war unnötig. Batchelor zumindest, zeigte keine Feindseligkeit.

Kat warf einen Blick auf Jace, aber er machte eine ausdruckslose Miene. Er hielt seine Emotionen in Schach, aber nur ganz knapp. Sein ruhiges Auftreten vor ein paar Minuten war plötzlich verschwunden. Er war angespannt und kochte innerlich. War es, weil sie ihn so gut kannte, oder könnte Batchelor es auch merken? Wie lange würde es dauern, bis Jace ausbrach? Es würde ihn viel Zurückhaltung kosten, seine Wut im Zaum zu halten, während er mit Dennis den ganzen Tag arbeitete.

Dennis Batchelor hatte entweder schon gegessen oder beschlossen, es nicht zu tun. Ein Glas Eiswasser und ein Stapel von Schnellheftern lag vor ihm. Er beendete seinen Anruf und trank sein Glas Wasser, bevor er sich zu ihnen umdrehte. Er vermied den Blickkontakt mit Jace aber lächelte Kat zu. »Guten Morgen.«

»Morgen«, antwortete sie. Die unausgesprochene Spannung war peinlich, gelinde gesagt. Offenbar hatte Dennis gemerkt, in welcher Stimmung sich Jace befand. Luxusbude hin oder her, dies würde wohl ein sehr langes Wochenende werden.

Die unangenehme Stille wuchs, während sie sich Jace gegenüber setzte. Dennis stand auf und ging zum Kühlschrank. Seine Absätze klackten auf dem Marmorboden und betonten die spannungsgeladene Ruhe. Er stellte sein Glas unter den Eiswürfelspender und das Eis fiel klirrend hinein. Er kehrte zu seinem Stuhl zurück und drehte den Verschluss einer Wasserflasche auf, alles, ohne nur eine einzige Silbe hervorzubringen.

Die Stille war unerträglich. Kat suchte den Raum ab, während sie versuchte, einen Aufhänger für ein Gespräch zu finden.

Sie war überrascht, an jedem Sitzplatz Mineralwasser zu finden. »Haben Sie kein Leitungswasser?«

»Nein, seit die Wasserleitung gestern geplatzt ist. Das kommt von dem Frost, der uns in der letzten Zeit zu schaffen gemacht hat. Dies ist eine temporäre Lösung, bis die Reparaturen abgeschlossen sind.«

Kat öffnete eine Flasche und füllte ihr Glas. Mineralwasser schien eine solche Schande zu sein, wenn man von Gletschern und Schneedecken umgeben war, wobei genau diese Bilder als cleverer Marketingtrick auf den Wasserflaschen abgebildet waren. Sie warf einen Blick aus dem Fenster, auf die drei Meter hohen Schneeverwehungen, die die Lodge umgaben. Viel frisches Wasser darin. Schmelzender Schnee war kaum effizient, aber Wasserflaschen im LKW liefern oder sogar einfliegen lassen, war es wohl noch weniger.

Batchelor musste ihre Gedanken erraten haben. »Unser Leitungswasser stammt aus einem Gletscher gespeisten See. Es ist schade, dass sie es nicht probieren können.«

»Ich werde es in der Stadt probieren.«

Er schüttelte den Kopf. »Das geht nicht. Die Wasserleitung ist am Speicherbecken geplatzt, nicht hier in der Lodge. Ich fürchte, Sie können das Wasser im Moment nirgendwo bekommen.«

»Ich vermute, dass man es im Winter nicht reparieren kann.« Das Wetter war zu kalt, und mit der geschlossenen Autobahn wäre es wahrscheinlich schwierig, einen Auftragnehmer zu finden, der diese Einöde im toten Winter aufsuchen würde, um Reparaturen durchzuführen.

Batchelor antwortete nicht.

Der Küchenchef bereitete Eier auf Bestellung zu, während sie sich am reichhaltigen Buffet bedienten. Hier gab es verschiedene Käsesorten, Brot und sogar frischen Lachs. Es gab so viel zu essen, dass sich Kat fragte, ob es noch andere Gäste gäbe. Sie wünschte, es wäre so, da ihre aktuellen Tischnachbarn nicht gerade gesprächig waren.

Kat wechselte das Thema. »Ich denke, ich werde heute eine Wanderung machen. Gibt es hier gute Wanderwege in der Nähe?« Während Jace und Dennis den ganzen Tag arbeiteten, würde sie das Beste aus ihrem Besuch machen. Sobald die beiden Männer allein wären, hätten sie keine andere Wahl, als miteinander zu reden.

»Nicht wirklich. Es gibt nicht viel hier in der Gegend zu tun, aber Ranger könnte Sie ins Dorf mitnehmen, wenn Sie wollen.«

»Das wäre prima.« Kat freute sich schon, in die kleine Stadt mit ihren entzückenden kleinen Läden und Cafés an der Hauptstraße entlang, zurückzukehren. Vielleicht gab es sogar ein paar Läden im Freien. Sie würde eine Stunde oder zwei durch die Geschäfte laufen und dann ihren Ausflug mit einem Spaziergang am Stadtrand beenden. Batchelors Verweis auf ein Dorf überraschte sie, da Sinclair Junction mindestens mehrere tausend Einwohner zu haben schien.

»Ranger wird sie mit dem Motorschlitten mitnehmen, da die Autobahn durch den Schnee gestern Abend geschlossen wurde.«

Umso besser. Sie hatte noch nie zuvor auf einem Motorschlitten gesessen.

Wie von Zauberhand erschien Ranger an der Tür. Ohne Zweifel hatte er ihr Gespräch belauscht, was sie allerdings verunsicherte. Sie hatte einen gemischten Eindruck von ihm, nachdem sie seine gestrige Auseinandersetzung mit dem Fremden erlebt hatte.

»Ich wusste nicht, dass es noch einen anderen Weg gibt, um hierherzukommen.«

»Es ist wirklich nur ein Pfad. Wir hängen nicht von der Autobahn ab, vor allem im Winter, wenn sie oft wegen Lawinen und Bergrutsch geschlossen ist. Manchmal ist sie tage- ja sogar wochenlang geschlossen. Wenn die Straße im Winter geöffnet ist, dann ist sie durch Schnee und Eis sehr tückisch. Deshalb haben wir Sie eingeflogen. Auch im Sommer dauert die Fahrt mindestens neun Stunden.«

»Ich dachte, Sinclair Junction wäre größer als das. Es sieht eher wie eine Stadt aus.«

»Ich spreche nicht von Sinclair Junction. Es gibt ein Dorf in der Nähe namens Paradise Peaks. Dort führt der Pfad hin.«

»Ich habe kein Dorf auf dem Weg hierher gesehen.« Kat hatte keinerlei Hinweise auf eine in der Nähe befindliche Siedlung wahrgenommen. Außer den Demonstranten natürlich.

»Das Dorf ist in der entgegengesetzten Richtung der Straße, auf der Sie hergekommen sind. Da gibt's nicht viel zu sehen, aber es gibt einen kleinen Gemischtwarenladen. Es ist nur ein paar Meilen von hier.«

Sie war enttäuscht, als ihr klar wurde, dass sie keine Gelegenheit bekam, die historische Stadt schließlich doch zu erkunden. Schaufensterbummel war auch nicht. »So nah? Vielleicht sollte ich stattdessen zu Fuß gehen.« Sie freute sich darauf, die klare Bergluft einzuatmen und ein wenig ihre Beine zu vertreten;

»Sie können nicht zu Fuß gehen.« Es gibt keine Straße und der Schnee ist zu tief. Sie müssen auf dem Motorschlitten über den Skitourenpfad fahren. Sie würden es nie auf eigene Faust finden.«

»Das klingt toll, Dennis. Ich werde Ihr Angebot in Anspruch nehmen.« Sie warf einen heimlichen Blick auf Jace, der so tat, als ob er in einer Zeitschrift blättern würde, während er aß. Sie blieb flexibel, auch wenn es nicht ganz das war, was sie erwartet hatte.

»Ich denke, Sie werden das Dorf mögen. Den Gemischtwarenladen gibt es schon seit Ende 1800«, sagte Dennis. »Er hat alles, was man sich vorstellen kann, von Haushaltswaren zur Jagdausrüstung bis zum Honig. Die Leute kommen meilenweit dorthin zum Einkaufen.«

»Es scheint hier alles so weit weg zu sein, als ob kaum jemand hier wohnen würde. Wo verstecken sich die Leute?« Sie hoffte, dass die Dorfbevölkerung aus mehr als nur den Demonstranten bestand.

»Es ist enttäuschend. Es gibt Hunderte von Menschen im Umkreis von ein paar Meilen, aber sie sind in Bauernhöfen und Gehöften verstreut. Unsichtbar von der Ferne, gleichwohl benachbart.«

Kat fragte sich, wie alle diese versteckten Menschen ihren Lebensunterhalt verdienten. Man munkelte, dass es in den Bergen noch eine Reihe von illegalen Marihuanaplantagen gibt. Eine andere Industrie in der Nähe war ihr nicht bekannt. Der Bergbau war riesig gewesen, jedoch Mitte vergangenen Jahrhunderts zusammengebrochen. Vielleicht war Gras der Ersatz dafür. Sie wollte lieber keine Frage über die Gerüchte der Marihuanaplantagen stellen und stattdessen Smalltalk machen. »Ich kann verstehen, warum Sie gerne hier sind. Es ist so still und friedlich.«

»Wir mögen das so.«, sagte Dennis. »Die meisten Leute kommen zu uns, um ihrer tagtäglichen Tretmühle zu entkommen.«

»Bereit?«, fragte Ranger und lächelte Kat zu.

Sie grinste. »Ich hole mir eine Jacke und ein paar Sachen.«

»Großartig, dann treffe ich sie draußen in zehn Minuten.«

Kat verabschiedete sich von den Männern, und war froh, der peinlichen Stille zu entkommen.

Wenige Minuten später saß Kat hinter Ranger auf dem Motorschlitten. Sie glitten durch den frischen Pulverschnee und das Sonnenlicht glitzerte aus dem Schneegestöber heraus, das der Motorschlitten hinter sich ließ. Das laute Motorgeräusch verhinderte jegliches Gespräch, was Kat gerade recht kam. Sie bewunderte die Winterlandschaft, während sie das hügelige Gelände überquerten.

Der Weg führte sie über ein offenes Plateau, das unendlich zu sein schien. Verschneite Bäume säumten eine Seite des Plateaus, während in etwa ein Kilometer Entfernung auf der gegenüberliegenden Seite des Plateaus abrupt Felsenklippen zum Vorschein kamen. Sie fuhren am Waldrand entlang, bis sie nach und nach von Wald umgeben waren und die Felsenklippen aus der Sichtweite verschwanden.

Nach einer Stunde Fahrtzeit kamen sie quietschend zum Stillstand. Umgestürzte Bäume lagen mehrere Meter entfernt über dem Pfad und versperrten jeglichen Zugang. Ranger stellte den Motor ab und drehte sich zu ihr um.

»Fast hätte ich sie nicht rechtzeitig gesehen. Sie sind schon wieder dabei.« Er hüpfte vom Motorschlitten und ging zu den gefallenen Bäumen. Er versuchte, einen zu bewegen und fluchte leise. Aber er rührte sich nicht.

»Wer ist sie?«, fragte Kat.

»Die Aktivisten mögen es nicht, dass Menschen hier durchfahren. Nicht, dass sie irgendetwas zu sagen hätten. Das Land gehört der Regierung und sie haben kein Recht, öffentliches Land zu blockieren.«

»Gegen was protestieren sie? Das Gleiche wie die anderen?«

Ranger ignorierte ihre Frage. »Ich muss Sie zurückbringen. Wir werden mit dem Geländewagen in die Stadt fahren.«

»Es gibt in der Tat eine Menge wütender Leute hier in der Gegend.

Irgendwas in der Luft?« Rangers Kommentare zerstreute ihre Vorstellungen von locker-flockigen Hippies, die Marihuana anpflanzen.

»So etwas Ähnliches.« Er drehte den Motorschlitten um und sie fuhren zur Lodge zurück. Bald hatten sie die Umzäunung von Batchelor Grundstücksgrenze erreicht. Ranger stieg vom Motorschlitten und öffnete das Gatter.

Kat war momentan versucht, nachzusehen, wie es mit Jace und Dennis lief, ließ es aber bleiben. Außerdem wollte sie die frische Luft des winterlichen Morgens genießen und es wäre eine Verschwendung, sich nicht ein wenig umzublicken. »Vielleicht kann ich hier ein wenig spazieren gehen und frische Luft schnappen.«

»Wenn Sie wollen. Aber gehen Sie nicht über die Grundstücksgrenze hinaus.« Er wies auf einen sanften Abhang, der von den Bergen und die Richtung der Demonstranten abschwenkte. »Sehen Sie den Rand dieser Lichtung?«

Kat nickte. Die Bäume waren spärlicher und Licht strömte durch sie hindurch.

»Dort gibt es einen Pfad. Folgen Sie ihm und sie kommen an die Straße. Statt der Straße zu folgen, überqueren Sie sie und laufen Sie am Pfad entlang. Der Weg verläuft im Kreis, sodass sie wieder zur Lichtung zurückfinden. Am Ende der Schleife gibt es einen schönen kleinen See.«

»Okay.« Warum hatte Ranger oder Dennis nicht diesen Pfad vorher erwähnt? Immerhin wollte sie ursprünglich einen Spaziergang machen.

»Wir treffen uns wieder hier und ich fahre sie zurück.« Ranger schaute an ihr vorbei, als das Geräusch anderer Motorschlitten immer näher kam. »Im Moment muss ich etwas erledigen.«

»In Ordnung. Ich komme wieder in ...«

»Sagen wir in einer Stunde.« Ranger drehte sich abrupt weg und brachte den Motor auf Touren. Er beschleunigte wortlos in Richtung der anderen Fahrzeuge.

Die Geräusche der Motorschlitten entfernten sich, während sich Kat auf den Weg machte. Der Schnee reflektierte das helle Sonnenlicht und alles war still bis auf ihre eigenen Schritte. Der letzte Nacht gefallene Schnee war frisch, leicht und flockig. Ihre Fußspuren waren die einzigen in der sonst endlosen weißen Weite.

Zehn Minuten später erreichte sie den Beginn des Pfades. Die Baumkronen hatte den Pfad vor dem Schnee geschützt, deshalb war er leichter zu begehen als der andere, auf dem sie mit dem Motorschlitten gefahren waren. Fünf Minuten später erspähte sie die Straße durch die Bäume und erreichte nach ein paar Schritten den See. Sehr enttäuschend. Ranger hatte offensichtlich entweder die Länge des Pfades, ihr Fitnessniveau oder beides unterschätzt.

Und jetzt? Sie hatte noch 45 Minuten Zeit, bis Ranger zurückkommen würde – eine Menge Zeit totzuschlagen. Also lief sie den Weg noch einmal hin und zurück und bemerkte die tiefen Schneeverwehungen, die um die Bäume quollen. Kaninchen und andere kleine Tierspuren zogen sich am Pfad entlang. Wie überall gab es auch unter Niederwild Raubtiere. Welche Arten lebten wohl auf einem Hochplateau? Wölfe, vielleicht Luchse? Wurde sie gerade von ihnen beobachtet?

Sie schauderte bei dem Gedanken, dass sich Raubtiere von Natur aus stumm verhielten. Ihre weitere Existenz hing genau davon ab. Aber wenn sich Raubtiere in der Nähe verstecken würden, dann blieben sie unsichtbar.

Kat wurde sich plötzlich der Stille bewusst. Keine Singvögel, da es für die meisten Vögel im Winter in der Gegend zu kalt war. Aber sie sah auch keine Falken und andere Vögel. Sie entspannte sich ein wenig, als sie sich daran erinnerte, dass außer den Greifvögeln alle anderen im Winter in den Süden flogen. Die Hartgesottenen würden sich in den niedrigeren Höhenlagen versammeln, wo die Temperatur milder war. Der schwere Schnee verringerte für Räuber und ihre Beute dramatisch die Chancen auf Nahrung. Tiere in der Region überwinterten oder verbrachten die meiste Zeit ganz tief in ihren Höhlen.

Ihre Rationalisierung machte die Stille nicht weniger unheimlich. Sie kehrte um und wiederholte ihren Spaziergang mehrere Male. Die einzige interessante Aussicht war der See, obwohl es im Winter nicht viel zu betrachten gab. Er war komplett zugefroren und von schneebedeckten Hügeln umgeben. Keine Vögel oder Wildblumen, nur ein stiller Winterwald. Sie kehrte zu ihrem Ausgangspunkt zurück. Inzwischen war fast eine Stunde vergangen. Immer noch kein Zeichen von Ranger.

Auch kein Ton von seinem Motorschlitten zu hören. Trotz der Stille hatte sie das unheimliche Gefühl, dass etwas oder jemand sie beobachtete. Sie erinnerte sich an Dennis' Kommentar, dass Hunderte von Menschen in der Nähe lebten. Wo verstecken sich die Leute?

Sie erschrak, als etwas durchs Unterholz in der Nähe huschte. Wahrscheinlich nur ein Reh.

Vielleicht war sie einfach nur paranoid. Ranger hätte sie nicht hierher gebracht, wenn es gefährlich wäre. Es würde nichts passieren, wenn sie noch etwas weiter laufen würde, so lange sie nicht ihren Orientierungssinn verlor. Es waren immer noch 10 Minuten bis sie am Treffpunkt wieder abgeholt werden würde.

Sie entdeckte einen anderen Pfad an einem nahe gelegenen Hang und wünschte sich, sie hätte ihn früher bemerkt. Rangers Vermutung, der Aufgabe nicht gewachsen zu sein, ärgerte sie. Die steile Steigung war genau das, was sie brauchte: ein bisschen Cardio-Training mit Hoffnung auf einen Panoramablick.

Sie stapfte bergauf und stellte fest, dass der Pfad mindestens eine zehnprozentige Steigung hatte. Das Hochkraxeln hatte den Vorteil, dass sie ihren Treffpunkt wahrscheinlich aus der Vogelperspektive beobachten konnte. Sie könnte schnell wieder hinuntergehen, sobald Ranger in Sichtweite käme.

Ihre Wanderstiefel waren nicht für Schnee und Eis gemacht und sie rutschte ein paar Mal aus, als sie damit kämpfte, den eisigen Hügel zu erklimmen. Schnee sickerte in ihre Stiefel und sie bereute es, keine Gamaschen mitgebracht zu haben, um die Knöchel trocken zu halten. Sie hatte wirklich nicht genug nachgedacht, als sie sich für den Ausflug angezogen hatte. Allerdings hatte sie sich auf einen Stadt-bummel eingerichtet und nicht auf eine Bergwanderung. Aber da keine Gefahr des Erfrierens bestand, war das alles nicht von Bedeu-tung. In weniger als einer Stunde würde sie sich am Kaminfeuer in der Lodge aufwärmen.

Sie kraxelte den letzten Abschnitt der Steigung hoch und schwitzte in ihrer schweren Jacke. Ranger war verrückt, zu denken, dass sie eine ganze Stunde auf dem anderen Pfad zubringen könnte.

Sie verließ den Pfad und kam wieder auf das Plateau, als ein Schuss ertönte. Sie erstarrte vor Schreck. Ranger hatte nichts von einer Jagd in der Nähe erwähnt, und sie hatte keine Spuren von Rehen oder Schwarzwild gesehen. Gab es einen anderen Grund für die Schüsse in der Wildnis?

Obwohl Ranger sie nicht mitten in einem Jagdbereich abgesetzt haben würde, hatte sie seine Anweisungen nicht befolgt. Sie war mindestens eine halbe Meile von ihrem Treffpunkt entfernt. Sie hätte diesen Pfad nicht nehmen sollen. Ihre Jacke vermischte sich mit der Umgebung. Was, wenn der Jäger ihre Bewegungen mit denen von Wild verwechselte?

Sie erstarrte vor Angst und war sich nicht sicher, was sie tun soll. Ihr Instinkt sagte ihr, sie solle zum Pfad zurückkehren, aber sie konnte die Schussrichtung nicht ausmachen. Sie musste sich vom Schützen distanzieren, jedoch könnten plötzliche Bewegungen den Finger des Schützens am Abzug beeinflussen.

Sollte sie ihre Abmachung mit Ranger beiseitelegen und auf eigene Faust zur Lodge zurücklaufen? Sie beschloss, ein bisschen länger zu warten, in der Hoffnung, dass Ranger den Schuss gehört hatte, und sich beeilen würde. Wo um alles in der Welt war er überhaupt? Ihrer Uhr zufolge war er zehn Minuten überfällig.

Ein Zweig schnappte hinter ihr.

»Keine Bewegung oder schieße.« Die Frau drückte ihr Gewehr in Kats Rücken.

KAPITEL 4

*D*ie Stimme der Frau war sanft, aber bestimmt. »Hände hoch, und zwar so, dass ich sie sehen kann.«

Ein bewaffneter Überfall war das letzte, was Kat im Hinterland erwartet hätte.

Kat hob langsam die Arme. »Bitte nicht schießen. Ich wollte gerade gehen.«

»Tun Sie, was ich sage. Jetzt umdrehen. Langsam.«

Kat erfüllte ihr den Wunsch und machte mit dem Gewehrlauf Bekanntschaft, der nur ein paar Zentimeter auf ihre Brust gerichtet war. Ihre Augen wanderten vom Gewehrlauf nach oben und blickte in die stahlblauen Augen einer sehr fit aussehenden grauhaarigen Frau. Sie war etwa fünfzehn Zentimeter kleiner als Kat, aber angesichts der Waffe, hatte sie nicht die Absicht, sie herauszufordern.

Die Frau verlagerte ihr Gewicht auf ihren Langlaufskiern und starrte Kat wütend an.

Sie erkannte Elke, die Frau, der sie an der Straßenblockade begegnet waren. Ich wollte nicht –.«

»Ich rede hier, sonst niemand.« Sie hielt das Gewehr auf Kat gerichtet. »Sagen Sie mir, wer Sie sind und was Sie hier suchen.«

»Ich bin Dennis Batchelors Gast. Ich glaube, wir haben uns bereits an ihrer Blockade gesehen –«

»Hände hoch, hab ich gesagt.«

Kat gehorchte. »Ich glaube, ich bin immer noch auf seinem Grundstück.« Sie hatte weder einen Zaun noch eine andere Grenzmarke überschritten. Vielleicht gab es keine Markierungen oder Eigentumsgrenzen. Auf jeden Fall könnte es die Situation entschärfen, wenn sie selbstbewusst auftrat. Wo zum Teufel war Ranger, wenn sie ihn brauchte?

»Das steht zur Debatte offen.« Elkes Gewehr stand in keinem Verhältnis zu ihrer kleinen Körpergröße. Genauso wie ihr riesiger Rucksack. Eine Klappschaufel war mit Bungee-Seilen befestigt und ein Paar Skistöcke lag vor ihren Füßen im Schnee. Sie schien auf alles vorbereitet zu sein.

»Okay, Ich habe mich geirrt.« Ranger hatte nicht genau angegeben, wo das Lodge-Gelände endete. Sie bedauerte, von der ursprünglichen Route abgewichen zu sein.

»Das haben Sie richtig erkannt.« Elke neigte den Kopf in Richtung Lodge. »Nun drehen Sie sich um und machen Sie sich rar.«

»Senken Sie zuerst Ihre Waffe.« Wenn Elke durch ihren schweren Rucksack das Gleichgewicht verlieren würde, könnte sie versehentlich den Abzug betätigen.

Elke schnaubte. »Warum sollte ich?«

»Schauen Sie, es tut mir leid, wenn ich Sie erschreckt habe. Ihre Meinungsverschiedenheiten mit Dennis Batchelor gehen mich nichts an und so soll es auch bleiben. Ich werde sofort gehen, wenn Sie Ihre Waffe senken. Ich drehe mich nicht um, solange Sie dieses Ding auf meinen Rücken gerichtet haben.« Sie wollte Elke nicht weiter verärgern, aber dieser Abzugsfinger gruselte sie.

Aber Elke rührte sich nicht. »Gehören Sie auch dazu? Uns auszutreiben, sodass Batchelor profitieren kann?«

»Ich habe keine Ahnung, wovon Sie reden. Ich bin nur dieses Wochenende hier, weil mein Freund an einem Projekt mit Dennis arbeitet.« Sie hätte abhauen sollen, solange sie die Gelegenheit gehabt hatte. »Ich glaube, es ist besser, wenn ich jetzt gehe.«

»Moment mal – welche Art von Arbeit?« Elke kniff die Augen zusammen.

»Er ist Journalist«, sagte sie. »Er schreibt Dennis' Biografie.« Gewehr oder nicht, es ging Elke nichts an. Sie bedauerte, keine weiteren Details geben zu können.

»Nichts als Lügen, kein Zweifel. Wenn es das wirklich ist, was Ihr Freund tut.« Aber Elke senkte die Waffe ein wenig. Sie war nun auf Kats Füße gerichtet.

»Natürlich ist es das.« Kats Herz raste. Sie riskierte, Elke immer mehr zu verärgern, da Schweigen noch schlimmer sein konnte. Die Dinge könnten sehr schnell eskalieren mit einer gewehrfuchtelnden Bekloppten in der Wildnis. »Warum wären wir denn sonst hier?«

»Keine Schönrednerei bitte. Sie sind genauso schlecht, wie Batchelor.« Elke verlagerte ein wenig ihr Gleichgewicht. »Bei euch Leuten geht doch alles nur ums Geld.«

"Welche Leute?« Kat ärgerte es, mit Batchelor in einen Topf geworfen zu werden. Sie konzentrierte sich erneut auf die Waffe. War die Sicherheit noch eingerastet? Würde sie losgehen? »Zum letzten Mal, würden Sie bitte endlich aufhören, Ihre Waffe auf mich zu richten?«

Endlich kam Elke ihrem Wunsch nach und ließ das Gewehr zur Seite ab. »Wie kann Batchelor sich Umweltschützer nennen? Er lässt es zu, dass sie unser Trinkwasser ruinieren und das alles nur um damit Profit zu machen.«

»Wieso soll er an einem Wasserrohrbruch Schuld haben?« Wie konnte Elke ihn für das Problem mit dem Wasserbecken verantwortlich machen?

»Hat er Ihnen das erzählt?« Elke schüttelte den Kopf. »Ich hoffe, Sie trinken es nicht.«

»Ich trinke Mineralwasser. Zumindest vorübergehend, bis das Problem behoben wurde.«

»Rechnen Sie nicht heute oder morgen damit. Das Wasser ist seit drei Jahren schlecht, seit der Absetzteich übergelaufen ist und unser Wasser verschmutzt hat. Die Mine hatte es nicht reparieren lassen. Tatsache ist, dass sie jetzt sowieso nichts mehr machen lassen, weil sie geschlossen wurde. Mit den Fingern deutete sie Anführungszeichen in der Luft an. »Sie sagen, es sei un-wirtschaftlich.«

Elkes Anschuldigung unterschied sich deutlich von Batchelors Version. Drei Jahre waren eine lange Zeit, um auf Leitungswasser zu verzichten. »Dennis hat mir von der Mine erzählt, erwähnte aber, dass der Absetzteich saniert worden ist.«

»Natürlich behauptet er das.«, schnaubte Elke. »Das Unternehmen hat einige halbherzige Reparaturen an der durchbrochenen Wand durchgeführt. Technisch gesehen, haben sie sie repariert, aber nicht rechtzeitig, um die Vergiftung unseres Grundwassers zu stoppen.«

»Kann es denn nicht behoben werden?« Umgebende Wasserstraßen und das Erdreich mussten nach einem Umweltunfall saniert und restauriert werden. So war das Gesetz.

Elke schüttelte den Kopf. »Das dauert Jahre. Die Natur muss ihren Lauf nehmen. Im Laufe der Zeit lösen sich die Verunreinigungen auf. Inzwischen können wir das Wasser nicht trinken oder irgendwelche Pflanzen anbauen.«

Pflanzen, zu denen auch Marihuana gehören könnte. Was Elkes Waffenbesitz erklärte.

»Ich erinnere mich jetzt, von diesem Unfall gehört zu haben. Es war überall in den Nachrichten, als es passierte. Ich hatte es vergessen, nachdem die Berichterstattung in den Medien verstummt ist.«

»Jeder hatte es. Die Politiker machten ihre Versprechungen und das Unternehmen versprach, die Dinge zu beheben, solange die Kameras auf sie gerichtet waren. In der Zwischenzeit wurden unsere Rinder vergiftet und unsere Kulturen starben. Menschen wurden krank.«

»Aber das ist schon ein paar Jahre her. Sind Sie sicher, dass es das Wasser ist?« Kanada war nicht gerade ein Entwicklungsland. Es gab Gesetze, zu deren Einhaltung die Unternehmen verpflichtet waren. »Die Mine konnte nicht betrieben werden, solange der Absetzteich nicht repariert war.«

»Sie sind ein kluges Köpfchen.« Elke kniff die Augen zusammen. »Die Mine ist außer Betrieb. Sie sagen, die Goldpreise sind zu niedrig und sie sind pleite. Die Wahrheit ist, dass sie mit der Regierung ein

Abkommen für einen Persilschein getroffen haben, solange die Mine eingemottet bleibt. Sie sollten sich klammheimlich vom Acker machen, dann würde man sie nicht strafrechtlich verfolgen. Was bedeutet das für uns?«

»Können Sie das Unternehmen nicht vor Gericht bringen?« Beim Bergbau werden viele Chemikalien, wie z.B. Zyanid, verwendet. Der Zweck der Absetzteiche war, die enthaltenen Verunreinigungen, zurückzuhalten. Wenn das Unternehmen den Teich nicht reparieren ließ, konnten sie für die daraus entstandenen Schäden haftbar gemacht werden.

Elke schüttelte den Kopf. »Regal Gold gehört einem chinesischen Unternehmen. Sie sind rechtlich unantastbar. Das ist ein Grund, warum sie die Mine stillgelegt haben. Ein anderer Grund sind zurückgegangene Preise. Die Goldpreise müssten auf das Doppelte der aktuellen Preise steigen, damit die Mine aus den roten Zahlen käme. Die Besitzer haben keine Motivation, um diese Anlage zu betreiben, geschweige denn, um Geld ausgeben, Dinge zu reparieren. Also verschwinden sie einfach – lassen ihre Investitionen im Stich.«

»Ich verstehe.« Es hatte absolut nichts mit Batchelor zu tun.

»Ach wirklich? Hat Ihnen Batchelor von seinen Plänen erzählt, uns alle von hier zu vertreiben? Er denkt, dass er uns überdauern kann, indem er unser Wasser ruiniert und uns unsere Arbeitsplätze wegnimmt.«

Wieder zurück zu Batchelor. Elke geiferte über alles und jeden, gab allen die Schuld.

»Moment mal«, sagte Kat. »Es war doch nicht Batchelor, der das Wasser verdorben hat. Selbst er hat kein sauberes Trinkwasser.«

»Er kann es sich leisten, Trinkwasser in LKWs liefern zu lassen. Wir nicht.«

»Das Wasser ist auch ein großer Nachteil für ihn. Auch wenn das, was Sie sagen, stimmt, kann er die Mine nicht betreiben. Beschuldigen Sie die Besitzer der Mine, weil sie die Schäden nicht beheben.«

»Er ist voll dabei.«

»Warum sollte er voll dabei sein? Haben Sie einen Beweis?« Batchelor hatte keinen Grund, Lügen über das Wasser zu verbreiten.

»Nicht direkt«, sagte Elke. »Er weiß, wie er seine Spuren verwischen kann. Ich weiß, wovon ich rede.«

Kat hatte ernsthafte Zweifel daran. »Haben Sie die Regierung kontaktiert? Sie haben Vorschriften und müssen gewährleisten, dass Unternehmen diese Regeln beachten.«

»Sie sind alle beteiligt. Sie decken sich gegenseitig.« Elke verlagerte ihr Gewicht. Ihre Waffe, die nun gegen ihr Bein gestützt war, fiel zu Boden.

Kat machte vor Schreck einen Satz.

Elke bückte sich und hob die Waffe auf. »Wir Ottonormalverbraucher sind immer die Gelackmeierten.«

»Nun, ich denke, ich sollte wohl zur Lodge zurückgehen.« Ohne Ranger, wo immer er war. Sie würde rennen, sobald sie aus Schussweite dieser bekloppten Verschwörungstheoretikerin war.

»Wenn ich Sie wäre, würde ich mich von diesem Mann fernhalten. Sie kennen den Spruch, Mitgehangen Mitgefangen?«

Kat nickte. »Wo genau liegt Batchelors Schuld bei dem ganzen Dilemma? Er ist doch genauso beeinträchtigt wie Sie.«

»Er schimpft sich Umweltschützer, obwohl er das verunreinigte Wasser in seinem eigenen Hinterhof verheimlicht. Alles, was er hätte tun müssen, war, die Medien zu alarmieren und ihnen sagen, dass dieses Problem niemals beseitigt worden ist. Er könnte die Aufmerksamkeit der richtigen Leute auf sich ziehen und alles geregelt bekommen. Warum hat er das nicht?«

Kat zuckte mit den Schultern. Elke hatte recht. Batchelor hatte vor einigen Jahren seine Lodge errichtet, noch vor dem Unfall. Jetzt war sein Heiligtum mit ungenießbarem Wasser verschmutzt. »Sie denken, dass er irgendwie an der Minengeschichte beteiligt ist?«

»Alles was ich weiß, ist, dass er die Macht hat, etwas zu tun, es aber nicht will. Irgendwie verdächtig für einen Umweltaktivisten, wenn Sie mich fragen.«

Kat suchte den Horizont ab, sah aber kein Zeichen von Ranger oder vom Motorschlitten. Sie hatte Besseres zu tun, als sich mit einer bewaffneten Fremden zu streiten. Sie versuchte ihre Zunge im Zaum zu halten, obwohl es ein starkes Stück war, Batchelor zu beschuldigen.

Es war ein lokales Problem, nicht ihres. »Ich muss jetzt wirklich gehen.«

Elke versperrte ihr den Weg. »Sie können die Medien und sogar die Regierung zum Schweigen bringen.«

»Nicht die Regierung.« Kat war nicht sicher, wen sie mit ›sie‹ meinte. »Es gibt Vorschriften für diese Art von Problemen. Niemand steht über dem Gesetz.«

»Na Sie sind mir vielleicht naiv.«

»Nein, das bin ich nicht.« Es ist einfach, Verschmutzungen zu messen. Die Testergebnisse lügen nicht, und wenn sie vorhanden sind, sollte sie jemand melden.« Diese Frau war echt bekloppt. Eine Bekloppte mit einem Gewehr.

»Sie können manipuliert werden. Batchelor hielt den Mund, weil etwas dabei für ihn rausspringt.«

Er hielt den Mund, weil es kein Problem gab. Kat wagte es nicht, es laut auszusprechen. »Ich denke, alles ist möglich.«

Elke starrte sie böse an.

Kat versuchte, die Diskussion wieder auf den richtigen Weg zu lenken. »Warum können Sie sie denn nicht selbst anzeigen? Was hindert Sie daran, an die Presse zu gehen? Wenn das, was Sie gerade gesagt haben, wahr ist, dann würden Sie eine riesige Verschwörung zwischen großen Unternehmen und der Regierung ans Tageslicht bringen.«

Elkes Gesicht verdunkelte sich. »Man könnte meinen, ja, aber es endet immer schlecht.«

Kat sah auf die Uhr. Sie hatte bereits 20 Minuten mit einem Streit vergeudet, der sie wirklich nichts anging. »Ich muss jetzt wirklich gehen.« Wenn sie ihren Spuren folgen würde, käme sie bestimmt an Ranger vorbei.

Elke war eine Irre, aber einige ihrer Behauptungen klangen wahr. Reiche Leute wie Batchelor tolerierten nur selten größere Unannehmlichkeiten für ein paar Tage, geschweige denn jahrelang. Wie viele Umweltschützer ließen sich jahrelang Wasserflaschen per LKW oder Flugzeug kommen?

Umweltschützer neigten auch nicht dazu, ihre Ferienhäuser in der

Nähe von Bergbaubetrieben zu bauen. Die Regal Goldmine war aktiv gewesen, lange bevor Batchelors Lodge errichtet wurde. Sie erinnerte sich an die Nachrichten zu dem Unfall von vor drei Jahren. An den Namen Batchelor in diesem Zusammenhang konnte sie sich jedoch nicht entsinnen. Seltsam, wo er doch eine solche Vorliebe für Öffentlichkeitsarbeit hatte.

Elke hatte nicht ganz unrecht, dass sich Umweltschützer normalerweise bei Umweltkatastrophen in ihrem eigenen Hinterhof massiv zur Wehr setzen. Kat spähte über die Schulter der Frau. Ranger war schon mehr als eine Stunde überfällig und ohne Handy-Signal hatte sie keine Möglichkeit, ihn oder sonst jemand zu kontaktieren.

»Fragen Sie Batchelor, was er von der Regal Goldmine hält«, sagte Elke. »Ich wette, dass Sie keine klare Antwort bekommen.«

»Sie denken wirklich und wahrhaftig, dass er irgendwie an der Minengeschichte beteiligt ist?« Vielleicht steckte doch mehr hinter dieser Geschichte. Wenn ja, könnte Jace vielleicht einige Fakten als Teil der Biografie zusammengetragen haben.

»Natürlich ist er das. Er hat sie angelogen, als er Ihnen erzählte, die Mine wäre sofort saniert worden, sonst würde er ja kein abgefülltes Flaschenwasser trinken.«

»Aber da ist doch die gebrochene Pipe...«

»Das ist eine glatte Lüge. Erst der Absetzteich, dann schließt die Mine, um Umweltstrafen und Sanierungskosten zu vermeiden. Das Unternehmen hat sie einfach stillgelegt, weil es zu teuer war, den Absetzteich zu reparieren. Menschen verloren ihre Arbeit und verließen diesen Ort. Wir sind nur noch wenige und haben ein Recht auf sauberes Wasser. Das einzige, was kaputt ist, sind unsere Träume.«

Sie starrten beide auf die knirschenden Stiefel im Schnee. Kats Hoffnungen wurden zunichte gemacht, als sie erkannte, dass der Mann nicht Ranger war.

»Elke? Ich habe mich gefragt wo du bist.« Der Mann kam herüber und stellte sich vor. »Ich bin Fritz.« Er streckte seine Hand aus und sprach in akzentuiertem Englisch. Kat mutmaßte, dass die beiden miteinander verheiratet sind.

»Katerina Carter. Nennen Sie mich Kat.« Sie schüttelte ihm die Hand.

Fritz war viel freundlicher als Elke. Er hatte auch eine beruhigende Wirkung auf seine Frau, für was sie dankbar war. »Wir sprechen gerade über die Regal Goldmine.«

»Aha.« sagte er lächelnd. »Ihr Lieblingsthema. Hat sie Ihnen auch vom verunreinigten Trinkwasser erzählt?«

Kat nickte.

»Es ist nicht nur unser Trinkwasser. Das Grundwasser sickert ins Gras, auf dem unsere Tiere weiden und gelangt somit in unsere Milch und unser Fleisch. Die Offshore-Besitzer kümmern sich nicht darum.«

»Das ist schrecklich«, sagte Kat. Es war auch eine Schande, dass Dennis Batchelor seinen Einfluss nicht genutzt hatte oder es tun würde, um die Dinge richtig zu stellen. Sie beschloss, ihn direkt zu fragen, wenn sie in die Lodge zurückkäme.

»Aber das Wasser und die Mine sind nicht Ihr Problem. Sie müssen Elke schon entschuldigen. Sie reagiert sehr leidenschaftlich was dieses Thema anbelangt.« Er seufzte. »Ich habe einen Strich unter die Rechnung gezogen. Es gibt nichts, was ich gegen so starke Leute tun könnte. Was führt Sie hierher?«

»Ich bin zu Besuch, während mein Freund eine Arbeit für Batchelor durchführt.«

Fritz' Gesicht verdunkelte sich. »Stimmt das?«

Kat bedauerte sofort ihre Wortwahl, die es erscheinen ließen, als ob Jace Batchelors Angestellter wäre. »Er schreibt Dennis' Biografie.« Technisch gesehen eine Ghostwriter-Autobiografie, aber das war für das Paar irrelevant. »Batchelor sagte, seine Mission wäre, diese unberührte Wildnis zu schützen.«

»Wahrscheinlich hat er die Straße nicht erwähnt, die er gerade baut.«

»Welche Straße?« Kat erinnerte sich an die Fotos an Batchelors Wand. Wenn Fritz' Behauptung stimmte, was um alles in der Welt war mit diesem Umweltschützermeister passiert, der sich in Jugendzeiten selbst an einen Baum gekettet hatte? Seine Kommentare waren Elkes

Echo. Jedoch hatte Batchelor nichts von einer Straße erwähnt. Sie hatte eher den Eindruck, als ob er gegen Entwicklungen jeglicher Art wäre.

»Das reicht, Fritz. Lass uns gehen.« Elke packte den Arm ihres Mannes und führte ihn weg, gerade als sich ein Motorschlittengeräusch näherte.

Ranger kam in Sicht.

Kat stieß einen Seufzer der Erleichterung aus. Sie drehte sich um, weil sie sich verabschieden wollte, aber das Paar hatte sich bereits entfernt und fuhr mit den Skiern in die entgegengesetzte Richtung.

Sie machte kehrt und ging auf den Motorschlitten zu, dachte dabei an die Mine und die Behauptungen des Ehepaars. Sie war schon fast am Motorschlitten angekommen, als sie durch einen lauten Knall wie angewurzelt stehen blieb.

KAPITEL 5

*V*on Kats Aussichtspunkt war es unmöglich, den Riss zu übersehen. Ein massives Schneebrett hatte sich vom Berg direkt über ihnen gelöst. Der Schneevorsprung darüber bildete eine tiefe Bruchlinie in Form eines V, wo der Schnee nach innen zusammenbrach. Für einen kurzen Moment lief alles wie in einem Naturfilm in Zeitlupe ab, bis schließlich die Schwerkraft einsetzte.

Dann stürzte alles gnadenlos nach unten.

Eine Seite brach zusammen und schleuderte den Hang hinunter wie ein Pfeil auf der Suche nach seinem Ziel. Das Fadenkreuz war nur ein paar Meter von dem Ort entfernt, an dem sie vor weniger als einer Minute mit den Kimmels gestanden und diskutiert hatte.

Eine Lawine.

Die Stille des Bruchteils einer Sekunde kam ihr wie eine Ewigkeit vor, in der Gesichter und Orte, Erinnerungen und ihre Zukunft vor ihrem inneren Auge abliefen. Bewusst, was jetzt passieren würde, jedoch machtlos, es aufzuhalten.

Ein weiterer lauter Knall ertönte und ein zweites Schneebrett löste sich vom Berg. Der Boden bebte, sodass sie fast gestürzt wäre. Die Vibration wurde durch ein leises Grollen begleitet. Es wurde immer lauter, konnte aber die Schreie der Kimmels nicht übertönen. Es war, als ob die gesamte Spitze des Berges abgemeißelt worden war und den Hang hinunter raste. Die Lawine wuchs weiter, da sie immer mehr Schnee in ihrem Gefolge sammelte und sich ausdehnte, während sie den Hang hinunter stürzte.

Kat lief in die Richtung, in die Elke und Fritz gegangen waren. Die Schneemasse fächerte sich auf in einer Breite von über dreißig Metern und nahm an Geschwindigkeit zu. Es war nur etwa fünfzehn Meter über ihr, aber sie stand einfach nur da, vor Angst gelähmt. Sie könnte niemals einer Lawine entkommen.

Ihre Augen folgten dem Verlauf und plötzlich sah sie Elke und Fritz mitten in der Gleitzone stehen. Fritz stolperte und fiel hin, als er verzweifelt versuchte, umkehren.

»Hilfeeeeee!« Elke schrie und zerrte an Fritz' Arm in einem hoffnungslosen Versuch, ihn hoch zu ziehen. Es war zu spät.

Der Schneeball gewann an Geschwindigkeit und drosch den Hang hinunter. Er breitete sich aus, als ob er seine Arme öffnen wolle und war nur noch etwa sechs Meter vom dem Paar entfernt. Diese Situation bohrte sich in Kats Bewusstsein wie ein Standbild ein und es wurde ihr klar, dass die beiden mikroskopisch gegenüber der massiven Schneewelle über ihnen waren.

Dann wurden sie von dieser monströsen Schneemasse geschluckt.

Es gab nichts, was sie hätte tun können.

Rein gar nichts.

Auch sie würde erfasst werden. Sie schrie und rannte in die entgegengesetzte Richtung.

Die Bäume.

Ihre dicken Stämme waren alles, was sie vor einer lebendigen Bestattung in einem eisigen Grab retten würde. Sie könnten der Macht des tonnenschweren Schnees standhalten. Vielleicht oder auch nicht.

Die Bäume standen am Rand der sonst kahlen Gleitzone, ein klarer Beweis für das Massaker von früheren Lawinen.

Die Bäume waren ihre letzte Hoffnung, aber nur dann, wenn sie sie rechtzeitig erreichte.

Die nächste Baumgruppe war nur etwa fünfzehn Meter entfernt, aber ihre Füße kamen nur schwerlich in diesem tiefen Schnee voran. Normales Gehen war kein Problem, aber Rennen war eine herkulische Anstrengung. Jeder Schritt versank im Schnee wie in Treibsand.

Das Rumpeln wurde immer lauter und der Himmel verdunkelte sich. Der Schnee ragte über ihr wie eine hawaiianische Surfwelle.

Es gab nur noch eins – rennen oder sterben.

Das Gehölz der Tannen war nur noch drei Meter entfernt und die Lawine warf ihren Schatten über sie. Auch die Bäume könnten unter der Flut von Schnee zusammenbrechen, aber es war ihre einzige Überlebenschance.

Die Vibration schüttelte sie durch und durch. Ihr Herz schlug ihr bis zum Hals, während sie sich selbst vorwärts drückte. Ein Schritt, zwei Schritte ...

Könnte sie es schaffen?

Sie konzentrierte sich auf die Baumwipfel, die unter der ersten Schneewelle schwankten.

Schneeflocken kribbelten an ihren Wangen, während der Schnee auf sie zu ratterte.

Sie erreichte die Bäume und brach völlig erschöpft in einem Schneeloch unter einem Baum zusammen. Sie drückte ihren Rücken an den Stamm und wappnete sich gegen den bevorstehenden Schneewall.

Eine Mikrosekunde später traf die Schneewand mit einem kraftvollen Zischen. Die Bäume verschwanden und sie war von Schnee umgeben. Alles, was sie sah, war weiß, während eisige Flocken auf ihrem Gesicht brannten. Sie griff instinktiv nach oben und wedelte mit dem Armen, um den Schnee wegzuschieben. Der Berg grollte, während sie damit kämpfte, aufrecht zu bleiben.

Ebenso schnell war die Lawine verschwunden.

So wie alles andere. Baumgruppen waren völlig spurlos verschwunden, und es blieben nur ein paar einsame Bäume, die der alles zerstörenden Schneewelle wie durch ein Wunder entkommen waren. Sie schaute nach oben und sah, dass Zweige auf einer Seite des Baumes fehlten, unter dem sie Schutz gesucht hatte. Nur noch ein paar Meter weiter und sie wäre auch gestorben. Sie schauderte bei dem Gedanken.

Sie lag immer noch auf dem Boden im sechzig Zentimeter großen Schneeloch am Fuße des Tannenbaums, buchstäblich gelähmt bei dem Gedanken, wie knapp sie dem Tod von der Schippe gesprungen ist. Dann quälte sie sich mühsam auf die geprellten und gequetschten Füße. Alles, was sie jetzt wollte, war, Jace zu sehen und seine schützenden Arme um sie herum zu fühlen. Sie musste Hilfe holen.

Sie strich den Schnee von ihrer Jacke und die morbiden Gedanken aus dem Kopf. Sie musste unbedingt versuchen, klar zu denken. Sie betrachtete ihre Umgebung. Auch hier am Rande der Lawine war der Schaden groß. Nur ihr Baum und ein anderer in der Nähe hatten die Katastrophe überlebt. Die restlichen Dutzend Bäume oder so waren nichts weiter als Kleinholz. Reines Glück, dass sie einen Baum gewählt hatte, der stark genug war, der immensen Kraft der Lawine zu widerstehen.

Das war knapp!

Zu knapp.

Sie blickte den Berggipfel hinauf und sah, dass mindestens ein Drittel davon verschwunden war. Das Lawinenbrett war noch breiter gewesen, als sie vermutet hatte. Ihre Augen folgten der Lawinenspur bis zum Berg hinunter. Alles auf ihrem Weg nach unten wurde ausgelöscht und hatte die Landschaft völlig verändert.

Verschwunden war die Baumgruppe, die Elke und Fritz durchquert hatten, bevor sie den offenen Hang erreichten. Die meisten der anderen Bäume, die am Hang entlang standen, waren ebenso verschwunden und unter einer etwa zehn Meter hohen Schneedecke begraben. Die Stelle, an der sie noch vor ein paar Augenblicken gestanden hatte, war ganz besonders betroffen. Wäre sie nicht losgerannt, hätten sie die Schneemassen begraben.

Die Bäume über ihr wären auch getroffen worden, mit Ausnahme der einfachen Tatsache, dass sie sich ein paar Meter weiter weg vom direkten Weg der Lawine befanden. Die Schneewolke, die sie umhüllt hatte, war Sprühnebel, nicht die Schneemasse selbst.

Sie hatte Glück gehabt. Zur richtigen Zeit am richtigen Ort.

Ein Schrei steckte ihr in der Kehle , als ihre Augen eine Bewegung erfassten. Ein Paar Skistöcke schlitterten ein paar Meter den Hang hinunter, bevor sie sich an einem kleinen Ast verklemmten, der aus dem Schnee herausragte. Vor fünf Minuten steckte dieser Zweig noch fest an der Spitze einer vierzig Jahre alten Weißtanne.

Mit Ausnahme der Stöcke, enthüllte der unberührte Schnee nichts. Keine Spuren, kein Pfad oder Weg. Keine Anzeichen von Bewegung.

Alle Zeichen menschlichen Lebens ausgelöscht.

Mit Ausnahme der Skistöcke.

Als das Ehepaar sie noch vor ein paar Minuten verließ, hatte Elke ihr Gewehr in der einen und die Skistöcke in der anderen Hand getragen. Ihre Skistöcke lagen nur auf dem Schnee, weil sie die Handgelenkbänder nicht benutzt hatte. Und jetzt war sie weg.

Fritz war drei Meter von seiner Frau entfernt gewesen, aber es gab auch von ihm keine Spur.

Noch vor weniger als fünf Minuten hatte sie mit ihnen gesprochen. Doch plötzlich, von einem Moment zum anderen, wurden sie in einem eisigen Gefängnis eingeschlossen.

Kat rannte zu dem Ort, an dem sie die beiden zuletzt gesehen hatte. Sie musste sie ausgraben, bevor sie erstickten. So gut wie unmöglich, ohne eine Schaufel zu graben oder ohne einen Sender, um sie unter dem Schnee zu orten. In der Tat hatte sie keine Lawinenrettungs- oder Notfallausrüstung dabei. Ohne ein Handy-Signal konnte sie noch nicht einmal um Hilfe rufen.

Alles, was sie konnte, war, mit ihren eigenen Händen zu graben.

Sie schrie, in der Hoffnung auf eine Antwort.

Schweigen.

Sie grub ihre Hände in den Schnee, in der Hoffnung auf frischen, weichen Pulverschnee zu stoßen. Aber dieser Schnee war knochenhart mit älteren, gefrorenen Schichten. Es war wie Zement, fast unmöglich zu graben. Fast unmittelbar wurden ihre Handschuhe durchnässt und ihre Hände eiskalt.

Sie zwang sich dazu, durchzuhalten, wohl wissend, dass das Leben des Ehepaars auf dem Spiel stand.

Aber es half nichts. Sie hatte jedes Gefühl in den Händen verloren und die Zeit lief ihr davon. Gerade einmal dreißig Zentimeter hatte sie innerhalb von fünf Minuten gegraben.

Sie könnten bereits tot sein. Das Paar hatte keine Reaktion gezeigt, kein Anzeichen, dass sie tatsächlich noch an diesem Ort waren, an dem sie die beiden zuletzt gesehen hatte.

Sie erkannte entsetzt, dass dies womöglich gar nicht die Stelle ist, an der sie begraben worden waren. Der Schnee musste sie drei oder vielleicht sogar dreißig Meter weiter nach unten gezogen haben, bevor sie verschüttet wurden. Sie könnten überall sein.

Womöglich waren sie noch nicht einmal zusammen, je nach Winkel und Geschwindigkeit, mit der sie der Schnee getroffen hatte. Hatten sie Lawinen-Verschütteten-Suchgeräte getragen? Aber die halfen sowieso nur, wenn jemand mit einem entsprechenden Empfänger hier sein würde.

»He! Kommen Sie hier rüber. Sofort!« Ranger winkte vom Motorschlitten. Er hatte neben den beiden übriggebliebenen Tannen angehalten.

»Nein. Sie kommen hierher. Es gibt Verschüttete. Sie müssen Hilfe holen.« Kat grub weiter.

»Ich habe gerade per Funkgerät um Hilfe gerufen.«, brüllte Ranger zurück. »Sie müssen hier weg. Sofort, bevor eine zweite Lawine abgeht. Dieser Hang ist extrem unsicher.«

»Ich muss sie rausholen. Haben Sie eine Schaufel?« Die Zeit drängte, bevor es zu spät war. Sie konnte jetzt nicht aufhören.

»Es gibt nichts, was wir tun können, ohne selbst getötet zu werden. Kommen Sie hier rüber, schnell.« Ranger sprach in sein Funkgerät und winkte Kat zu ihm hinüber.

Sekunden später knisterte eine weitere männliche Stimme eine Antwort. Die Funkstörungen waren so stark, dass sie die Worte nicht entziffern konnte. Es war ihr auch völlig schnuppe. Ihr einziges Interesse lag darin, die Kimmels zu finden.

»Wir müssen sie retten.« Sie hatte noch nie eine Lawine aus erster Hand erlebt, wusste aber, dass sich niemand ohne fremde Hilfe befreien konnte. Die Opfer wurden unter betonartigem Schnee begraben und konnten weder Arme noch Beine bewegen. Nur wenige

Zentimeter entfernt waren sie unsichtbar und könnten von Möchtegern-Rettern unbemerkt bleiben.

Die wenigen, die dem Tod von der Schippe gesprungen waren, trugen in der Regel Lawinenpiepser und hatten einen schnelldenkenden Bergretter in der Nähe. Auch mit fast unmittelbarem Einsatz von Schaufeln und Sonden, waren sie nur für eine begrenzte Zeit wirksam. Zeit war nicht auf der Seite der Opfer. Jeder, der nicht innerhalb weniger Minuten entdeckt wurde, erstickte gnadenlos.

Elke und Fritz lagen irgendwo unter dem Schnee, gefangen. Haben sie ihre Stimme gehört und waren nicht in der Lage, zu reagieren? Oder war es schon zu spät?

»Ich habe die Lawine gehört.« Ranger sah von seinem Funkgerät auf. »Ich habe die Bergwacht angerufen, aber ich weiß schon jetzt, dass es zu spät für sie ist. Aber Sie schaffen es vielleicht noch, wenn Sie sofort hierher kommen.«

Sie blieb starr.

»Kat, es ist fast 30 Minuten her. Sie sind bereits tot. Niemand hält es so lange durch.«

Dreißig Minuten? Es schien ihr unter zehn zu sein, aber bei allem, was passiert war, hatte sie vielleicht die verstrichene Zeit unterschätzt. Ranger hatte recht, aber das machte es nicht einfacher. Kat stand auf und stapfte erschöpft und traurig zu Ranger und dem Motorschlitten.

»Was hat die Lawine ausgelöst?« Kat suchte den Berg auf Anzeichen von Skifahrern oder Motorschlittenfahrern ab, aber es gab kein Zeichen von menschlicher Aktivität.

Lawinen waren selten im Dezember. Sie waren häufiger im Frühjahr, wenn die Temperaturen zwischen Tau und Frost schwankten und die Schneeschmelze begann. Sie wusste das von Jaces Arbeit als Freiwilliger des Such- und Rettungsteams in den Bergen nördlich von Vancouver. Während das Wetter hier trockener und kälter war als in Vancouvers Küstengebirge, funktionierten Lawinen überall nach den gleichen Grundsätzen.

Sie nahmen niemanden gefangen. Sie töteten hingebungsvoll.

Ranger schüttelte den Kopf. »Ich weiß es nicht. Manchmal sind es die Skifahrer selbst. Sie lassen sich durch die offenen Weiten verleiten und fahren quer über den Hang. Dort ist es am gefährlichsten. Aber dort liegt auch der beste Pulverschnee.«

Aber das Paar hatte sich gerade mal durch die Bäume gequält, als es losging. Und das Schneebrett hatte ganz weit über ihnen begonnen. Sie hatten die Lawine mit Sicherheit nicht ausgelöst.

»Müsste denn die Bergwacht nicht bereits hier sein?« Rangers Kommentare beunruhigten sie. Fritz und Elke waren erfahrene Einheimische und müssten eigentlich mit dem Gelände vertraut gewesen sein. Soweit sie sich erinnerte, waren die beiden langsam, nicht aggressiv gefahren. Obwohl Lawinen unberechenbar waren, hatten sie durch ihre Aktionen sicherlich kein Schneebrett ausgelöst. Etwas passte hier nicht zusammen.

Ranger blickte zum Himmel. »Die Hilfe kommt mit dem Hubschrauber. Ich dachte eigentlich, sie wären schon hier.«

Kat hatte immer noch einen schwachen Hoffnungsschimmer, aber die Uhr tickte. »Können wir nicht ein bisschen näher herangehen? Nur, um ein Gefühl dafür zu bekommen, wo wir mit der Suche beginnen müssen? Es könnte einige Zeit dauern. Wir könnten zumindest den Rettern helfen, indem wir ihnen die Stelle zeigen, an der sie verschwunden sind.«

»Zumindest etwas.« Ranger nickte. »Solange wir in der Nähe der Bäume, aber vom Lawinenpfad entfernt bleiben.«

Sie folgte ihm, während er einen großen Kreis um die Stelle machte, an der sie noch vor ein paar Momenten gestanden hatte. Sie gingen langsam am Rand der Büsche und Bäume entlang, suchten nach Anzeichen des Ehepaars oder ihrer Ausrüstung. Außer den Skistöcken gab es keine Anzeichen dafür, wo der Berg sie verschluckt haben könnte.

Lawinen, genau wie Tornados, verschleppten ihre Opfer oftmals sehr weit von ihren ursprünglichen Positionen. Sie könnten überall auf oder unter ihrem ursprünglichen Standort liegen, und viele Meter tief unter dem Schnee. Rettung war nun ohne jede realistische Erfolgschancen.

»Was ist das?«, Kat zeigte auf einen dunklen Gegenstand dreißig

Meter unter ihnen. Sie kannte die Antwort, bevor Ranger sprach. Es war Elkes Gewehr. Elke war immer noch nirgends zu sehen.

»Das heißt nicht, dass sie irgendwo in der Nähe ist. Es blieb oben auf dem Schnee liegen, weil es leichter ist.«

Sie standen auf der gleichen Höhe, auf der das Paar zum letzten Mal gesehen worden war, nur ein paar Meter entfernt. Sie suchte den Schnee ab, sah aber keine Hinweise auf Spuren des Paares, bevor sie unter der Schneedecke verschwanden. Sie waren direkt in der Schussbahn gewesen. Der Aufprall selbst könnte sie getötet oder zumindest bewusstlos geschlagen haben.

Sie wollte sich gerade abwenden, als sie Spuren entdeckte.

»Sehen Sie das?« Sie deutete auf Motorschlittenspuren, dreißig Meter über ihnen. Seltsam, da sie keinen anderen Motorschlitten gehört hatte. Und Ranger war aus der entgegengesetzten Richtung gekommen. »Glauben Sie, dass das hier der Auslöser der Lawine ist?«

Ranger schüttelte den Kopf. »Das Schneebrett war gestern abgebrochen, und hat heute wahrscheinlich die Lawine verursacht. Diese Skifahrer hätten es wirklich besser wissen müssen.«

Sonderbar, so etwas zu sagen.

Kat erinnerte sich plötzlich an Rangers Kommentar von vorher. Er hatte die Person mit dem Gewehr betreffend, als ›sie‹ bezeichnet. Ranger war nach der Lawine angekommen. Wie konnte er gewusst haben, dass es sich um eine Frau handelt und dass sie diejenige gewesen war, die ein Gewehr getragen hatte?

»Gestern?«

»Wie ich Ihnen bereits sagte, ist es gefährlich, hier zu bleiben.« Ranger blickte zum Himmel. »Keine Ahnung, warum der Heli noch nicht da ist, aber je länger wir bleiben, desto mehr riskieren wir unser eigenes Leben. Wo auch immer sie sind, es gibt keine Hoffnung auf Überleben.«

»Ich habe eine Person davon erkannt – Elke von der gestrigen Blockade. Sie war mit ihrem Ehemann zusammen. Ich habe mit ihnen gesprochen, noch ein paar Minuten bevor diese … Tragödie passiert ist.« Ein Schluchzen steckte in ihrer Kehle.

»Eine Tragödie.« Rangers Stimme war völlig Emotionslos.

Kat erzählte ihm von der Diskussion über die Mine. »Diese Leute haben eine Straße erwähnt, die Batchelor bauen lassen will. Wissen Sie etwas darüber?«

»Sie wollen es nicht zulassen, auch wenn es für jedermann Nutzen ist. Sie geben vor, Umweltschützer zu sein, sind es aber nicht. Sie sind Marihuanazüchter und eine Straße erhöht die Möglichkeit, geschnappt zu werden.« Er warf einen Blick auf die Lawine. »Ich denke, das wird jetzt nicht mehr passieren.«

Kat zitterte. Immer noch kein Zeichen der Bergrettung. »Können Sie nicht nochmal anfunken? Wo bleiben die?«

Selbst in dem unwahrscheinlichen Fall, dass Elke oder Fritz die Weitsicht hätten, mit den Armen vor ihren Gesichtern zu wedeln, um eine Lufttasche zu schaffen, waren ihre Überlebenschancen jetzt gleich null. Es war hoffnungslos. Sie fühlte sich verantwortlich, da sie nicht in der Lage gewesen war, sie zu retten.

Ranger sprach wieder in sein Funkgerät und drehte sich zu ihr um. »Sie sind immer noch 10 Minuten entfernt, und mit einem anderen Notfall beschäftigt.«

Kat ward schwer ums Herz. Die Ironie der Straße hatte ihr einen Schock versetzt. »Ich nehme an, dass ihnen in diesem speziellen Fall, eine Straße geholfen hätte. Nur wussten sie es noch nicht.

Ranger nickte. »Sie können den Fortschritt nicht aufhalten.«

Das war nicht ganz das, was Kat gemeint hatte, aber irgendwie hatte Ranger recht.

KAPITEL 6

*K*at saß gegenüber vom Kamin im Salon der Lodge und ihre zitternden Hände wärmten sich an einer dampfenden Tasse frisch gebrühten Kaffees. Sie saß in einem Polstersessel und stand nach wie vor durch die Lawine unter Schock.

Reines Glück hatte sie davor gerettet, unter zwei Tonnen Schnee begraben zu werden.

Aber Elke oder Fritz hatten ein viel schlimmeres Schicksal erlitten. Hätten sie überlebt, wenn rechtzeitig Hilfe gekommen wäre? Sie würde es nie erfahren und sie fühlte sich unwohl bei diesem Gedanken. Schließlich war die Rettungsmannschaft angekommen, aber mehr als eine Stunde nach dem die Lawine abgegangen war.

»Du hättest nicht auf eigene Faust so weit weggehen sollen.« Jace saß auf Kats Stuhlkante und hatte seinen Arm auf ihre Schulter gelegt. »Du hast Glück gehabt, dass dich die Lawine nicht erwischt hat.«

Sie fühlte sich nicht vom Glück begünstigt.

Ranger stand am Kaminsims und Wasser lief in Rinnsalen an seiner wasserdichten Hose hinunter. Es hatte sich auf dem schwarzen Schiefer unter seinen Füßen eine kleine Pfütze gebildet. Dennis sah vom Tisch hoch, auf dem er von Notizblöcken, Papieren und zwei

Laptops umgeben war. Die beiden Männer hatten ihre Arbeit unterbrochen, als Kat und Ranger zurückkamen.

Dennis und Ranger tauschten einen Blick miteinander aus. Anschließend richteten sie ihre Aufmerksamkeit auf Kat.

»Das war bedrohlich nahe.« Sie zitterte und fragte sich, warum Ranger sie nicht vor der instabilen Schneedecke gewarnt hatte. Allerdings hatte sie sich ein paar hundert Meter weiter von seiner vorgeschriebenen Route entfernt. Trotzdem ...

»Noch ein paar Schritte und Sie würden jetzt nicht hier sitzen und darüber sprechen.« Ranger wandte sich an Dennis. »Vielleicht ist es keine gute Idee, dass sie um diese Jahreszeit hier draußen herumläuft.«

Ranger und Kat waren zur Lodge zurückgekehrt, nachdem die Bergrettung die Such- und Rettungsmaßnahme an der Unfallstelle aufgegeben hatte. Sie hatten nichts weiter getan, als die Spur von Elkes Skistöcken und ihrem Gewehr weiterzuverfolgen. Sie hatten auch die Spuren des Motorschlittens gesehen, aber weder Ranger noch sie konnten sie erklären.

Der Einsatz wurde nun als Bergung und nicht als aktive Suche klassifiziert, da es offensichtlich war, dass niemand überlebt haben könnte. Das Such- und Rettungsteam begründete dies mit der verstrichenen Zeit seit dem Abgang der Lawine und dem Sicherheitsrisiko für den Suchtrupp.

Dennis nickte. »Bei so vielen Lawinen ist es wahrscheinlich am besten für Sie, wenn Sie in unmittelbarer Umgebung der Lodge bleiben.«

So viel zur Erkundung in der freien Natur. Sie waren sowieso nur fürs Wochenende hier.

In der Lodge war Kat in Sicherheit und hatte endlich Zeit, über den Unfall nachzudenken. Was, wenn sie Elke nur ein paar Meter weiter getroffen hätte? Dann wäre sie zusammen mit den beiden begraben worden. Sie schauderte bei dem Gedanken.

»Es ist unverantwortlich, dass sie quer über den Hang gefahren sind.« Dennis schüttelte den Kopf. »Leichtsinnig, vor allem bei den hiesigen Schneeverhältnissen. Sie hätten es besser wissen müssen.«

Ranger nickte. »Die Lawinengefahr ist derzeit ziemlich hoch. Was haben die sich bloß dabei gedacht?«

Kat blendete in Gedanken auf den Unfall zurück. Sie hatte nur am äußersten Rand des Schneebretts gestanden und dennoch war sie von der Schneewand getroffen worden. »Elke und Fritz hatten absolut keine Chance.«

»Es gibt sehr häufig keine Warnung«, stimmte Dennis zu. »Selbst Einheimische wie die Kimmels machen Fehler.«

Kat drehte sich zu Roger um. »Sie haben zu keinem Zeitpunkt irgendeine Gefahr erwähnt.« Wenn Ranger wirklich so betroffen war, wie er tat, warum hatte er denn nicht die Lawinengefahr erwähnt, als er sie dort absetzte? Obwohl er sie in die entgegengesetzte Richtung geschickt hatte, wäre es durchaus möglich gewesen, dass auch sie quer über denselben Hang gegangen wäre wie Elke und Fritz und dann hätte auch sie ein ähnliches Schicksal erlitten.

»Sie sind von dem Weg, den ich Ihnen angegeben habe, abgewichen. Außerdem gab es bis jetzt keine Gefahr«, sagte Ranger und kratzte sich am Kinn. »Dann gleich zwei Lawinen an einem Tag. Damit hätte ich nie gerechnet.«

Drei Lawinen, dachte Kat. Die gestrige hätte sicherlich eine Vorwarnung sein müssen. Die unsicheren Wetterverhältnisse waren wahrscheinlich ein Faktor. Der Schneesturm der letzten Nacht verstärkte das Risiko durch eine schwere Schicht Neuschnee, die auf die alte Schneedecke gefallen war.

Die heutige Lawine hatte zwei Menschen das Leben gekostet. Sie war genau an der gleichen Stelle wie gestern aufgetreten. Ranger heuchelte Überraschung vor, aber sein Mangel an Emotion widersprach seiner Aussage. Er reagierte, als ob der Unfall alltäglich wäre. Zumindest hätte die erste Lawine eine Warnung auslösen müssen, als er sie dort abgesetzt hatte.

So viele Fragen rasten ihr durch den Kopf, Fragen, die nach zufriedenstellenden Antworten verlangten. Rangers Verhalten war sehr seltsam.

»Wird die Polizei uns verhören?«

Ranger starrte sie an, als ob sie nicht ganz dicht wäre. »Es war ein Unfall.«

»Aber es sind zwei Menschen ums Leben gekommen.« Sicher rechtfertigte das eine polizeiliche Untersuchung, auch an einem so fernen Ort wie diesem.

»Ich habe mich bereits darum gekümmert«, sagte Ranger. »Ich habe die Polizei über den Unfall informiert und die Bergrettung hat das Gleiche getan. Vor der Schneeschmelze können sie die Leichen ohnehin nicht bergen. Zu gefährlich.«

Abgesehen von ein paar Minuten nach ihrer Rückkehr in die Lodge hatte sie Ranger kaum aus den Augen gelassen. Sie hatte nicht gesehen, dass er einen Anruf getätigt hätte. »Aber was ist mit dem Unfallort? Sie wollen ihn sich bestimmt ansehen.«

»Momentan zu gefährlich. Dies könnte eine weitere Lawine auslösen. Sie haben bereits unseren Unfallbericht und dies wird die beiden nicht wieder zurückbringen.«

»Unseren Bericht?« Sie war die erste Augenzeugin, wobei Ranger nicht nahe genug gewesen war und nur die Folgen davon gesehen hatte. »Sollten sie denn nicht lieber direkt mit mir reden?«

»Ich habe ihnen alles im Detail erklärt, so wie Sie es mir erzählt haben.« Ranger hielt einen Moment inne, fügte dann hinzu: »Sie werden später mit Ihnen in Verbindung treten.«

»Aber ich will jetzt mit ihnen sprechen, solange die Dinge in meinem Kopf noch frisch sind.« Keine Untersuchung während die Augenzeugin vor Ort war? Gefahr oder nicht, dies kam ihr wie eine schlampige Ermittlungspraxis vor.

Sie warf einen Blick auf Dennis, um seine Reaktion abzuschätzen, aber sein Kopf steckte wieder tief in seinen Notizen. Sie erkannte, dass der tragische Unfall für ihn einen Vorteil mit sich brachte, da er seinen schärfsten Demonstranten und Gegner ausgelöscht hatte. Ein Zufall, oder doch mehr?

Sie fragte sich, ob sie Onkel Harry anrufen solle, um Nachforschungen zu den Ansprüchen der Kimmels anzustellen. Er liebte die Ermittlungsarbeit, obwohl er nicht qualifiziert war. Es fehlten ihm die notwendigen Zertifizierungen oder Berufserfahrung, aber das hatte ihn nicht davon abgehalten, seine Nase in jeden einzelnen ihrer Fälle zu stecken. Meistens wies sie ihm einfache Nachforschungen zu, um ihn zu beschäftigen. Sie zögerte, ihre eigene Suche in Batchelors Internet zu starten, weil sie befürchtete, dass es überwacht würde.

Schließlich entschied sie, Onkel Harry doch nicht anzurufen. Sie würde zunächst versuchen, selbst etwas herauszufinden. Immerhin war es Wochenende. Ihm von der tödlichen Lawine zu erzählen, würde Onkel Harry nur beunruhigen. Besser, ihm zu sagen, was passiert ist, wenn sie wieder sicher in Vancouver zurück wären.

»Sie sind Einheimische?« Jace runzelte die Stirn. »Ich bin überrascht, dass sie von der Lawine erfasst worden sind. In meinen zehn Jahren als Freiweilliger bei der Bergrettung habe ich das noch nie erlebt. Es sind in der Regel Touristen und unerfahrene Wanderer, Menschen, die nicht mit der Umgebung vertraut sind.«

»Die Kimmels wurden älter«, sagte Dennis. »Sie haben eine schlechte Entscheidung getroffen. Sie waren selbstgefällig, oder vielleicht haben sie nur vergessen, wie gefährlich die Berge sein können.«

Das Ehepaar war zwar Ende sechzig, aber fitter als zwanzig Jahre jüngere Menschen. Kat dachte sogar, dass Elke weitaus fitter war als sie selbst. Alter schien kein Problem für einen der beiden Kimmels zu sein, weder körperlich noch geistig. »Sie schienen mir doch alle Sinne beisammen zu haben.«

»Haben sie schon immer in der Gegend gelebt?«, fragte Jace.

Dennis nickte. »Die Kimmels sind vor vierzig Jahren aus Deutschland eingewandert und haben seitdem hier gelebt. Fritz arbeitete in der Mine vor Ort, bis er vor ein paar Jahren in den Ruhestand ging.«

»Die Regal Goldmine?« Fritz hatte nicht erwähnt, dort gearbeitet zu haben, geschweige denn, im Ruhestand zu sein. Aber warum auch? Es war nichts weiter als ein Fünf-Minuten-Gespräch unter Fremden.

»Ja, genau die«, sagte Dennis. »Lassen Sie mich raten. Er hat Ihnen von einer Verschwörung erzählt, alle Bewohner zu vergiften.«

Kat zögerte. »Nicht ganz, obwohl er der Mine Fahrlässigkeit vorwarf. Er dachte auch, Sie hätten eine aktivere Rolle spielen müssen.«

Dennis verzog kurzzeitig das Gesicht. Aber eine Sekunde später war diese Reaktion schon wieder verschwunden. Er drehte sich zu Ranger um. »Schauen Sie mal, ob wir der Familie bei den Beerdigungsvorbereitungen behilflich sein können.«

»Sind Sie absolut sicher, dass die Bergrettung nichts tun kann? Zumindest, um die Leichen zu bergen?« Kat konnte sich nicht vorstellen, wie das für die Familie der beiden sein würde.

Ranger schüttelte den Kopf. »Zu riskant.«

»Dann wurden sie einfach für tot erklärt?« Kat kannte die Risiken aus Jaces Bergrettungsarbeit, aber diese schnelle Reaktion überraschte sie. »Ich möchte noch einmal dorthin gehen. Irgendjemand sollte es tun.«

Dennis schüttelte den Kopf. »Das macht keinen Unterschied. Sie sind tot und wir können ihnen nicht mehr helfen. Sie leiden an Schuldgefühlen eines Überlebenden. Hören Sie auf damit.«

»Wie könnte ich? Wir können sie doch nicht einfach dort lassen.«

»Das werden wir nicht«, sagte Dennis. »Sobald es wieder kühler wird und sich die Schneeschichten stabilisieren, werden wir nach ihnen suchen. Das könnte ein paar Tage oder ein paar Wochen dauern.«

Oder länger, dachte Kat. Er wollte sie einfach nur totschweigen.

»Es klingt hart, Kat, aber es ist für die Suchtrupps zu gefährlich.« Jace stand auf und ging zum Tisch. »Wenn sie nicht innerhalb von ein paar Minuten gefunden werden, ist es keine Such- und Rettungsaktion mehr. Es wird zu einer Bergungssituation. Es gibt keine Hoffnung auf Überlebende. Es ist zu gefährlich, das Leben anderer Menschen dafür aufs Spiel zu setzen.«

»Jace hat recht«, sagte Ranger. »Wir können nicht Gefahr laufen, eine weitere Lawine auszulösen.«

»Das hab ich durchaus kapiert, aber es ist immer noch schrecklich.« Sie drehte sich zu Ranger um. »Wie gut kannten Sie die beiden?«

»Ziemlich gut, denke ich. Was nicht heißen soll, dass ich sie besonders mochte. Es ist eine Tragödie und alles, aber ich muss sagen, dass sie Störenfriede waren.«

»Warum sagen Sie das? « Sie machten mir einen netten Eindruck.

Mit der Ausnahme der Tatsache, dass Elke sie mit einer Waffe bedroht hatte.

»Ich stimme Ranger zu. Sie wollten keinen Zoll nachgeben«, sagte Dennis. »Ihr Land grenzt an meines, und wir haben in der Vergangenheit zahlreiche Auseinandersetzungen mit ihnen gehabt. Sie neigten dazu, zuerst zu handeln, dann zu fragen. Alles in allem tut es mir leid, dass sie von der Lawine erfasst wurden. Das würde ich niemandem wünschen.«

»Welche Art von Auseinandersetzungen?« Kat wollte mehr wissen.

»Reiner Nachbarschaftsstreit. Das ist jetzt auch nicht mehr so wichtig.« Dennis drehte sich zu Jace um. »Zeit, wieder an die Arbeit zu gehen. Wir müssen eine Geschichte schreiben.«

Das Feuer knackte im Kamin, und dennoch spürte Kat eisige Kälte in der Luft.

KAPITEL 7

*E*ine Stunde später war Kat wieder in ihrer Blockhütte zurück, zog ihre nassen Kleider aus und ging unter die Dusche. Das heiße Wasser wusch die physische Kälte weg, aber nicht ihre Gedanken an die Tragödie. Das Leben der Kimmels war in weniger als einer Minute ausgelöscht worden. Ihre Proteste wurden von einer Sekunde auf die andere zum Schweigen gebracht, ihre Stimmen nicht mehr erhört. Sie schauderte bei dem Gedanken.

Elke und Fritz waren praktisch Fremde, dennoch fühlte sie eine Verbindung, nachdem sie zur Augenzeugin ihres schrecklichen Todes geworden war. Sie kämpfte gegen Tränen an, die sie für Menschen weinte, die sie überhaupt nicht kannte. Dies war sicherlich eine Gegenreaktion, weil sie dem Tod knapp entkommen war. Weder Dennis noch Ranger hatten Betroffenheit gezeigt. Beide legten es den Naturkräften zur Last und sie kamen sehr gut zurecht damit. Während sie offensichtlich das Ehepaar nicht mochten, hatte Kat mehr Anteilnahme zum Tode ihrer Nachbarn erwartet, die sie seit Jahrzehnten gekannt haben. Auch sie hätten Opfer werden können, wenn sie sich in der Gegend aufgehalten hätten.

Wie konnten sie nur so herzlos sein?

Sie trat aus der Dusche auf den beheizten Steinboden und die

Wärme unter ihren Füßen tat ihr gut. Sie trocknete sich ab und fragte sich, wie Dennis und Jace einfach so weiterarbeiten konnten. Natürlich war Jace nicht vor Ort gewesen und kannte das Ehepaar nicht. Im Übrigen hatte er keine andere Wahl als Dennis Anweisungen zu folgen. Dennis, das war eine andere Geschichte. Mögen oder nicht, die Kimmels waren immerhin seine Nachbarn und der Unfall war ganz in der Nähe aufgetreten. Seine Lässigkeit beunruhigte sie.

Kat schlüpfte in ihre Jeans und zog ein Sweatshirt über, dann nahm sie Holz vom Stapel neben dem Kamin und zündete ein Feuer an. Wahrscheinlich reagierte sie zu heftig, noch durch ihren eigenen Beinaheunfall traumatisiert. Immerhin kannte sie diese Leute kaum. Aber ihre Intuition sagte ihr, dass etwas nicht ganz rund lief. Obwohl sie nicht genau wusste, was, wurde sie das dumpfe Gefühl nicht los, dass sie etwas Wichtiges übersehen hatte.

Ihr Verdacht wuchs, während sie das Feuer schürte. Der tödliche Unfall der Kimmels schien ein willkommenes Ereignis für ihre Gegner zu sein. Den Kommentaren von Dennis und Ranger nach zu urteilen, waren die Kimmels die treibende Kraft des Minenprotests und Elke Kimmel, der de-facto-Führer. Vielleicht war es gar kein Unfall.

Angenommen, es war kein Unfall, wer hatte ein Interesse am Ableben des Ehepaars?

Die Mineneigentümer profitierten mit Sicherheit von ihrem Tod. Jedoch als abwesende Eigentümer befanden sie sich nicht in der Nähe. Könnten sie indirekt beteiligt sein?

Dennis' Abneigung für das Paar war offensichtlich, auch wenn er es nicht direkt betont hatte. Es kam Kat wirklich seltsam vor, denn sie hatten alle einen gemeinsamen Hintergrund, sie liebten die Natur, waren mehr oder weniger gewesene Demonstranten. Ein klein wenig Sympathie hätte dieses Ereignis bei Dennis auslösen müssen. Rangers Verhalten war ebenso merkwürdig, insbesondere sein Beharren, die Suche einzuschränken.

Bildete sie sich eine Verschwörung ein, dort, wo es keine gab? Vielleicht, aber Verschwörungstheorien enthalten oft Elemente der Wahrheit. Mag sein, dass es so ist.

Ihre neueste Theorie war ihr unter der Dusche gekommen. Je mehr sie darüber nachdachte, war sie davon überzeugt, dass die heutige Lawine etwas Unheilvolleres als nur ein Unfall gewesen war. Ranger hatte die Mittel, das Motiv und die Gelegenheit. Er verabscheute die Kimmels und das Timing sowie sein Aufenthaltsort unmittelbar vor dem Unfall waren unerklärlich. Er hatte einen Motorschlitten, der die Spuren hoch oben am Berghang verursacht haben könnte.

Es erklärte auch, warum er nicht sehr erpicht darauf gewesen war, ihre Fragen zu beantworten.

Zum Teufel mit Ranger, der Bergwacht und der Polizei. Wenn sie nicht dazu bereit waren, Untersuchungen anzustellen, dann würde sie es eben tun. Dies war nicht einer ihrer üblichen Betrugsermittlungsfälle, aber sie hatten die gleichen Grundelemente: Mittel, Motiv und Gelegenheit.

Selbst wenn es sich um ein richtiges Verbrechen handelte. Aber bei all den Ungereimtheiten, lag es wohl auf der Hand, oder?

Sie ließ die Ereignisse noch einmal vor ihrem geistigen Auge ablaufen. Wo anfangen? Sie wühlte in ihrer Tasche und holte einen Notizblock und Bleistift heraus. Da sie in der Blockhütte mit nichts Besserem festsaß, konnte sie genauso gut ein paar Notizen aufschreiben, während die Details in ihrem Kopf noch frisch waren. Sie würden sich als nützlich erweisen, sollte die Polizei letztendlich heraufkommen, um mit ihr zu reden.

Zuerst notierte sie sich Dennis' Bemerkungen und seine Reaktion auf die Nachricht. Sie setzte ein Fragezeichen neben seiner Beziehung zu den Kimmels. Dies würde sie später noch genauer erkunden.

Gewiss hatten Ranger und Dennis keine große Zuneigung für sie empfunden. Waren da noch andere? Die übrigen Demonstranten wären eine gute Informationsquelle. Sie musste sie finden, ohne dass Ranger oder Dennis es merkten.

Sie konzentrierte sich erneut auf die Motorschlittenspuren, da sie wahrscheinlich die schwächeren Schneeschichten destabilisiert und dadurch die Lawine ausgelöst haben. Die schwankenden Wetterverhältnisse der letzten Wochen waren ein Faktor. Das ständige

Einfrieren und Auftauen des Schnees und gefrierender Regen gepaart mit wärmeren Temperaturen hatten die Schneedecke geschwächt.

Selbst sie wusste das vom Schneeschuhwandern in den Bergen. Dies war das Lawineneinmaleins.

Schneeschichten sammelten sich mit jedem Schneefall an und einige waren schwerer als andere. Die Dicke und Dichte hing von der Feuchtigkeit und Dauer des Schneefalls ab. Temperaturänderungen verursachten einen Zyklus von Erwärmung und Abkühlung, Schmelzen und erneutes Einfrieren. An wärmeren Tagen wie heute tauten ein paar Schichten mehr als andere. Wie viel hing von der Lage ab, d. h. ob sie sich in der direkten Sonne befanden. Ein warmer Tag und Tauwetter waren oft genug, um die Haftung der Schichten zu schwächen und eine Lawine auszulösen. Neuere, die sich noch nicht mit älteren Schichten verbunden hatten, waren besonders anfällig für Schneebretter.

Wenn man sich den Hang betrachtete, war es offensichtlich, dass er Lawinenanfällig war. Zwei scharfe Winkel führten von zwei darüberliegenden Gipfeln nach unten und formten ein natürliches Becken in der Mitte des Gefälles. Frühere Lawinen hatten Bäume aus diesem Teil des Berges herausgerissen und somit freie Bahn für weitere Lawinen ohne den geringsten Widerstand geschaffen.

Die Bergrettung, Ranger und Dennis kannten die Witterungseinflüsse und die Lawinengeschichte dieses Gebietes. Vermutlich die Kimmels und alle anderen Anwohner auch. Während das Risiko allgemein bekannt war, kannte nur Mutter Natur die genaue Uhrzeit oder den Ort einer zukünftigen Lawine. Wo die Lawine abgehen würde, könnte vorhergesagt werden, aber nicht das genaue Timing.

All das deutete eindeutig auf einen tragischen Unfall hin und nicht auf ein finsteres Verbrechen.

Mit Ausnahme der Tatsache, dass die Lawine am Morgen aufgetreten ist, bevor die Sonne den Hang erwärmt hatte. Der Schnee hatte noch nicht getaut, da es kalt war und der Hang immer noch im Schatten lag. Lawinen gingen meistens am Nachmittag ab, nachdem die Sonne den instabilen Schnee erwärmt hatte.

Vielleicht hatte Mutter Natur etwas Hilfe gehabt.

Sie erinnerte sich wieder an die Motorschlittenspuren. Hatte er die Lawine ausgelöst? Stellt sich die Frage, ob jemand die Lawine absichtlich ausgelöst hat, weil er wusste, dass die Schneedecke instabil ist.

Sie kritzelte ›Motorschlitten‹ und machte sich eine Notiz, alle zu überprüfen, die einen hatten. In einer solchen dünn besiedelten Gegend gab es bestimmt nur ein paar davon. Allerdings hatte wahrscheinlich jeder Bewohner Zugang, ganz gleich ob als Eigentum oder geliehen. Es verdichtete kaum den Kreis der Verdächtigen.

Nicht jeder hatte die Möglichkeit, die Lawine auszulösen. Nur diejenigen, die bereits auf dem Berg und ganz in der Nähe waren, hatten die Mittel, es zu tun. Wer war sonst noch in der Nähe auf dem Berg?

Ranger.

Aber sie hatte seinen Motorschlitten vor dem Lawinenabgang weder gesehen noch gehört. Sie hätte bestimmt die Motorgeräusche vernommen, wenn er über den Hang gefahren wäre.

Es sei denn, die Spuren waren noch vorher entstanden. Sie erinnerte sich an Rangers Kommentar, einen Tag vor der Lawine. Die Motorschlittenspuren konnten gestern entstanden sein. Obwohl sie leicht von unten zu sehen waren, bedeutete dies, dass sie niemand näher inspiziert hatte. Die Spuren waren bestimmt nicht frisch.

Der Motorschlitten hatte vielleicht die kleinere Lawine von gestern ausgelöst. Die somit geschwächte Schneedecke war reif für eine zweite Lawine gewesen. Es schien weit hergeholt für eine Kettenreaktion, die sich vierundzwanzig Stunden später in Gang gesetzt hat, aber leider trat dieses Phänomen recht häufig auf.

Temperaturveränderungen und der daraus resultierende Frost-Tau-Zyklus hatten für instabile Schneeschichten gesorgt. Eine geschmolzene Eisschicht war viel schwerer als eine Pulverschneeschicht. Sie wurde unglaublich schwer und hatte nicht genug Zeit, sich mit der Schicht darunter zu verbinden. Kommt noch ein instabiler Hang durch eine vorherige Lawine hinzu und man hat das perfekte Rezept für eine Katastrophe.

Allerdings war es in letzter Zeit sehr kalt gewesen und es wurde für heute Abend ein weiterer Sturm erwartet.

Einer der anderen Demonstranten könnte ein Motiv gehabt haben, den Kimmels zu schaden. Dies könnte sie leicht erfahren, indem sie zur Blockade fuhr und die Leute dort befragte. Die meisten hätten Alibis, da sie sich gegenseitig für einander verbürgen, bei der Blockade anwesend gewesen zu sein.

Einer aus der Gruppe kannte vielleicht den Grund, warum Elke und Fritz auf dem Hang gewesen sind. Nach Rangers Aussage zu urteilen, verbrachten sie in der Regel den ganzen Tag an der Protest-Blockade. Doch heute war es anders gewesen. Sie hatten die Blockade verlassen, um nach Hause zu gehen, obwohl es noch Vormittag war. Es war viel früher als sonst. War es ein unglücklicher Zufall, oder hatte jemand bzw. etwas veranlasst, sie von ihrer regelmäßigen Routine abzubringen?

Dies warf eine weitere Frage auf. In Anbetracht der Tatsache, dass die Kimmels das Terrain kannten wie ihre Westentasche, stellte sich die Frage, warum sie ausgerechnet diese Route gewählt haben. Warum hatten sie nicht die Straße oder einen sichereren Weg genommen?

Andererseits, wenn die Lawine absichtlich ausgelöst wurde, wäre es praktisch unmöglich gewesen, die genaue Uhrzeit zu bestimmen, zu der die Kimmels auf dem Hang waren. Der Täter musste im Augenblick der Katastrophe anwesend gewesen sein.

Die meisten Lawinen wurden von etwas oder jemandem ausgelöst. Die Kimmels waren zu weit den Berg hinunter gefahren, um die Lawine selbst auszulösen. Sie hatte ganz weit oben an der Spitze des Hangs begonnen. Allerdings hatte sie weder andere Personen in der Nähe bemerkt noch Spuren gesehen. Das bedeutete nicht, dass keine anwesend waren, denn sie war ja nicht durch das ganze Gebiet gelaufen. Wahrscheinlich gibt es noch andere Wege, die zum Grat führen, die sie nicht gesehen hatte. Sie notierte sich, alle Zugangspunkte zu überprüfen.

Man kann es drehen oder wenden wie man will, irgendjemand musste da gewesen sein. Sie konnten nicht verhindern, Spuren im Schnee zu hinterlassen, sei es Spuren von Motorschlitten oder Fußabdrücke. Der Schnee hätte diese Spuren zumindest vorübergehend bis zum nächsten Schneefall bewahrt. Sie musste unbedingt danach suchen.

Sie war mit Rangers Kommentar, es sei zu gefährlich, an die Unfallstelle zurückzukehren, nicht einverstanden. Ein Drittel des Hangs war zusammengebrochen. Es war einfach nicht genug Schnee übrig, um eine neue Lawine zu bilden. Jetzt war eigentlich das perfekte Timing, bevor der nächste Schneefall die Spuren verwischte.

Sie erinnerte sich wieder an die auswärtigen Demonstranten, die Ranger beschuldigt hatte, den Pfad durch gefällte Bäume zu blockieren. Wer waren sie, und was genau wollten sie? Er hatte sich nicht auf Details eingelassen.

Der einzige Weg, dies herauszufinden, war, sie zu lokalisieren und mit ihnen zu reden. Aber man hatte ihr nahegelegt, aufgrund des Lawinengebiets, das Grundstück nicht zu verlassen. Sie kannte weder ihre Namen noch hatte sie ihre Kontaktdaten, also gab es keine andere Möglichkeit, sie zu erreichen. Ein weiterer Grund, auf Erkundungsmission zu gehen.

Eines war klar. Sie konnte nicht länger warten und einen frischen Schneefall riskieren, der die Beweise verwischen würde. Dennis und Ranger würden ihr empfehlen, nicht dorthin zurückzukehren, aber sie hatten kein Recht, ihr zu sagen, was sie tun und lassen sollte. Außerdem würden sie ja gar nichts davon erfahren, wenn sie ihre Pläne geheim hielt.

Dennis und Jace war mit Schreiben beschäftigt, und wenn Ranger sie entdeckte, würde sie sagen, sie ginge etwas auf Grundstück spazieren. Sie hatte die perfekte Gelegenheit, alles detailliert und allein zu überprüfen. Solange sie vorsichtig blieb, wäre alles in bester Ordnung.

Sie sah auf die Uhr. Vierzehn Uhr. Noch ein paar Stunden vor Einbruch der Dämmerung, genügend Zeit, den Hang zu erreichen, wenn sie jetzt losging. Sie legte den Fotoapparat in den Rucksack und zog die Stiefel an. Die meisten hielten es vielleicht für unsinnig, Nachforschungen anzustellen, aber sie war der gegenteiligen Meinung. In der Tat hatte sie jedes Recht, eine Ermittlung zu verlangen, da auch sie fast dabei draufgegangen wäre. Für Ranger und Dennis schien der Fall abgehakt zu sein. Und-wenn sie Rangers Aussagen glaubte, dachte die Bergwacht genauso. Sie wusste nicht, ob oder wann die Polizei ermitteln würde, aber sie hatte nicht den Eindruck, als ob es jemals stattfinden würde. Der einzige Weg, die Dingen nicht dem Zufall zu überlassen, war, selbst zu ermitteln.

Wenn sonst niemand ermitteln würde, sie täte es.

KAPITEL 8

*K*at ging schnell die Strecke entlang, die zur Lodge
führte, mied jedoch die Einfahrt, um nicht gesehen zu
werden. Ihr Weg befand sich direkt in der Sichtlinie von Dennis'
Arbeitszimmerfenster. Solange in der nächsten Minute niemand aus
dem Fenster blickte, würde sie unentdeckt bleiben. Sie atmete erleichtert auf, als sie die gegenüberliegende Seite der Einfahrt erreichte.

Rangers Landcruiser fehlte auf dem Parkplatz neben dem Haupt-
eingang. Ein unerwarteter Glücksfall. Im unwahrscheinlichen Fall,
dass sie jemand entdeckte, würde sie behaupten, einen Spaziergang an
der Umzäunung des Geländes entlang zu machen. Irgendwie war das
nicht ganz gelogen, aber ein Teil ihres Spaziergangs führte sie vom
Grundstück weg auf das Lawinengelände.

Jetzt war sie aus der Sichtlinie von Dennis' Arbeitszimmer, aber
immer noch sichtbar durch die anderen Fenster der Lodge. In
weniger als dreißig Metern Höhenunterschied war sie nicht mehr
durch irgendein Fenster des Erdgeschosses sichtbar. Solange Ranger
nicht zurückkam, bevor sie außer Sichtweite war, würde ihre Spritz-
tour unbemerkt bleiben.

Dies gab ihr zu denken. Vielleicht sollte sie es lieber bleiben lassen
und doch nicht zum Unfallort zurückkehren oder zumindest Jace

davon in Kenntnis setzen. Andererseits kann sie auf keinen Fall stören, nur um ihm zu sagen, dass sie einen Spaziergang machen will. Wenn sie es ihm persönlich sagen würde, dann wüssten auch Dennis und Ranger von ihrer Erkundungsmission und das ging schon mal gar nicht. Ohne ein Handy-Signal konnte sie ihn noch nicht einmal anrufen. Selbst in der Blockhütte gab es kein Telefon.

Auch wenn sie es Jace unter vier Augen anvertraute, hätte er etwas dagegen und würde darauf bestehen, dass sie aus Sicherheitsgründen vor Ort bleibt. Das würde sie nicht tun, weil sie davon überzeugt war, dass die Lawine kein Zufall war. Das Problem war, dass sie es nicht beweisen konnte. Beweise konnte sie nur auf dem Lawinengelände finden.

Sie wollte zunächst ein Memo hinterlassen, ließ es aber letztendlich bleiben. Jace würde sich nur Sorgen machen, obwohl sie sehr gut selbst auf sich aufpassen konnte. Sie würde es ihm später erzählen, wenn sie wieder sicher in der Blockhütte zurück war und Beweise vorlegen konnte.

Jace hatte Dennis' und Rangers Beurteilung der Situation vertraut, welche sie wiederum überzogen fand. Sie war die Einzige mit Wissen aus erster Hand, da sie alles selbst miterlebt hatte. Dennis hatte es nicht gesehen, und Ranger war erst nach dem Unfall aufgetaucht. Sie war durchaus in der Lage, den Gefahrenbereich einzuschätzen und unbeschadet zu bleiben. Das hatte sie heute schon einmal bewiesen.

Sie plante, den Hang und die Motorschlittenspuren zu fotografieren, um die Beweise zu erhalten, bevor sie für immer verschwanden. Die Bergrettung, Ranger und alle anderen betrachteten den Tod der Kimmels als tragischen Unfall, aber ihr sechster Sinn sagte ihr etwas anderes. Die Tatsache, dass sie nicht motiviert waren, weitere Ermittlungen anzustellen, kam ihr mehr als merkwürdig vor. Die Ursache zu kennen würde zukünftige Tragödien verhindern, also warum führten sie keine Untersuchungen durch? Entweder waren sie faul, nachlässig oder hatten andere Gründe, nicht weiter nachzuforschen. Sie vermutete Letzteres. Jedenfalls war sie felsenfest davon überzeugt, dass es kein normaler Unfall war. Das bedeutete, dass sie den Beweis finden

und aufrechterhalten musste, bevor er durch einen erneuten Schneefall am Abend verwischt wurde.

Die Motorschlittenspuren reichten nicht aus, um den Fahrer zu
verfolgen, aber sie halfen, den Kreis der Verdächtigen einzuengen. Die
Spuren könnten sogar zu einer bestimmten Marke und Modell gehören. Sie wusste nicht viel über Motorschlitten, aber Experten könnten
mithilfe eines Fotos die Marke oder das Modell identifizieren. Es gab
wahrscheinlich noch andere Beweise vor Ort, die nur ganz oben vom
Hang aus sichtbar waren. Sie würde es vorziehen, nicht diejenige zu
sein, aber jemand musste es tun. Es war zu spät, um den Kimmels zu
helfen, aber nicht zu spät, um festzustellen, was passiert ist und um
eine weitere Katastrophe zu verhindern.

Sie blickte zum Himmel. Die Sonne war hinter den dunklen
Wolken verschwunden, die von Norden her kamen. Die Wolken
waren niedrig und ganz in der Nähe Nimbostratus-Wolken, die
Schnee brachten. Der Sturm könnte früher eintreten als vorhergesagt.

Der Wetterbericht sagte schweren Schneefall bis in die tieferen
Lagen voraus. In den Bergen, auf dieser Höhe, könnte man mit der
doppelten Menge rechnen. Es war ihre letzte Chance, Spuren zu
sehen, bevor sie vollständig mit Neuschnee zugedeckt würden.

Sie hatte vermutlich nur noch eine Stunde vor dem Schneefall und
das war genau die Zeit, die sie brauchte, um ganz oben auf den Hang
zu klettern. Dieser Weg war wesentlich kürzer als der, den Ranger mit
dem Motorschlitten gefahren war und sie fragte sich, wieso er nicht
sofort mit ihr dort hingefahren ist. Abgesehen davon, dass man auf
dem Grat sicherer ist, hatte man wahrscheinlich eine fantastische
Aussicht. Dadurch, dass sie am Vormittag vom Weg abgekommen war,
konnte sie sich jetzt gut orientieren. Mehrere Wege in der Nähe
führten in die gleiche Richtung. Sie entschied sich für einen Weg an
der Straße, auf der sie hergekommen waren.

Sie war entschlossen, so viele Fotos von den Spuren zu machen,
wie möglich. Sie plante, Bilder vom Grat und vom Hang unterhalb des
Lawinenabgangs zu machen. Dann wollte sie die Fotos an unabhängige, nicht einheimische Lawinenexperten schicken, um eine zweite
Meinung einzuholen. Jace könnte vielleicht sogar durch seine Erfah-

rung als Freiwilliger bei der Bergrettung mit ersten Eindrücken beitragen. Beide hatten viele Kontakte in Vancouver und anderswo.

Jedenfalls hatte sie keine Zeit zu verschwenden. Sie sah auf die Uhr. Bereits vierzehn Uhr und zu Fuß zurückzulaufen brachte sie der Abenddämmerung gefährlich nahe. Hoffentlich würde der Schnee noch ein wenig auf sich warten lassen. Sie erhöhte ihr Tempo zu einem flotten Gang und blieb in der Nähe der Bäume, um unerkannt zu bleiben.

Sie bedauerte, Jace keine Nachricht hinterlassen zu haben, aber dafür war es jetzt zu spät. Denselben Weg zurückzugehen, den sie gekommen war, würde nicht nur ihre Wanderung verzögern, sondern auch die Gefahr erhöhen, entdeckt zu werden. Wenn Ranger oder Dennis bemerkten, dass sie auf Ermittlungsmission gegangen war, würden sie alles tun, um sie daran zu hindern. Zeit war ein wesentlicher Faktor, wenn sie noch vor Eintreten des Schneesturms zurück sein wollte.

Sie erreichte die Zaungrenze mit einem Holzpfosten und Stacheldrahtverhau, der sich über die gesamte Länge des Grundstücks erstreckte. Sie beugte sich vor und schlüpfte ganz vorsichtig durch zwei der Drähte, damit ihre Kleidung nicht an den Widerhaken hängen blieb. Auf der anderen Seite angekommen, machte sie eine Pause und hatte immer noch Zweifel über ihren Alleingang. Sie war mit der Gegend nicht vertraut und der Schock von der Lawine am frühen Morgen steckte ihr noch immer in den Gliedern. Was, wenn wieder eine Lawine abging und sie von ihr erfasst würde? Niemand wüsste, dass sie hier wäre.

Wenn es ein Unfall gewesen war, gibt es sowieso keine Spuren und nichts zu sehen, also hätte sie auch keinen Grund, sich in Gefahr zu begeben. Die Möglichkeit, dass die Lawine absichtlich ausgelöst wurde, war minimal und nicht wert, ihr Leben aufs Spiel zu setzen.

Aber trotzdem.

Wenn die Lawine vorsätzlich ausgelöst wurde, war dies eine fast perfekte Art und Weise mit Mord davonzukommen. Sie ließ den Unfall noch einmal vor ihrem geistigen Auge ablaufen. Die Kimmels waren das Sprachrohr der Gemeinde gewesen, jedoch schien sich jeder herauszuhalten und die Angelegenheit vergessen zu wollen. Nein, nicht jeder. Sie hatte nur mit Dennis, Ranger, und einer Handvoll Einheimischen vom Such- und Rettungsteam der Bergwacht gesprochen. Niemand aus der Demonstrantengruppe. Die Demonstranten waren genau die Leute, mit denen sie reden musste. Sie kannten die Kimmels und waren auch besser ausgerüstet, um Beweise aufrechtzuerhalten.

Sie überlegte hin und her, während sie durch den Schnee stapfte. Die Straße war nur wenige Meter vom Weg entfernt, in der Nähe der Kreuzung, wo die Demonstranten ihre Blockade aufgebaut hatten. Vielleicht hatten sie bereits selbst Untersuchungen auf dem Lawinengelände angestellt. In diesem Fall wären ihre Bemühungen völlig unnötig. Sie war ihr eigenes Frage-und-Antwort-Spiel leid. Zunächst sollte sie mit den Demonstranten reden.

Die Blockade befand sich in der allgemeinen Richtung, aber der Hang war näher gelegen, höchstens zwanzig Minuten zu Fuß. Sie konnte schon in einer Stunde in der Blockhütte zurück sein, anstelle von zwei, und dies noch im Tageslicht und bevor Jace mit Dennis fertig wäre. Es war viel einfacher, ihm erst danach von ihrem Abenteuer zu erzählen. Dann müsste er sich auch keine Sorgen um ihre Sicherheit machen.

Allerdings könnten die Demonstranten ihren Verdacht teilen. Ihre Ansichten unterschieden sich zweifellos von Dennis' und Rangers, zwei Männer, die als Einheimische kaum repräsentativ waren. Sie könnten Hintergrundinformationen über die Kimmels sowie über frühere Lawinenabgänge auf diesem Hang liefern. Die Freunde des Paars würden vielleicht ihre Aussage als Augenzeugin und Überlebende zu schätzen wissen. Das Gespräch mit den Demonstranten könnte aufschlussreiche Informationen bieten und zur Lösung des Falls führen.

Sie stapfte weiter, bis sie einen angrenzenden Weg erreichte. Innerhalb weniger Minuten wurde sie durch umgefallene Bäume am Weitergehen gehindert. Es war derselbe Weg, auf dem sie am Vormittag mit Ranger gefahren war. Sie hielt an, um sich die Barriere genauer anzusehen, die Ranger einer der auswärtigen Demonstrantengruppe zugeschrieben hatte. Mindestens zwei Dutzend Baumstämme waren etwa fünf Meter hoch gestapelt. Der Weg hatte ein starkes Gefälle und war von dichtem Buschwerk umgeben. Um diese Bäume dort abzulegen, brauchte man spezielle Maschinen. Jeder Baum hatte mindestens ein Meter Durchmesser und es waren frische Schnittmarken von Kettensägen darin. Die auswärtigen Demonstranten waren gut ausgerüstet.

Sie ging ihre Schritte zum ursprünglichen Weg zurück. Aufgrund dieser Barriere mussten die Kimmels unweigerlich den Lawinenhang überqueren. Als einzige Alternative hätte sich ein Umweg über den Pfad und die Straße angeboten, aber der Weg wäre doppelt so lang gewesen.

Nach Aussage von Ranger waren die Kimmels fast täglich fester Bestandteil der Blockade, die sie jeden Nachmittag zur gleichen Zeit verließen. Jeder, der ihnen den Tod wünschte, hätte ihnen einfach zur gleichen Zeit auflauern brauchen.

Plötzlich fiel ihr etwas ein. Sie war den Kimmels am Vormittag begegnet und nicht zur üblichen Nachmittagszeit. Warum sind sie von ihrem Zeitplan abgewichen? Sie wären noch am Leben, wenn sie zur üblichen Zeit nach Hause gegangen wären. Die anderen Demonstranten könnten den Grund für ihren plötzlichen Aufbruch kennen.

Kat lief weiter am Pfad entlang und zwanzig Minuten später erreichte sie die Straße, nur wenige Meter von der Blockade entfernt. Flammen schossen aus einem Ölfass heraus, aber es waren keine Demonstranten in Sicht. Sie war enttäuscht. Sie hätte sich nicht vorstellen können, dass sie die Blockade verlassen würden, sobald sie von der Tragödie erfahren hätten.

Als sie näher kam, bemerkte sie ein Dutzend Demonstranten, die gegen einen Pick-up lehnten. Immerhin war doch noch jemand da.

Ein ergrauter, bärtiger Mann in den Siebzigern näherte sich ihr. Er trug eine altmodische Skijacke mit dem Abzeichen der Regal Goldminen und einem Namensschild, auf dem ›Ed‹ zu lesen war.

»Sie sind von der Lodge.«

Kat nickte. An einem Ort, von dem jeder alles von jedem wusste, war wahrscheinlich auch bekannt, dass sie Dennis' Gast war, auch wenn sie selbst nichts über die anderen wusste. Sie stellte sich trotzdem vor. »Ich heiße Kat. Kann ich mit Ihnen über die Kimmels sprechen? Ich war da, als es passiert ist.«

Er verengte seinen Blick. »Sie scheinen ungeschoren davongekommen zu sein.«

Sie stellte mit Erleichterung fest, dass er unbewaffnet war. »Ich hatte einfach nur Glück. Obwohl ich mich nicht sehr glücklich fühle, weil ich am Leben bin und sie nicht.« Kat schluckte den Klumpen in ihrer Kehle runter. »Es schien mehr als nur ein Unfall gewesen zu sein. Ich habe oben am Grat Spuren von einem Motorschlitten gesehen.«

Der Mann erwiderte zunächst nichts.

»Warum haben die Kimmels die Blockade am Vormittag verlassen? Bleiben sie normalerweise nicht den ganzen Tag?«

»Sie scheinen ja unglaublich viel über sie zu wissen. Haben Sie das von Ranger?«

Sie schüttelte den Kopf. »Nein. Um ehrlich zu sein, redet er nicht mit mir darüber. Ich vermute, dass sie nicht gerade Freunde waren.«

»Das haben sie richtig erkannt.« Er warf einen Blick auf das brennende Ölfass. »Wenn ich Sie wäre, würde ich zur Lodge zurückgehen. Es wird Sturm geben. Sie wollen doch nicht davon erfasst werden.«

Ed war höflich, aber offensichtlich misstraute er ihr.

»Ich möchte mit Ihnen über diese Motorschlittenspuren reden. Ich bin sicher, dass sie die Lawine ausgelöst haben. Vielleicht war es Absicht und Elke und Fritz waren gezielte Opfer. Hatten sie Feinde, jemand, der ihnen schaden wollte?«

»Sie kümmern sich am besten um Ihre eigenen Angelegenheiten. Das geht Sie nichts an.«

»Ach ja? Wen genau geht es denn etwas an? Es scheint allen schnurzpiepegal zu sein.« Der Tod des Paares war Dennis und Ranger gleichgültig, aber bestimmt nicht Ed und den anderen Demonstranten. Auch sie könnten zur Zielscheibe werden.

»Ihnen nicht?«

»Ich habe sie gesehen, kurz bevor sie unter der Lawine begraben wurden. Fast wäre ich auch gestorben. Wer auch immer das getan hat, muss aufgehalten werden.«

»Sie haben mit Ihnen geredet?«

Na endlich hatte er es geschnallt.

»Elke und Fritz haben mir von der anderen Demonstrantengruppe erzählt.« Sie erzählte über den blockierten Pfad. »Ich kann nicht umhin, zu denken, dass sie jemand gezwungen hat, diese Strecke zu nehmen. Sie waren dort, weil ihr normaler Weg gesperrt war.«

»Ich glaube an friedliche Proteste. Elke und Fritz taten das auch. Die andere Demonstrantengruppe ist anderer Meinung und behaupte, die Dinge gingen nicht schnell genug voran. Sie haben eine Menge Knete, Pressetypen, professionelle Demonstranten, die Geschichten an die Sechs-Uhr-Nachrichten verkaufen. Ihre Bewegung ist so eine Art Publikumsrenner. Sie wohnen nicht hier und reden noch nicht einmal mit uns. Sie haben sogar einige unserer lokalen Stellen umbenannt.«

»Das können sie doch nicht machen.«

»Sie tun es aber, und zwar mit Namen aus ihren glänzenden Marketingbroschüren. Die Berge werden neu erfunden mit Namen wie Raven Spirit Ridge und Great Bear Forest. Immer mehr Menschen hören diese Namen und bilden sich ein, sie wären echt. Sie übertönen uns so lange, bis jeder die richtigen Namen und unsere wahre Geschichte vergessen hat.

»Außerdem wollen sie uns von hier vertreiben. Mich, der ich mein ganzes Leben hier verbracht habe. Mein Urgroßvater hatte hier sein Gehöft. Wir haben das Tal gesäubert und Paradise Peaks gegründet. Nun behaupten sie, wir würden die Wildnis ruinieren. Wir machen nichts anderes, als wir schon immer getan haben. Wir leben hier, und wir waren zuerst hier.

Sie sind das Problem, nicht wir. Sie machen Werbung, die wir nicht wollen und ziehen alle diese Weltverbesserer an, diese Müsli- und Mineralwasserheinis in Hanfkleidung und Hybridautos.«

Kat nickte und ließ ihn reden. Vielleicht half ihr das, endlich zu einem Entschluss zu kommen.

»Es gibt nichts, was wir dagegen tun können. Wir sind nicht mehr so viele und haben es satt, bis ans Ende unseres Lebens zu kämpfen. Einige sind nach der Stilllegung der Mine weggezogen, um Arbeit zu finden und keiner kann mehr das faule Wasser ertragen.«

Ed und die Demonstranten waren die Opfer, nicht die Schläger. »Und dennoch wollen sie eine neue Straße bauen?«

»Ja. Dennis sagte, er würde die Rechnung bezahlen, da eine neue Straße alles sicherer macht. Er sagt, der einzige Weg, um dieses Chaos zu beseitigen, ist, Touristen anzuziehen und diesen Ort zu einem Mekka der Wildnis zu machen. Natürlich sind wir damit nicht einverstanden. Wir lassen uns nicht schikanieren, um seinen verfluchten Asphalt zu akzeptieren, wenn eine unbefestigte Straße völlig ausreicht. Wir wollen keine Weltverbesserer mehr mit ihren Banderolen ›Rettet den Wald‹ sehen. Wir wollen einfach nur bis an unser Lebensende in Ruhe und Frieden leben.«

Kein Wunder, dass sie Batchelor verachteten. Er hatte eine Art Bündnis mit den auswärtigen Demonstranten, um seine eigenen Ziele zu erreichen. Er war ein Tyrann und versuchte, ihnen seine Entscheidungen aufzuzwingen, frei nach dem Motto ›Friss oder Stirb‹. Die meiste Zeit funktionierte es. Fast jeder war vertrieben worden, bis auf ein paar hartnäckige Rentner.

»Würden Sie diesen Ort jemals verlassen?«

Ed schüttelte den Kopf. »Dazu müssen sie mich mit den Füßen voran hinaustragen. Die meisten von uns sind hier aufgewachsen, haben ihre Familien hier gegründet und sind auch hier im Ruhestand. Elke und Fritz dachten genauso.«

Jemand wusste, dass sie diesen Ort nur in einem Sarg verlassen würden, nicht in einem Umzugswagen. Und genauso ist es passiert. »Diese Straße – wo soll sie hinführen?«

»Vom Fuß des Berges bis ganz nach oben.«

»Mit ganz nach oben, meinen Sie das Plateau, auf dem sich Dennis Batchelors Lodge befindet?«

Er nickte.

Was hatten eine stillgelegte Mine, verdorbenes Wasser, und tödliche Lawinen gemeinsam? Sie befreiten sich von Menschen, auf die eine oder andere Weise. Eine neue Straße brachte mehr Leute her, aber diese unterschieden sich von den derzeitigen Anwohnern. Sie verstand die Frustration der Demonstranten, weil sie nur zwei Alternativen hatten, entweder sie boten den Touristen Unterkünfte an oder sie verließen diesen Ort. Wer konnte ohne sauberes Wasser leben?

Batchelor war mit Sicherheit daran beteiligt, und sie hatte die Absicht, aufzudecken, inwiefern.

»Sie haben mir immer noch nicht erklärt, warum die Kimmels heute Morgen die Blockade verlassen haben.«

»Ein Notfall zu Hause, irgendwas mit ihrer Tochter. Sie wohnt bei ihnen.«

»Was war das für ein Notfall?« Kat verlagerte ein wenig ihr Gleichgewicht.

»Weiß nicht. Sie sind plötzlich ganz schnell verschwunden.«, antwortete Ed. »Ranger hat die Nachricht überbracht. Wir haben hier oben keine Handys.«

Es schien unwahrscheinlich, dass Ranger eine Notfall-Nachricht erhalten haben soll. Eine Stunde vor dem Unfall war er mit ihr zusammen auf dem Motorschlitten und während dieser Zeit hatte es keinen Funkkontakt gegeben. Die Demonstranten hatten auch Funkgeräte, also wieso wurden sie nicht als erstes informiert, warum gerade Ranger? Eine legitime Nachricht wäre bestimmt direkt an sie geliefert worden. Ranger schien ein ungewöhnlicher Übermittler von persönlichen Botschaften an Menschen zu sein, die ihn verachten.

Nach Eds Aussage zu urteilen, kannte Ranger den Grund für den eiligen Aufbruch der Kimmels, aber er hatte ihr weder am Unfallort noch danach etwas davon erzählt. Noch wichtiger war, dass die Botschaft, die er überbracht hatte, der einzige Grund für das Ehepaar war, sich zur gegebenen Zeit auf diesen Hang zu wagen. All das machte ihn irgendwie verdächtig. Die Tragödie schien immer weniger ein Unfall gewesen zu sein.

KAPITEL 9

*E*d Lavine hatte seine ganzen siebenundfünfzig Jahre lang in Paradise Peaks gelebt. Er konnte sich nicht an eine Lawine dieser Größe und dieses Ausmaßes erinnern. Schon gar nicht an so viele Lawinen innerhalb eines solch kurzen Zeitraums.

»Wir haben kleinere Lawinen auf diesem Hang gesehen, aber nichts dergleichen.« Er runzelte die Stirn. »Der übliche Nachhauseweg von Elke und Fritz führte nicht über diesen Hang. Aber mit dem blockierten Weg und dem Notfall ihrer Tochter hatten sie keine andere Wahl.«

Kat fühlte sich bestätigt. Schließlich stimmte ihr noch jemand anderes zu, dass die Umstände rund um den Tod der beiden Kimmels verdächtig waren. Es hatte sich also doch gelohnt, bei der Blockade vorbeizuschauen.

»Wann hat Ranger den beiden die Nachricht über ihre Tochter übermittelt?«

Ed runzelte die Stirn. »Vielleicht am Vormittag, irgendwann zwischen zehn und elf? Ich habe nicht auf die Uhr geschaut.« Er legte einen Metalldeckel auf das Fass und erstickte das verbleibende Feuer. »Jetzt, wo ich drüber nachdenke, hätte er Elke und Fritz eigentlich mitnehmen können, denn er ist in ihre Richtung gefahren. Stattdessen ist er von hier abgezischt, wie von der Tarantel gestochen.«

»Sie hätten in einem Notfall erwartet, dass er die beiden mitnimmt.« Ranger hatte Kat um zehn Uhr abgesetzt. Wenn sich Ed richtig entsinnte, dann war Ranger unmittelbar nachdem er sie abgesetzt hatte, an der Blockade angekommen. Das war ungefähr zehn Minuten später. Dies bot ihm ein sehr kleines Zeitfenster zum Empfangen und Übermitteln von Kimmels Notfallnachricht.

Was sie störte, war die Tatsache, dass die Kimmels vor ihr auf dem Weg waren. Zwar war sie mehrmals rund um den See gewandert, aber das hatte höchstens etwa 20 Minuten ausgemacht. Die Blockade war mindestens eine halbe Stunde zu Fuß vom Lawinegelände entfernt. Irgendwie stimmte das Timing nicht.

»Was für eine Art von Notfall?«

»Eine Auseinandersetzung im Wald, am Rande von Kimmels Eigentum. Es waren Schüsse auf ihre Tochter Helen abgegeben worden.«

»Sie meinen, absichtlich?« Scharfschützen zusätzlich zu Lawinen? Paradise Peaks war viel gefährlicher als der Name sagte.

Ed nickte. »Ranger dachte zuerst an einen unvorsichtigen Jäger, aber Helen sagte ihm, es wären zwei Jungs von der anderen Demonstrantengruppe gewesen. Sie gingen direkt mit gezogenen Waffen aufs Haus zu.«

»Haben Sie mit Helen darüber gesprochen?«

»Ich nicht, aber ein paar Freunde von Elke sind gerade bei ihr. Ihr Grundstück ist ziemlich abgelegen und man kann nur zu Fuß dorthin gelangen. Ranger muss es durch den Funk gehört haben.«

Kein Wunder, dass die Kimmels die Abkürzung genommen haben. Es erklärte auch, warum Elke ihre Waffe gezogen hatte. »Haben Sie keine Funkgeräte hier oben?«

»Die meisten von uns haben welche, aber niemand hat etwas gehört.«

Weder die Schüsse noch die Nachricht über Funk. »Aber Ranger hatte beides gehört. Es gibt eine ganze Menge Waffen hier oben.«

»Es ist weit ab vom Schuss. Sie können nicht vorsichtig genug sein.« Ed kniff die Augen zusammen. »Gut, dass Helen bewaffnet war. Sie schoss zurück.«

»Trotzdem haben Sie keine Schüsse gehört?« Die Blockade, das Grundstück der Kimmels und der Hang befanden sich alle in einem Umkreis von ein paar Quadrat-Meilen. Es war still, mit nichts anderem als Bäumen, um die Schüsse zu zerstreuen. Warum hatte er sie nicht gehört?

»Sie haben recht. Ich hätte sie hören müssen. Hier oben schallt es meilenweit.«

»Es gibt da etwas, was ich immer noch nicht verstehe. Sie und die andere Gruppe protestieren beide gegen den Absetzteich, dennoch seid Ihr Feinde. Sind sie denn keine Umweltschützer, so wie Sie?«

Ed schüttelte den Kopf. »Das ist ein städtisches Wort.«

»Hä?«

»Was Sie Umweltschützer nennen. Die Landschaft zu schützen ist für uns selbstverständlich. Wir brauchen kein spezielles Wort dafür. Als Stadtleute kamen und dem Ganzen einen Namen gaben, wussten wir bereits, dass es zu Problemen führen würde. Sie reden darüber, die Umwelt zu schützen, während sie ihre benzinfressenden SUVs fahren und im Wegwerfstil leben.

»Wir leben hier, nicht sie, das ist eine Tatsache. Wir wollen nur, dass unser Trinkwasser saniert wird. Sie behaupten, sie würden die Umwelt retten, aber sie benutzen uns nur zum Fotoshooting für Spenden und Werbung. Sie haben sogar Sachen umbenannt. Der Great Bear Wald kam direkt aus ihrer Marketing-Maschine. Schon bald werden sie unsere Landkarten verändern.«

Ed hob den Fassdeckel an. Das Feuer war fast völlig erloschen. »Sie waren im Sommer viel hier oben, aber jetzt nicht mehr so oft. Sie machen irgendwelche Sachen in der Nacht, aber wir sehen sie nicht.«

»Wie beispielsweise der blockierte Pfad?« Der Pfad, der sie und Ranger gestoppt hatte, war auch ein Hindernis für die Kimmels gewesen und hatte sie von ihrem normalen Weg umgeleitet. Die einzige Alternative war, den Hang zu überqueren.

Ed nickte. »Die Sache gerät außer Kontrolle.«

»Was ist mit Helen passiert?«

»Hä? Ach nichts. Die Männer verschwanden, als sie einen Warnschuss abgegeben hatte.« Ed holte seine Schlüssel aus der Tasche und ging weiter zum LKW. Plötzlich entdeckte sie den Motorschlitten in der Ladefläche des Pick-ups. »Ich denke, ich werde zum Grat hochfahren und mich selbst einmal umsehen.«

»Können Sie Fotos machen?«

Er blickte verwundert drein.

»Wir könnten die Lawine von Experten rekonstruieren lassen, um herauszufinden, wodurch sie ausgelöst wurde.« Sie fummelte in ihrer Jackentasche herum und reichte ihm eine Visitenkarte. »Machen Sie so viele Fotos wie möglich und schicken Sie sie mir.« Welch ein Glücksfall, obwohl sie nicht ganz sicher war, ob sie wirklich sein Vertrauen gewonnen hatte.

Er drehte sich zu seinem Wagen um und öffnete die Tür der Ladefläche.

»Warten Sie – wie komme ich zur Mine?« Große nasse Schneeflocken fielen auf ihre Schultern. Sie strich sie weg, während sie auf Eds Anweisungen wartete.

»Was wollen Sie da? Sie ist geschlossen.« Ed kniff die Augen zusammen.

»Ich will mir ein Bild von den Gegebenheiten machen, vor allem möchte ich den Absetzteich sehen.« Da Ed sich den Hang mit den Motorschlittenspuren ansehen würde, hätte sie mehr Zeit. Selbst mit einem Abstecher zur Regal Goldmine, wäre sie bereits wieder in der Blockhütte, bevor Jace zurückkäme. Die Mine war irgendwo in der Nähe; sie wusste nicht genau, wo. »Wie komme ich dorthin?«

»Gehen Sie etwa eineinhalb Kilometer gerade aus, bis sie zur Straßengabelung kommen.« Er wies auf die Straße in Richtung Lodge. »Anstatt links abzubiegen, um zu Batchelor zu gehen, nehmen Sie die rechte Abzweigung. Ich bin erstaunt, dass Sie sie nicht gesehen haben.« Sie befindet sich direkt neben seinem Grundstück. Nur ein kleiner Umweg auf Ihrem Weg zurück.«

Es war offensichtlich, dass Dennis verhindern wollte, dass sie die Mine sieht. Dies erklärte die stundenlange Motorschlittenfahrt mit Ranger, obwohl sie das gleiche Ziel in einem einstündigen Spaziergang erreicht hätte. Er ist einen Umweg gefahren, damit sie die Mine nicht sieht. Andernfalls wäre sie vielleicht auf die Idee gekommen, sie zu besichtigen. Oder sie hätte Fragen gestellt, die niemand beantworten wollte. Diese Erkenntnis erhöhte ihren Wunsch, das Gelände zu erkunden.»Jetzt hatte sie eine perfekte Gelegenheit, um die Mine auszukundschaften, ohne von irgendjemandem belästigt zu werden.

Sie bedankte sich bei Ed und machte sich auf den Weg. Das Licht des Nachmittags hatte sich in ein dumpfes Grau verwandelt. Bäume am Straßenrand warfen bedrohliche Schatten auf die schneebedeckte Oberfläche. Sie zitterte und fragte sich, wo sich die anderen Demonstranten jetzt aufhielten.

Kurze Zeit später erreichte sie die Gabelung und bald auch Batchelors Zaun an der Grundstücksgrenze.

Batchelors Wunsch, eine Straße zu bauen, basierte mit ziemlicher Sicherheit auf etwas anderem als Wohlwollen. Der Bau einer Straße bedeutete, dass er gedachte, in der Gegend wohnen zu bleiben. Dennoch war er bereit, für immer Tafelwasser zu trinken? Milliardäre waren nicht gerade kompromissbereit und Batchelor machte da keine Ausnahme. Etwas passte hier nicht zusammen.

KAPITEL 10

*K*at stapfte die Straße hoch, während der Schnee um sie herum wirbelte. Flocken bedeckten die Straße wie Sahnehäubchen auf einem Kuchen und die Baumwipfel waren wie mit Puderzucker überzogen. Sie schien von einem magischen Winterwunderland umgeben zu sein. Es schien unmöglich, dass diese paradiesische Landschaft mit einer toxischen Mine koexistierte. So schön sah Weinachten in Vancouver niemals aus.

Die Straße schlängelte sich um den Berg während ihres Aufstiegs. Die niedrigen Wolken verdeckten das Plateau und schränkte ihre Sicht ein, da sich die Straße spiralförmig den Hang hinaufzog. Sie stoppte, um den nassen Pulverschnee von den Stiefelsohlen abzuklopfen. Sie stampfte ihre Füße auf und erinnerte sich plötzlich daran, dass ihr Ranger nicht erklärt hatte, warum die Demonstranten Batchelor für die Minenkatastrophe verantwortlich machten. Elke hatte ihr auch keine Einzelheiten erzählt. Sicherlich wurde Batchelor nicht einfach nur deshalb für verantwortlich erklärt, weil er Milliardär war. Da steckte mehr dahinter und Batchelors vorgeschlagene Straße hatte etwas damit zu tun.

Fritz hatte die Straße erwähnt. Rangers Anspielung, dass die Kimmels Marihuana züchteten und besorgt waren, dass durch die

Straße ihre kriminellen Aktivitäten auffliegen würden, schien schlicht und ergreifend lächerlich. Während jeder Marihuana züchten könnte, bezweifelte sie stark, dass das ältere Ehepaar in Drogen verwickelt war. Marihuanaplantagen waren in der Regel die Angelegenheit junger Leute.

Sie konzentrierte sich erneut auf die Mine, als sie die Abzweigung erreichte. Sie wählte die rechte Gabelung, wie Ed ihr erklärt hatte. Der Pfad führte an einem Wasserweg entlang. Wahrscheinlich Prospector's Creek, ein Bach und die Quelle des lokalen Trinkwassers, zudem noch unglücklicher Empfänger von Verunreinigungen aus dem gerissenen Absetzteich.

Prospector's Creek war eher ein Fluss und kein Bach. Wie alles andere in dieser robusten Region, war er überdimensioniert. Der Bach war zu groß, um zuzufrieren. Auch im Winter floss er schnell und war selbst für die entschlossensten Eindringlinge unpassierbar.

Auf der gegenüberliegenden Böschung war der Bach von einem Zaun abgegrenzt. Dieser war eigentlich unnötig, da der Bach selbst eine natürliche Grenze gebildet hatte. Batchelors Zaun, stellte sie fest. Sie ging weiter bergauf, am Bachbett entlang, jedoch ohne Anzeichen von der Mine. Der dichte Baumbestand bot Schutz und der schneebedeckte Boden machte Platz für Schmutz und Wurzeln. Keine Möglichkeit für eine Lawine.

Die Dunkelheit im Wald sorgte für langsames, gemächliches Gehen. Das Winterwunderland von vorher hatte sich in eine gespenstische Szene aus Grimms Märchen verwandelt. Sie stellte sich vor, von unsichtbaren Augen beobachtete zu werden, obwohl das wirklich lächerlich war. Sie war eine solche Stille und Einsamkeit nicht gewohnt, um die natürliche Schönheit um sie herum zu schätzen. Ein ziemlich trauriger Zustand aus ihrer Multi-Tasking-Welt, immer abhängig von der Steckdose und vom Internet. Es musste erst zu einer Umweltkatastrophe kommen, damit sie einmal gründlich darüber nachdachte.

Sie wanderte noch eine halbe Stunde lang und wollte gerade umdrehen, als sie etwas entdeckte. Ein weiterer Zaun lief senkrecht zum Fluss entlang und plötzlich quer darüber. Ein kleines, verblasstes

Schild mit der Aufschrift ›Zutritt verboten‹, war an der unteren Grenze des Minengeländes festgenagelt.

Kat stieg über den Zaun und folgte dem Bach. Wenige Minuten später kam sie zum Waldrand auf eine riesige Fläche. Nur ein paar Meter weiter stand ein altersschwaches Holzgebäude mit einem Parkplatz daneben. Ein ramponierter weißer Pick-up älteren Modells, ein Ford F150 stand dort. Sie betrachtete das Gelände und entdeckte den Minenschachteingang auf der anderen Seite des Hauses. Auf einem verwaschenen Schild über dem Eingang stand ›Regal Goldminen‹. Frische Reifenspuren im Schnee waren der Beweis, dass der Pick-up noch nicht lange dort stand.

Im Gegensatz zum F150 war das Minengelände nicht mehr aktiv. Es bestätigte Fritz' Aussage, dass die Mine stillgelegt wurde. Der Pickup gehörte wahrscheinlich einem Wachmann.

Bei der düsteren Beleuchtung war es unmöglich, jemanden im Führerhaus des Pick-ups zu erkennen, also blieb sie ihm Wald und schaute sich nach Lebenszeichen um. Als sie sicher war, dass niemand in der Nähe war, schlich sie sich an die Rückseite des Gebäudes heran, außer Sichtweite vom Parkplatz.

Sie beobachtete den Parkplatz ein paar Minuten lang, bevor sie sich dem Gebäude näherte und es nicht erwarten konnte, einen Blick hineinzuwerfen. Der Absetzteich musste irgendwo in der Nähe sein. Sie stapfte in Richtung Gebäude, als plötzlich ein zweites Fahrzeug auf den Parkplatz fuhr. Sie duckte sich hinter dem Gebäude.

Die Tür des zweiten Fahrzeugs öffnete sich und wurde zugeschlagen. Es war unmöglich, etwas aus ihrem Versteck hinter dem Gebäude zu erkennen, deshalb musste sie sich auf ihr Gehör verlassen. Schritte knirschten im Schnee und näherten sich.

»Wir haben das Problem gelöst.«

Kat hielt den Atem an, als sie Rangers Stimme erkannte.

»Es sieht ganz so aus«, antwortete der unbekannte Mann. »Sie haben es ziemlich offensichtlich gemacht. Sie reden alle darüber.«

Wer sind ›sie alle‹? War die Lawine mit dem ›Problem‹ gemeint? Sie konnte sich kein anderes Problem der Einheimischen vorstellen. Sie schlich sich weiter heran und spähte um die Ecke des Gebäudes, um den zweiten Mann zu identifizieren, aber sie sah nur seinen Rücken, als er im Gebäude verschwand. Hatte er im geparkten Pickup gesessen? Hatte er sie entdeckt? Wahrscheinlich nicht, sonst hätte er es bei Ranger erwähnt.

Das Gebäude war entweder ein großer Schuppen oder eine Werkstatt, wahrscheinlich zur Wartung und Lagerung von Geräten. Entweder war es ein Nebengebäude oder der gesamte Betrieb war recht klein. Sie hatte etwas Umfangreicheres erwartet.

Ihr sekundenschneller Blick auf den Rücken des Fremden reichte nicht aus, um seine Körpergröße einzuschätzen, da der große Türeingang mindestens vier bis fünf Meter hoch war. Seine sperrige Winterjacke erschwerte es noch, seine Größe zu bestimmen. Kurz gesagt, sie konnte ihn nicht ohne einen besseren Blick identifizieren. Vermutlich war Ranger schon drin, da er nirgendwo zu sehen war.

Verdammt.

Sie konnte kein Wort außerhalb des Gebäudes hören. Sie fragte sich, ob sie es wagen sollte, einen Blick hineinzuwerfen oder zumindest etwas näher heranzugehen, um ihr Gespräch zu hören. Nein. Das wäre zu riskant. Was zum Teufel wollte sie eigentlich hier? Noch wichtiger war die Frage, was Ranger hier zu suchen hatte.

Andererseits ging es sie wirklich nichts an, über was die beiden redeten.

Aber vielleicht ging es sie doch etwas an.

Vor ihrem unglücklichen Tod hatten ihr Fritz und Elke erzählt, dass die Mine am verfaulten Trinkwasser schuld wäre.

Batchelor hatte eine gebrochene Wasserleitung als Grund für das Mineralwasser in der Lodge erwähnt. Sicherlich bezog Batchelors Lodge sein Trinkwasser aus derselben kontaminierten Quelle wie die Kimmels. Wenn ja, hatte Batchelor gelogen. Die Unwahrheit über den wahren Grund des ungenießbaren Trinkwassers zu erzählen, machten ihn noch immer nicht für die Tat verantwortlich. Es war verständlich, warum er seinen Gästen verheimlichte, dass das lokale Wasser vergiftet ist. Diese Dinge standen nicht zum Besten für einen berühmten Umweltschützer und warfen alle möglichen Fragen auf. Fragen, deren Beantwortung er lieber vermeiden würde.

Sie schlich sich ganz nahe ans Gebäude heran. Sie blieb versteckt, hatte aber einen Blick auf den Parkplatz. Sie würde die Rücken der Männer sehen, wenn sie das Gebäude verließen. Sie hätte so viel Zeit zum Beobachten, wie die Männer brauchten, um zu ihren Fahrzeugen auf der gegenüberliegenden Seite des Parkplatzes zurückzugehen.

Angenommen, dass die Mine das Problem war, warum hatten die Kimmels ihre Wut direkt an Batchelor, zusätzlich zur Regal Goldmine ausgelassen? Wussten sie etwas, von dem sie keine Ahnung hatte?

Kat erschrak, als sie Schüsse hörte. Sie kamen irgendwo aus westlicher Richtung, von der anderen Seite des Grundstücks. Ihr Herz raste. Sie hätte niemals hierherkommen dürfen.

Sie huschte hinter das Gebäude zurück und hielt den Atem an, weil die Männer jederzeit aus dem Gebäude herauslaufen konnten.

Aber sie kamen nicht. Entweder waren Schüsse an der Tagesordnung, oder sie hatten sie erwartet. Es gab wahrscheinlich Jäger in der Nähe, und die Sorglosigkeit von Ranger und seinen Kumpanen bestätigte diese Theorie. Unabhängig davon, ging es sie nichts an, hier zu sein und es wäre wohl ratsam, diesen Ort sofort zu verlassen, solange sie noch die Gelegenheit dazu hatte.

Sie wollte gerade gehen, als die Männerstimmen lauter wurden. Sie blieb in ihrem Versteck und holte tief Luft.

Die Tür flog auf und schlug gegen die Hausverkleidung. Ihre Schritte knirschten im Schnee, während sie über den Parkplatz gingen. Sie argumentierten über etwas, aber sie waren zu weit weg, um gehört zu werden. Sie pirschte sich auf Zehenspitzen heran, ganz vorsichtig, um keinen Lärm zu machen. Ein Bruchteil des Gesprächs könnte ihr helfen, herauszufinden, was sie im Schilde führten.

Ihre Stimmen wurden lauter.

»Sie zum Schweigen zu bringen ist nur vorübergehend, Burt. Du musst das Problem ein für alle Mal beheben. Wenn der Boss Wind davon bekommt, reißt er dir den Kopf ab.« Ranger stürmte zu seinem Land Cruiser.

Wen zum Schweigen bringen? Ed und die anderen Demonstranten? Was oder wer auch immer behoben werden musste war ein Rätsel.

Ranger öffnete die Tür seines SUV und drehte sich noch einmal zu dem Fremden namens Burt um. »Repariere das verdammte Wasser oder du bist der Nächste.«

Es ging tatsächlich um das Wasser. Hatte der mysteriöse Burt etwas mit dem Tod der Kimmels zu tun? Wenn Burt der Nächste wäre, so wie Ranger zu verstehen gab, wer war der Erste? Die Kimmels?

»Ich will sehen, was ich tun kann.« Der Mann namens Burt kam schließlich in Sichtweite.

Er war Mitte vierzig, klein, aber stämmig, mit einem rötlichen Teint und einem zotteligen roten Bart. Auf dem Kopf trug er ein Barett. Er hielt eine Zigarette in der einen Hand und eine Waffe in der anderen. Was hatten diese Menschen alle mit den Waffen im Sinn?

Es war derselbe Mann, der am Vortag mit Ranger argumentiert hatte.

Beide Männer fuhren schließlich weg. Kat verweilte noch zehn Minuten nach dem letzten hörbaren Ton ihrer Fahrzeuge. Nachdem sie gewiss war, dass niemand mehr herumlungerte, wagte sie sich in den Hof.

Die Mine war offensichtlich stillgelegt. Unkraut, nun durch den Frost vernichtet, hatte unter der Ausrüstung gekeimt. In der Annahme, dass das Unkraut im Sommer gewachsen war, waren sie Beweis für viele Monate Inaktivität. Sie konnte die Fakten später in der Lodge überprüfen. Vorerst konzentrierte sie sich darauf, das Gelände zu inspizieren. Es wäre wahrscheinlich ihre einzige Gelegenheit, allein und ungestört zu sein.

Das Garagentor wurde durch einen Riegel gesichert, aber das Vorhängeschloss stand offen. Sie nahm es ab und stieß die Tür auf. Sie betrat das Gebäude und fand nichts weiter als rostige Förderanlagen. Es überraschte sie, dass die Mine noch bis vor kurzem betrieben wurde, dass die Ausrüstung aus einer vergangenen Zeit zu sein schien, alt, gebrechlich und verrostet.

Doch die Regal Goldmine war noch bis vor ein paar Jahren betrieben worden, bis der Absetzteich brach. Kein Wunder, dass ein Unternehmen, das Trinkwasser verunreinigt und sich weigerte, es zu sanieren, kein Geld für anständige Geräte ausgibt. Jedes gesparte

Geld für Investitionen ging direkt in die Gewinnlinie des Unternehmens.

Hier drinnen gibt es nichts zu sehen.

Sie wollte gerade gehen, als sie etwas entdeckte und abrupt stehen blieb. Dutzende von Holzkisten waren auf Paletten gegen die Wand an der Eingangstür gestapelt. Sie hatte sie beim Hineingehen gar nicht bemerkt.

Die Kisten schienen gerade erst dorthin gekommen zu sein, denn sie waren frei von Staub und Schmutz. Sie ging näher. Ein roter Schriftzug auf dem Karton warnte: *Powershot Sprengstoffe, hochwertige Produkte für Bergbau, Steinbrüche und Baustoffe seit 1959.*

Dynamit.

Dynamit wurde zwar im Bergbau verwendet, jedoch war diese Mine schon vor vielen Jahren eingemottet worden. Die Verpackung machte einen neuwertigen Eindruck. Auf den Kisten war das Gewicht und Herstellungsdatum angegeben. Die meisten der Daten waren weniger als ein Jahr alt, seltsam für eine nicht mehr existierende Mine mit verrosteter, unbenutzter Ausrüstung. Entweder wurde der Schuppen als Lager verwendet, oder jemand hatte neue Pläne für die Mine. Letzteres bezweifelte sie. Sicherlich wären Dynamit und andere Materialien die letzten Dinge, die man vor dem Neustart der altersschwachen Mine kaufen würde.

Da es in einer ländlichen Gegend wie dieser nicht an Lagerplätzen mangelte, hatte jemand diesen Ort absichtlich als Versteck benutzt. Abgelegen oder nicht, das Lagern mehrerer Kilogramm Dynamit in einem nicht verriegelten Gebäude schien geradezu fahrlässig. Ein achtlos weggeworfenes Streichholz oder eine Zigarette könnten diesen Ort innerhalb von Sekunden explodieren lassen. Kinder, Jugendliche, einfach jeder könnte dieses unverschlossene Gebäude betreten. Sie schauderte bei dem Gedanken, als sie ein paar Bilder mit ihrem Fotoapparat schoss.

Kat verließ das Gebäude und ging zum Rande des Parkplatzes auf der Suche nach dem Absetzteich. Bald fand sie die Ursache des Problems. Dem Namen nach, hätte sie erwartet, dass der Absetzteich ein tatsächlicher Teich ist. Es war genauer gesagt ein kleiner See mit mindestens einem Kilometer Durchmesser. Eine hohe künstliche Böschung umgab das Wasser, aber ein großer Teil davon war zusammengebrochen. Der Grund dafür war nicht schwer zu erkennen, angesichts des hohen Wasserstands und der enormen Wassermenge, die drohte, den Rest der Mauer zu durchbrechen.

Das Grundstück der Kimmels befand sich direkt unterhalb der Mine und sie wären das allererste Opfer, wenn das Ganze zusammenbrechen würde. Prospectors Creek würde bei dieser Wassermenge sofort überlaufen. Batchelors Grundstück war auch gefährdet, wenn auch in geringerem Ausmaß.

Absetzteiche enthielten die kontaminierten Rückstände aus den Bergbau-Extraktionsverfahren. Unter anderem enthalten sie die verwendeten Chemikalien und das verbleibende Erz, nachdem Gold und Kupfer extrahiert worden sind. Richtig konzipiert, würde der Teich die Rückstände über Jahre hinweg, auch nach Stilllegung der Mine, aufrechterhalten, es sei denn, er wäre defekt. Dieser hier war kläglich gescheitert.

Normalerweise hätte es Jahre gedauert, bis der Absetzteich zum derzeitigen Niveau angestiegen wäre. Das hätte dem Management genügend Zeit gelassen, den Teich zu vergrößern oder einen neuen zu bauen, bevor der alte seine Kapazität erreichte. Doch sie beschlossen, die Kosten niedrig zu halten und die Gewinne zu maximieren. Wäre der Wasserspiegel des Teichs rechtzeitig geregelt worden, hätte man diese Umweltkatastrophe vollständig vermeiden können.

Ein halbgefrorener Wasserstrom sickerte durch die gerissene Stützmauer des Absetzteichs in ein dunkles, sich schlängelndes Rinnsal, das direkt in den Prospectors Creek lief. Sie ging darauf zu, um es sich näher anzusehen. Haufenweise halb verfaulte Fische stapelten sich am Bachbett und wurden so in ihrem gefrorenen Zustand konserviert. Sie würgte und wandte sich ab.

Auch mit der teuersten Sanierung, würde es Jahre dauern, bis das Wasser wieder trinkbar wäre. Zudem hatten die Aufräumarbeiten noch nicht einmal begonnen. Gab es einen anderen Grund, warum man sich noch nicht an die Arbeit gemacht hatte? Entmutige Menschen lange genug, dann verkaufen sie ihr Eigentum und ziehen weg. Ungeachtet des Grundes, es war eine sehr lange Zeit ohne Trinkwasser.

Es schien ein Kampf auf Bestellung für die alternden Umweltschützer. Es war in der Nähe ihres Wohnortes, involvierte das Wasser und die Umwelt in einer unberührten Wildnis. Warum hatte Batchelor nicht rechtzeitig Alarm geschlagen? Wenn überhaupt, hätte er sich mit den Kimmels absprechen müssen. Dennoch wurden sie gegeneinander ausgespielt. Das ergab keinen Sinn.

Kat holte den Fotoapparat heraus und machte Bilder, um sie Jace zu zeigen.

»Stopp!« Die Stimme des Mannes war sanft, aber bestimmt. Reisig knackte unter seinen Schritten, als er plötzlich aus dem Gebüsch auftauchte. »Stecken Sie das Ding weg. Sie dürfen hier nicht fotografieren.«

Kat wirbelte herum und sah einen älteren Mann; seine glasklaren blauen Augen blitzten sie an. Seine Waffe auch.

Er trug eine verblasste Baseballmütze mit einem vierblättrigen Kleeblatt-Emblem auf der Vorderseite. Eine Jahrzehnte alte blaue Skijacke hing lose an seiner schlaksigen Gestalt und die abgenutzten Ärmel waren viel zu kurz für seine Arme. Er war alt, mindestens siebzig. Sein Arm zitterte, während er den Gewehrlauf direkt in ihre Richtung hielt. Die geringste Bewegung könnte die Waffe entladen.

Sie hob langsam die Hände hoch. »Bitte nicht schießen. Ich bin nur ein Tourist und sehe mich ein wenig um.« Ihr Herz klopfte wild. Anders als Ed, der im Grunde ein Fremder war, wusste niemand, dass sie hier war.

»Nein, das sind Sie nicht. Wir haben keine Touristen in dieser Gegend. Wer sind Sie wirklich?«

Kat nannte ihren Namen. »Ich bin zu Besuch in Dennis Batchlors Lodge.« Woher war plötzlich dieser Mann gekommen? Die einzigen Fahrzeuge auf der Lichtung gehörten Ranger und Burt und sie waren beide weggefahren. Sie war allein mit dem gewehrfuchtelnden Mann.

»Stimmt das?« Er betrachtete sie argwöhnisch.

Kat erwiderte seinen Blick. Es ging ihn doch überhaupt nichts an.

Wenn sie standhielt, würde er sie bestimmt gehen lassen. Es gibt keinen Grund, warum er es nicht tun sollte.

Er machte keine Anstalten, die Waffe zu senken und ihre Augen blickten sich nun gegenseitig herausfordernd an.

Kat wurde ungeduldig. Die Leute hier in der Gegend waren nicht sehr freundlich. »Ja, das stimmt. Rufen Sie ihn an, er wird es bestätigen. Können Sie das Ding aus der Hand legen, bitte?«

»Sie löschen die Bilder, die Sie aufgenommen haben, sonst werde ich es persönlich tun.«

»Warum sollte ich? Es sind reine Landschaftsaufnahmen.« Das war so nicht ganz richtig, da sie einige Fotos von dem Inneren des Gebäudes aufgenommen hatte. »Ich tue nichts Illegales!«

Er sah ein wenig unsicher aus und senkte die Waffe. »Nehmen wir mal an, ich glaube Ihnen. Was machen Sie wirklich hier?«

»Ich mache einen Spaziergang. Ich habe gehört, dass es hier oben eine alte Goldmine gibt und kam hierher, um sie mir anzusehen. Es ist sehr interessant. Ich liebe dieses alte Zeug.«

Die Schultern des Mannes schienen sich ein wenig zu entspannen. »Na ja, dann gehen Sie jetzt am besten weiter. Ich bin der Wachmann des Grundstücks und es ist verboten, hier oben herumzulaufen. Das nennt man unbefugtes Betreten.«

»Das ist seltsam, weil ich nicht die Einzige bin, die hier oben war. Ich habe gerade zwei Männer wegfahren sehen. Sie waren in diesem Gebäude da drüben.« Kat deutete auf das Gebäude. Der Mann schien zu alt zu sein, um sich einem Kampf aussetzen zu wollen. Allerdings hatte er ein Gewehr.

»Oh?«

Sein Gesichtsausdruck war nicht zu entziffern.

»Ranger und ein anderer Mann, den ich nicht kenne.« Sie beobachtete seine Reaktion.

»Ranger?« Das Gesicht des Mannes verdunkelte sich. »Er hat kein Recht, hier oben zu sein. Ich werde wohl besser mit Batchelor darüber reden. Ich will, dass morgen alles friedlich abläuft.«

»Morgen? Was ist denn morgen?«

»Die Demonstranten veranstalten ein Sit-in hier oben an der Mine.«

Ed hatte das nicht erwähnt. Würden sie die Veranstaltung auch ohne Elke und Fritz durchziehen? »Und Sie lassen das zu?«

Die Mundwinkel des Mannes verwandelten sich in ein leichtes Lächeln. Oder in ein Grinsen. Sie konnte das nicht so beurteilen.

Nur weil der Wachmann das Grundstück patrouillierte, bedeutete es nicht, dass er die Ansichten des Unternehmens teilte. Kleinstadt-jobs waren schwer zu bekommen. Plötzlich fiel ihr ein, dass er wahr-scheinlich auch einer der Demonstranten war. Ziemlich klar, auf welcher Seite er stand, wenn es ums eigene Trinkwasser ging.

Wusste er vom Unfall der Kimmels am Vormittag? Sie wollte es ihn fragen, ließ es aber bleiben. Natürlich kannte er sie. Jeder kannte jeden hier oben. Wenn er noch nicht über den Unfall Bescheid wusste, war sie nicht die richtige Person, es ihm mitzuteilen. Er würde es früh genug erfahren.

»Können Sie mir einen Gefallen tun?«, fragte Kat. »Erwähnen Sie bitte nicht, dass Sie mich hier oben gesehen haben. Die Leute sind irgendwie etwas nervös, was diesen Ort anbelangt.«

»Als ob ich das nicht wüsste«, sagte der Mann.

»Ich habe Ihren Namen nicht verstanden«, sagte Kat. Vielleicht könnte er ihr einige Hintergrundinformationen über den Wasserstreit geben.

»Das ist richtig. Das haben Sie nicht.« Er neigte den Kopf in die Pfadrichtung. »Wenn Sie Ihre Fotos behalten wollen, würde ich an Ihrer Stelle jetzt verschwinden, bevor ich meine Meinung ändere.«

Das brauchte man Kat nicht zweimal zu sagen. Sie hatte heute genug Gewehre gesehen.

KAPITEL 11

at ging so schnell, wie sie konnte, ohne es zu wagen, loszurennen. Eine Zielscheibe brannte auf ihrem Rücken, während sie sich zurückzog, aber wahrscheinlich nur in ihrer Fantasie. Sie ging schnurstracks auf den Pfad im Wald zu, der ihr Schutz vor diesem Irren bot. Sie bezweifelte, dass der gewehrfuchtelnde Wachmann tatsächlich schießen würde, aber sie wollte ihr Schicksal nicht herausfordern. Dies hatte sie heute schon einmal getan.

Sie atmete erleichtert auf, als sie am Rande der Lichtung angekommen war. Bestimmt hätte er nicht auf sie geschossen, da Schüsse unerwünschte Aufmerksamkeit auf sich zogen. Andererseits waren Waffen hier so allgegenwärtig, dass niemand einen Schuss beachtete.

Um die Dinge noch zu erschweren, wusste niemand außer Ed, dass sie in der Mine war. Ohne Zeugen konnte der Wachmann mit Mord ungeschoren davongekommen. Das war offensichtlich ein Worst-Case-Szenario, aber sie hatte das Grundstück unbefugt betreten und ihm einen Grund gegeben, seine Waffe zu ziehen. Hatte er die ungeklärten Schüssen am Vormittag abgefeuert? Noch schlimmer, hatten die Kugeln ihr Ziel getroffen?

Drei Meter auf dem Pfad und schon war sie von Gebüsch umgeben. Sie warf einen Blick zurück, erleichtert, dass der Parkplatz aus Sichtweite war. Der Wachmann konnte sie nicht mehr sehen. Sie ging in den Laufschritt über, jedoch nur so schnell, wie es die rutschigen Wurzeln und Äste unter ihren Füßen erlaubten. Sie stürzte durch die Büsche, bestrebt, so viel Abstand wie möglich zwischen sich und den Wachmann zu bringen.

Wenn er das tatsächlich war.

Immerhin überwachte er die Mine, aber er trug keine Uniform. Während es durchaus möglich war, dass Sicherheitskräfte in entlegenen Orten lässig gekleidet sind, hatten Wachleute normalerweise Kennzeichen, die sie als solche auswiesen und nicht so etwas Einfaches, wie eine Baseballmütze mit Firmenlogo. Sicherheitspersonal musste bestimmt nicht solch eine schäbige und schlecht sitzende Kleidung tragen. Und sie waren in der Regel jünger als siebzig.

Das war jetzt sowieso egal, denn nun befand sie sich außer Reichweite von der Mine; in weniger als einer Stunde wäre sie wieder in der Blockhütte. Das war gut, weil es bereits dämmerte. Der Wald war unheimlich still, und es war schwierig, den Pfad zu sehen. Sie hatte vergessen, wie schnell der Einbruch der Dunkelheit im Winter kam.

Einige Minuten später tauchte sie auf einem anderen Pfad auf, der in einem Neunzig-Grad-Winkel von dem abzweigte, auf dem sie gerade lief. Basierend auf der Richtung, schien dieser Weg schnurstracks zur Lodge zurückzuführen. Sie fragte sich, ob sie den längeren, aber sicheren Weg gehen oder aber das Risiko eingehen sollte, die Abkürzung zu nehmen.

Schließlich wählte sie die Abkürzung. Der Schnee fiel immer stärker, da die Temperatur gesunken war. Es war schon dunkler als kurz zuvor und sie hatte schätzungsweise nur noch eine viertel Stunde, um im Tageslicht zu laufen. Die geringen Lichtstrahlen, die noch verblieben, leuchteten nicht mehr durch die Baumkronen und sie hatte Schwierigkeiten, mehr als ein paar Meter vor ihr zu sehen. Rennen war nicht mehr möglich; auch ein flotter Spaziergang war schwierig. Es war sinnvoll, die schnellste Route zur Straße zu finden; da sie nicht mit der Gegend vertraut war. Angesichts der Richtung führte der zweite Pfad sicherlich direkt dorthin. Sie konnte immer noch auf den ursprünglichen Weg zurückkehren, sobald sie die Straße überquert hatte.

Trotz des dichten Gebüschs hatten sich bereits ein paar Zentimeter Schnee auf dem Weg angesammelt. Sie ging forsch voran und das Schweigen wurde nur durch den frischen Pulverschnee gebrochen, der unter ihren Schritten knirschte. Unter anderen Umständen hätte sie die Ruhe genossen, aber jetzt war es verdammt gruselig.

In weniger als zehn Minuten sah sie eine Öffnung. Der Umweg war ein kluger Schachzug gewesen und hatte ihre Wanderung zur Straße erheblich verkürzt. Erleichtert verließ sie den Weg und ging auf die Straße. Obwohl sich mehr Schnee auf der Straße als auf dem Pfad angesammelt hatte, war es wesentlich einfacher auf einer Asphaltstraße zu gehen als auf einem unebenen Pfad voller Steinen und verschlungenen Wurzeln.

Sie war kaum eine Minute lang auf der Straße gelaufen, als ihr der Schreck in die Glieder fuhr.

Dreißig Meter vor ihr standen Ranger und Burt, der Mann, mit dem Ranger in der Mine war. Sie transportieren Kisten aus dem Kofferraum von Rangers Land Cruiser und legten sie auf die Ladefläche von Burts Ford F150.

Sie schlich sich ins Gebüsch zurück, vor Angst, dass man sie gesehen hat.

Aber sie brauchte sich keine Sorgen zu machen, denn die Männer waren viel zu sehr mit ihrer Aufgabe beschäftigt, als auf ihre Anwesenheit zu achten. Sie rückte näher, jederzeit bereit, sich zu ducken, um nicht gesehen zu werden.

Ihr Atem stockte, als sie erkannte, dass es die Sprengstoffkisten aus dem Minengebäude waren. Dynamit war nur für eines gut, nämlich, um etwas explodieren zu lassen. Sie schauderte, als sie erkannte, was sie bereits entdeckt hatte.

Der Wachmann war überrascht gewesen, als sie ihm erzählte, Ranger und Burt in der Mine gesehen zu haben, aber vielleicht hatte er sie angelogen. Schließlich hatte er sie ganz schnell gefunden. Aber warum sollte er sie, eine Auswärtige, anlügen?

Hatte der Wachmann auch etwas damit zu tun? Es würde erklären, warum er das Gewehr auf sie gerichtet hatte. Andererseits zeigte er tiefste Abneigung, als sie den Namen Ranger erwähnte.

Sie ging im Wald in die Hocke und war nur weniger als fünf Meter vom Seitenstreifen entfernt, auf dem die Männer miteinander stritten. Der Schnee dämmte irgendwie die Geräusche ein. Sie war dankbar für die Stille und dass kein Verkehr war. Ihre Stimmen wurden durch die Stille getragen. Noch etwas näher heran und man würde sie bemerken.

»Das ist deine letzte Chance.« Ranger hob die letzten beiden Kisten von seinem Land Cruiser und reichte sie dem anderen Mann. »Ich rate dir, es diesmal durchzuziehen.«

Der Mann brummte. Er nahm die Kisten und legte sie auf seinen Pick-up.

»Ich meine das ernst, Burt. Dieses Mal bist du pünktlich und sorgst dafür, dass niemand in der Nähe ist. Wir können keine unerwünschte Aufmerksamkeit gebrauchen. So schlampig zu sein, macht es für alle nur gefährlich.«

Gefährlich, inwiefern? So zu tun, als ob die Lawine ein Unfall gewesen war, obwohl sie absichtlich ausgelöst wurde? Kat holte den Fotoapparat heraus und machte ein Foto von Ranger und Burt, wie sie die Kisten von einem Fahrzeug zum anderen bewegten.

»Ja, ich weiß, Ich hab sie dort nicht gesehen.« Burt strich sich die Hände an der Jacke ab und stieg in seinen Wagen. Er kurbelte das Fenster herunter und lehnte sich hinaus. »Morgen. Ich rufe dich an, wenn es erledigt ist.«

Zu dumm, dass sie den Anfang des Gesprächs verpasst hatte.

»Wir treffen uns morgen Mittag wieder hier.«

»Okay, aber nur, solange es keine unvorhergesehenen Verzögerungen oder Komplikationen gibt.«

»Verflucht noch eins, Burt. Du sorgst dafür, dass es keine Komplikationen gibt. Diesmal machst du es richtig, ohne Ausreden. Ich kann dich nicht mehr länger schützen, also mach es möglich.« Ranger drehte sich um und ging zu seinem Fahrzeug zurück.

Plötzlich fuhr Burts Pick-up vom Seitenstreifen in ihre Richtung. Sie tauchte im Gebüsch unter, um nicht erkannt zu werden.

Rangers Land Cruiser folgte kurz darauf.

Sie wartete, bis beide Fahrzeuge in der Kurve verschwunden waren. Anschließend trat sie aus ihrem Versteck. Als sie wieder auf der Straße war, fiel es ihr ein. Mit Rangers Anspielung auf einen Augenzeugen war sie gemeint. Sie hatte die Lawine an diesem Morgen miterlebt.

Die ganze Zeit über hatte sie sich auf den Motorschlitten konzentriert, aber aus den falschen Gründen. Der Motorschlitten war definitiv ein Faktor, aber jetzt vermutete sie, dass er dazu benutzt wurde, um das Dynamit und denjenigen zu transportieren, der die Ladung angebracht hatte. Die Explosion, die den Schnee in Bewegung gesetzt hatte, war durch Menschenhand erfolgt. War es Burt? Vielleicht hatten er und Ranger sich vor dem Unfall getroffen. Das könnte Rangers Verspätung erklären, um sie abzuholen.

Große nasse Schneeflocken wirbelten herum, während sie ihr Tempo beschleunigte. Ihre winzige Taschenlampe beleuchtete nur ein paar Meter vor ihr und sie kam nur langsam voran. Sie konnte kaum ihre Hand vor Augen sehen. Der Sturm war in Nullkommanichts aufgetreten.

Sie zitterte und stellte fest, dass sie spät dran war. Jace müsste eigentlich seine Sitzung mit Dennis beendet haben. Er ist wahrscheinlich in die Blockhütte gegangen und hat sie leer vorgefunden. Mit Einbruch der Dunkelheit wäre er sehr um sie besorgt. Ohne Handysignal hatte sie keine Möglichkeit, ihn zu kontaktieren.

Der Sturm hatte sich in einen heftigen Schneesturm verwandelt. So viel zur Erkundung der Lawine am nächsten Morgen. Sie hoffte nur, dass Ed sein Versprechen gehalten und Fotos von den Motorschlittenspuren gemacht hatte, bevor die Beweise für immer gelöscht wurden. Jetzt war es pechschwarz draußen, sie war müde und fror. Sie strich die Schneeflocken weg, die an ihren Wimpern und den Wangen hafteten.

Sie dachte an die gestrige Lawine. Rangers Kommentare hatten eindeutig seine Beteiligung daran bestätigt. Dann war da noch das Dynamit selbst. Was auch immer die Männer planten, es musste gestoppt werden. Es war nicht mehr viel Zeit, wenn sie ihre Pläne noch vor morgen Mittag vereiteln wollte. Leider hatte sie keine Ahnung, wo es passieren soll, nur dass sie geplant haben, irgendetwas noch vor morgen Mittag in die Luft zu jagen.

Zeit war ein wesentlicher Faktor, wenn sie die beiden stoppen wollte.

Ranger und Burt hatten wahrscheinlich das geplante Sit-in auf dem Minengelände im Visier. Das erschien im Nachhinein offensichtlich, da die meisten oder alle Demonstranten dort versammelt sein würden. Die Männer konnten an einem solch abgelegenen Ort einfach eine Falle stellen.

Allerdings hatten Ranger und Burt den Sprengstoff nicht zur Mine gebracht, sondern von dort abgeholt. Das bedeutete, dass ihre Sabotage anderswo stattfinden würde. Da die Mine bereits seit Jahren stillgelegt war, hätten die Demonstranten keinen Vorteil davon, wenn sie explodieren würde. Sie würden einen weiteren Riss im Absetzteich riskieren. Sie hatten einfach kein Motiv, diesem Gelände weiteren Schaden hinzuzufügen, da sie die ersten Leidtragenden wären.

Doch sie hatte keinen Zweifel, dass die Demonstranten das Ziel der morgigen Sabotage wären. Jede Ermittlung würde direkt auf ihre Verleumder hinweisen, einschließlich Ranger. Im Gegensatz zur Lawine, könnte es nicht als Unfall getarnt werden. Es sei denn, Ranger und Burt inszenierten es so.

Wenn es nicht auf dem Minengelände war, wo dann? Die Demonstrantenblockade? Irgendwo mussten sie sich vor dem Sit-in treffen und die Blockade war ein logischer Ort. Aber die Blockade war einfach nur ein Fleck auf der Straße. Abgesehen davon, dass sie die einzige Straße zu Batchelors Grundstück in die Luft gehen ließen, wäre der Sprengstoff leicht zu erkennen.

Sie konzentrierte sich erneut auf die Mine, denn sie war der logischste Ort, die Demonstranten anzugreifen. Irgendwann würden sie dorthin kommen und das abgelegene Gelände machte es einfach, ihnen eine Falle zu stellen. Sie wären leichte Beute; jedoch wäre auch Sabotage offensichtlich. Es gab einfachere Wege, mit Mord davonzukommen.

Es sei denn, die Männer würden es so aussehen lassen, als ob es die Demonstranten selbst getan hätten.

Der Tod der Kimmels war so inszeniert worden, als ob eine Lawine daran schuld gewesen wäre. Ein Unfall. Der zweite Angriff würde in ähnlicher Weise geplant und aufgebaut.

Blitzschnell hatte sie ihre Antwort. Burt und Ranger hatten ein paar Sprengstoffkisten aus der Mine geholt, um den Demonstranten etwas anzuhängen. Sie wollten Beweismaterial in der Wohnung von einem oder mehreren Demonstranten verstecken. Ein Sprengstoffversteck unterstellte, dass sie die Minenexplosion orchestriert hatten. Es war schwierig, gegen Sachbeweise zu argumentieren.

Wenn Ranger und Burt den Sprengstoff in der Nähe des Sit-ins der Demonstranten explodieren ließen, könnte man die Schuld den Demonstranten zuschieben. Ein schrecklicher Unfall, bei dem sie selbst während des Zerstörens der Mine, draufgehen könnten. Obwohl weit hergeholt, schien es irgendwie plausibel.

Sie war so in Gedanken versunken, dass sie den Batchelorzaun und die Eigentumsgrenze erst sah, als sie kurz davor stand. Sie seufzte vor Erleichterung. Endlich konnte sie der Kälte entkommen. Sie beschleunigte ihr Tempo und folgte dem Zaun bis zur Einfahrt.

Die Dunkelheit, die sie bisher behindert hatte, war jetzt ein Vorteil. Kat kürzte quer über das Gelände ab, knapp unter der Anhöhe, um nicht gesehen zu werden. Sie stapfte quer über die Einfahrt, die jetzt in eine dicke Schneedecke gehüllt war. Sie überquerte den Hügel diagonal und lächelte, als die Lodge in Sicht kam. Die Außenbeleuchtung warf einen warmen Schimmer über die Gebäude und das Grundstück und reflektierten den Schnee.

Sie war überrascht, dass ein Hubschrauber in der hintersten Ecke des Asphalts parkte. Sie erkannte im Nachhinein, dass der quadratische, separate Parkplatz in Wirklichkeit ein Hubschrauber-Landeplatz war. Es wäre schwierig, einen Helikopter bei diesem stürmischen Wetter zu fliegen.

Batchelor hatte offensichtlich zusätzliche Gäste. Seltsam, dass er nichts erwähnt hatte, und der abgelegene Ort der Lodge eignete sich kaum für unangekündigte Besuche. In Anbetracht des Wetters, müssen sie vor ein paar Stunden angekommen sein, kurz nachdem sie weggegangen war.

Sie eilte in Richtung Blockhütte, ungeduldig Jace von ihren Ermittlungen zu erzählen und um mehr über die unerwarteten Gäste zu erfahren. Batchelor war voller Überraschungen. Wie sie vor kurzem herausgefunden hatte, waren sie nicht alle positiv.

KAPITEL 12

*K*at zog ihre Handschuhe aus und kramte in der Tasche nach dem Hausschlüssel. Trotz Handschuhe waren ihre Finger von der Kälte taub und sie kämpfte damit, den Schlüssel im Schloss zu drehen. Endlich öffnete es sich. Sie stampfte den Schnee ihrer Stiefelsohlen ab.

Jetzt wollte sie nur noch ein heißes Bad und schlafen. Sie fühlte einen Ansturm von warmer Luft, als sie die Tür öffnete. »Jace?«

»Wo warst du denn?« Jace eilte herbei und sein Gesicht zwar gerötet vor Wut. »Ich wollte gerade Hilfe holen.«

Na wunderbar, welch ein herzlicher Empfang, obwohl sie es ihm eigentlich nicht verübeln konnte. Warum hatte sie keinen Zettel hinterlassen? »Entschuldige. Ich hatte nur einen kurzen Spaziergang geplant. Ich fürchte, ich bin zu weit abgekommen.«

»Du kannst doch nicht einfach so allein hier herumlaufen, Kat. Ich hatte keine Ahnung, wo ich nach dir suchen sollte. Ich bin fast krank geworden vor lauter Sorge.« Jace lief nervös vor dem Fenster hin und her. Der Schnee war jetzt so dicht, dass die Schlucht vollständig verdeckt wurde.

»Ich war mir sicher, vor dir zurück zu sein.« Sie wollte die wenige Zeit, die sie miteinander hatten, nicht mit Streiten verbringen. Fast hätte sie es bereut, ihn auf die Reise begleitet zu haben. Sie sahen einander kaum an, und wenn sie es taten, stritten sie. »Außerdem hatte ich keine Möglichkeit, dich anzurufen.«

»Darum geht es doch gar nicht. Was, wenn du ich verirrt oder verletzt hättest? Niemand wüsste, wo du bist.«

Kat fühlte einen Anflug von Wut, bis sie sich an ihre Konfrontation mit dem bewaffneten Wachmann erinnerte. Die Situation hätte leicht eskalieren können. »Du hast recht. Ich hätte nicht gehen sollen, ohne es dir zu sagen. Ich wollte einfach verhindern, dass mich Ranger fährt. Ich will nicht, dass er jede meiner Bewegungen plant.« Kat schlang ihre Arme um seine Taille. »Der Typ ist mir unheimlich.«

Jace zog sich zurück. »Er ist nicht gerade mein Favorit, aber zumindest bist du bei ihm in guten Händen. Es ist gefährlich da draußen mit der Lawine und allem.«

»Ich bin mir da nicht so sicher.« Nachdem was sie entdeckt hatte, war das genaue Gegenteil der Fall. »Ranger ist nicht so wie du glaubst. Er ist derjenige, der gefährlich ist, nicht die Demonstranten. Ich verstehe, warum sie ihn nicht mögen.«

Sie holte den Fotoapparat heraus und klickte durch die Fotos. Die Bilder, die sie in der Mine aufgenommen hatte, waren dunkel und unterbelichtet, aber es war ganz offensichtlich, dass die Mine alters-schwach und vernachlässigt war. Sie suchte solange, bis sie das Foto von Ranger und Burt auf der Autobahn gefunden hatte. Es war perfekt und zeigte eindeutig, wie Ranger Burt eine Kiste übergab. Auch der Schriftzug auf der Kiste war lesbar.

»Schau dir das an.« Sie reichte Jace den Fotoapparat. »In diesen Kisten ist Dynamit.«

»Warum brauchen sie Sprengstoff?« Jace schielte, während er die Kamera ins Licht hielt.

»Offensichtlich, um etwas in die Luft zu jagen. Dynamit hat viele Verwendungsarten. Es löst auch Lawinen aus.«

Er schüttelte den Kopf. »Minen verwenden Sprengstoff. Nichts Ungewöhnliches daran.«

»Jace, die Mine ist seit Jahren geschlossen.« Sie tippte auf das Kameraglas. »Diese Kisten sind neu.«

»Du glaubst doch nicht im Ernst, dass Ranger–«

»Ich weiß nicht, was ich denken soll.« Sie beschrieb ihr Treffen mit Ed an der Blockade und die Bruchstücke des Gesprächs, das sie belauscht hatte. »Wir müssen uns vor Ranger in Acht nehmen. Und möglicherweise auch vor Dennis. Ich bin sicher, dass er irgendwie beteiligt ist.« Sie berichtete von Rangers und Burts Sabotageplänen für den nächsten Tag.

»Beide sind mir völlig schnuppe, aber es scheint einfach unglaublich. Bist du sicher, richtig gehört zu haben?«

Sie nickte. »Was auch immer sie planen, es geschieht morgen früh. Ich weiß nur noch nicht was es ist. Sie sind bereits die Kimmels losgeworden. Jetzt können sie permanent Ed und die restlichen Demonstranten zum Schweigen bringen. Wir müssen sie aufhalten.«

»Das ist ja Wahnsinn. Sie können doch nicht einfach Menschen in die Luft sprengen und schuldlos davon kommen.«

»Es sei denn, es sieht aus wie ein zweiter Unfall. Wie die Lawine.«

Jace schüttelte den Kopf. »Aber wieso? Was springt für sie dabei heraus?«

»Ich weiß es noch nicht, aber da muss etwas sein. Einer Sache bin ich mir sicher – wenn es realistisch genug aussieht, wird es noch nicht einmal eine Ermittlung geben. Die Kimmels sind ein gutes Beispiel. Die Polizei hat sich noch nicht einmal dorthin bemüht. Die Bergrettung hat ihnen erzählt, dass es ein Unfall war und damit ist der Fall abgeschlossen. Aber er war ja noch nie eröffnet worden.« Gewisse Einheimische übten sehr viel Macht aus, sei es offen oder verdeckt.

Sie saß auf dem Bett und ließ ihren Laptop hochfahren. »Ich muss alles über dieses Gebiet herausfinden, was ich kann. Es muss etwas mit dem Land zu tun haben. Offenbar wollte Batchelor eine neue Straße bauen, die Millionen kostet. Niemand baut eine neue Straße, wenn bereits eine einwandfreie existiert. Die aktuelle Straße genügt, um zu seiner Lodge zu kommen, also warum etwas ändern?«

Jace runzelte die Stirn. »Es sei denn, die Straße ist nicht für zukünftige Anwendungen geeignet.«

»Genau. Die bestehende Straße ist intakt. Sie hält noch Jahre und wird kaum befahren. Wird die neue Straße für mehr Menschen, mehr

Geschäft oder beides benötigt? Vielleicht will Batchelor noch mehr Land. Wenn er alle vertreibt, kann er ihr Land billig kaufen.«

»Er hat nichts über eine neue Entwicklung gesagt. Anderseits hat er auch nicht erwähnt, dass der Vorschlag für den Bau einer neuen Straße abgelehnt wurde. Beschuldigst du ihn der Sabotage?«

Kat nickte. »Er hat über den normalen Dienstweg nicht das erreicht, was er wollte. Sein Antrag wurde abgelehnt. Also hat er zu unkonventionellen Methoden gegriffen, um zu seinem Ziel zu kommen. Vielleicht kann ich eine weitere Katastrophe verhindern, wenn ich es beweisen kann.«

»Wenn es tatsächlich so ist. Warum Dennis nicht direkt fragen?«

Kat runzelte die Stirn. »Warum sollte ich das tun?«

»Nicht über die mögliche Sabotage, sondern über seine Absichten, die Straße zu bauen.« Jace zeigte auf ihren Laptop. »Immerhin, wenn er einen Antrag gestellt hat, der abgelehnt wurde, dann ist es allgemein bekannt. Es ist daher eine berechtigte Frage für mich als sein Biograph. Ich bin tatsächlich überrascht, dass er es nicht erwähnt hat.«

»Er wird dir nur über seine Erfolge erzählen, nicht über sein Versagen.«

»Das ist genau das, was ich an diesem Job hasse.« Jace seufzte. »Es mangelt an Objektivität. Ich schreibe, was er will. Ich bezweifle jedoch, dass er auf Sabotage zurückgreifen würde. Aber gut, bringen wir ihn in Verlegenheit und fragen ihn ohne Umschweife.«

Sie wollte Jace nicht wieder deprimieren. »Ich nehme meine Notizen und frage ihn morgen selbst. Das gibt mir ein paar Stunden Zeit, heute Abend alle Fakten zu recherchieren.«

»Ich fürchte, das wird warten müssen. Wir werden zum heutigen Galadinner erwartet.«

»Bitte was ist heute Abend?« Das erklärte den Hubschrauber, aber eine Gala auf einer abgelegenen Bergspitze im Winter? Damit hatte sie nicht gerechnet.

»Batchelor hat ein paar Honoratioren eingeladen – speziell für heute Abend eingeflogen – und ich muss dabei sein. Einige Regierungsbonzen, Umweltschützerfreaks von früher.« Es soll einen Teil des Materials für seine ›Autobiografie‹ zur Verfügung stellen.« Jace deutete Anführungszeichen in der Luft an. »Das hat er mir zumindest erzählt.«

Jace war immer noch wütend über das Ghostwriting, nicht darüber, dass Kat ihn verantwortlich machte.

»Ich bleib hier« sagte sie. »Ich habe sowieso nichts anzuziehen. Sag ihm einfach, ich hätte mich noch nicht von der Lawine heute Morgen erholt.«

Jace verzog das Gesicht. »Ich habe Dennis schon nach der Kleiderordnung gefragt und er sagte, es wäre nicht wichtig. Er erwartet, dass du anwesend bist. Außerdem kannst du mich nicht einfach mit all den Leuten allein lassen. Ich brauch dich dort. Du bist meine Entschuldigung, früher zu gehen.«

Sie konnte nichts dagegen sagen. Sie schuldete Jace einen großen Gefallen, nachdem sie einfach so verschwunden war und ihm solche Sorgen bereitet hatte. »Aber wir müssen immer noch die morgigen Pläne vereiteln.«

»Das werden wir, gleich nach der Party. Wir müssen nicht lange bleiben, nur erscheinen. Wer weiß, vielleicht können wir ein paar zusätzliche Informationen zusammentragen. Jedenfalls ist Batchelors Biografie eine perfekte Ausrede, Fragen zu stellen. Wie beispielsweise, warum es auf einer so abgelegene Bergspitze solche Konfliktparteien gibt.«

Kat nickte. »Wenn man bedenkt, wie dünn besiedelt dieses Gebiet ist, scheinen diese heftigen Auseinandersetzungen doch extrem zu sein. Aber ich vermute, dass dies der Kernpunkt des Streits ist. Die Einheimischen wollen nicht, dass sich das Land weiter entwickelt, daher steht eine Menge für sie auf dem Spiel. Ich denke aber, dass sie harmlos sind. Wütend vielleicht, aber nicht gewalttätig.«

»Hast du mit ihnen gesprochen?«

Sie nickte. »Nachdem ich mit Ed geredet habe, kann ich ihren Standpunkt verstehen. Die Mine ruiniert ihr Trinkwasser und entwertet ihre Grundstücke. Die Offshore-Besitzer der Mine ignorieren sie einfach und sanieren weder das Minengelände noch das Wasser. Die Einheimischen sind diejenigen, die mit den Konsequenzen leben müssen. Ich würde protestieren. Und du auch, wenn du in der gleichen Situation wärst.«

Kat durchwühlte ihre Tasche, um etwas zum Anziehen zu finden. Sie entschied sich für einen blauen Pullover und eine schwarze Hose.

»Batchelor behauptet, dass sie ziemlich gewalttätig sind.«

»Diesen Eindruck habe ich überhaupt nicht.« Mit Ausnahme der Gewehre, die man unter diesen Gegebenheiten verstehen kann. »Die auswärtigen Demonstranten scheinen die gewalttätigen zu sein.«

Sie hatte die andere Demonstrantengruppe nicht gesehen, nur den Beweis für ihr Werk durch den blockierten Pfad. Gemessen an Eds und Rangers Kommentaren bleiben sie im Hintergrund. Das war seltsam, wenn man ihre vermeintliche Vorliebe für die Öffentlichkeitsarbeit kennt. Ed beschrieb sie, als würden sie immer versuchen, die Einheimischen in den Hintergrund zu drängen. Würden sie am morgigen Protest teilnehmen?

»Gibt es noch eine weitere Gruppe mit Demonstranten?« Jace zog die Augenbrauen hoch. »Batchelor hat sie nie erwähnt.«

»Ed hat es und Ranger auch.« Sie erinnerte sich an die gefällten Bäume, die den Weg auf ihrem ursprünglichen Motorschlittenausflug blockiert hatte. »Die Auswärtigen sind professionelle Demonstranten und versuchen, Streit zu schüren. Sie verwenden den Absetzteich der Regal Goldminen als Plattform, um ihr eigenes Programm zu fördern und um die Aufmerksamkeit der Medien auf sich zu ziehen. Bisher hat es nicht geklappt.«

Plötzlich fiel ihr ein, dass Batchelor einst ein hochkarätiger Demonstrant gewesen war. Er hatte Publicity-Stunts benutzt, um die Aufmerksamkeit der Medien auf sich zu ziehen, um sein Anliegen zu fördern.

»Hmm.« Jace kratzte sich am Kinn.

»Was?«

»Wie sind sie hier im Winter mit den gesperrten Straßen hochgekommen? Mit dem Flugzeug, so wie wir?«

Kat zuckte mit den Schultern. »Vermutlich. Aber fliegen wäre sehr teuer. Non-Profit-Organisationen haben in der Regel kein Geld zu verschleudern. Sie müssen tiefe Taschen haben.« Winterproteste waren auch ungewöhnlich, allein wenn man die Kälte bedenkt. Es war nicht nur unangenehm für die Demonstranten, aber auch unwahrscheinlich, dass die Medien dorthin flogen, um darüber Bericht zu erstatten.

»Sehr tiefe Taschen. Es sei denn, sie werden von jemand anderem finanziert.« Jace blickte auf die Armbanduhr. »Wir sollten besser zur Lodge gehen. Das Abendessen ist in einer halben Stunde.«

»Es gibt da noch etwas, was ich nicht kapiere.«, sagte Kat. »Sie überschneiden sich mit den einheimischen Demonstranten, eine absolute Zeitverschwendung. Warum sich nicht einfach ihnen anschließen?«

»Genau. Sie protestierten beide gegen den Absetzteich und das verseuchte Wasser. Gegeneinander zu kämpfen schmälert de Angelegenheit. Wenn sich die auswärtigen Demonstranten einen guten Ruf machen wollen, gibt es größere Sachen, um die sie kämpfen können, die einfacher zu erreichen sind. Wie ist der Name ihrer Organisation?«

»Keine Ahnung.« Kat schüttelte den Kopf. »Wenn ich das wüsste, könnte ich herausfinden, wer sie finanziert. Ich weiß aber nicht, wer sie sind.«

Jace zog seine Stiefel an. »Wir sind mit einem Privatflugzeug hierhergekommen und wohnen in Dennis' Lodge. Wo wohnen diese Demonstranten? Sie müssen doch genau wie wir, eingeflogen sein. Irgendjemand wird es wissen.«

Wenn es jemand wüsste, würde er nicht darüber reden. Aber mit einem hatte Jace recht. Es gab keine Hotels in der Nähe, also waren sie entweder Gäste einer der Anwohner, oder sie wohnten in einem Hotel in Sinclair Junction. Wahrscheinlich letzteres, da sie mit den Einheimischen kein gutes Verhältnis hatten.

Demonstranten suchten von Natur aus Aufmerksamkeit. Doch die auswärtigen Demonstranten waren praktisch unsichtbar. Wer waren sie und warum waren sie so schwer fassbar?

KAPITEL 13

Die Party war bereits in vollem Gange, als Kat und Jace in der Lodge ankamen. Der große Raum war halb voll mit etwa fünfzig Menschen, meist älteren Paaren. Die Männer sahen alle gleich aus, kräftig, rosiges Gesicht und steif in ihren zu engen schwarzen Anzügen und polierten Schuhen. Die meisten Frauen trugen halb-feierliche Kleider mit Perlen, die Uniform von bargeldsuchenden Spendensammlern.

Kat suchte den Raum nach Ranger ab und war erleichtert, dass er mit Abwesenheit glänzte. Eine gute aber auch eine schlechte Sache, dachte sie. Kein Zweifel, dass er mit der Feinabstimmung für die morgige Katastrophe beschäftigt war.

Kat fühlte sich furchtbar schlecht gekleidet. Selbst Jaces Kleidung vermischte sich mit der Menge. Er trug den dunkelblauen Anzug, den er für ›Notfälle‹ parat hatte, sein Begriff für ausgefallene Abendessen und ähnliche Veranstaltungen. Diese wurden so gut es ging vermieden, es sei denn, er würde offiziell über sie als Journalist berichten.

Wenigstens er nahm daran teil. Sie hingegen tat es nicht. Sie war bei Weitem der am schlechtesten gekleidete Gast in sportlichem Pullover und lässigen Hosen. Sie verfluchte sich selbst, kein Kleid eingepackt zu haben. Sie hätte niemals erwartet, auf einem abgelegenen

122

Berg mitten im Winter an einer politischen Spendenaktion teilzuneh-men. Sie hatte ein Wochenende in der Wildnis und keine Gala erwartet.

Sie folgte den anderen Gästen in den Speisesaal. Drei große runde Tische waren zum großen Esstisch hinzugefügt worden, um die Gäste aufzunehmen. An jedem Platz stand ein Namensschild und sie war überrascht zu sehen, dass man sie und Jace auseinander gesetzt hatte, obwohl sie beide am Haupttisch saßen. Jace saß zur Rechten von Dennis, während sie am gegenüberliegenden Ende zwischen zwei Frauen saß. Sie setzte sich und war dankbar für die Chance, ihre lässige Kleidung zu verstecken.

Die Frau links von ihr trug ein festliches Abendkleid aus königs-blauem Samt. Es wurde durch eine mit Saphiren und Diamanten bestückte Halskette betont, die an ihrem schlaffen Hals spannte. Kat lächelte sie an, obwohl sie heute Abend nicht in Stimmung für Small Talk war.

Sie war immer noch wegen des Dynamits beunruhigt und konnte sich nicht auf etwas anderes konzentrieren. Wo und wie haben planten sie, es zu benutzen? Um eine weitere Lawine auszulösen?

Kat merkte plötzlich, dass die Frau neben ihr sie anstarrte und erkannte, dass sie sogar das Wort an sie gerichtet hatte. Kat hatte es aber nicht gehört.

Die Frau neben ihr lächelte. »Sie stehen wirklich noch unter dem Schock des Unfalls. Ich habe alles darüber gehört.«

Ihr Begleiter war ihr irgendwie bekannt, jedoch wusste Kat nicht, wo sie ihn hinstecken sollte. Sie warf einen Blick auf das Namens-schild der Frau und las *Rosemary MacAlister*.

Natürlich. Rosemary war fast so berühmt wie ihr Politiker-Ehemann, George MacAlister. Sie war eine Persönlichkeit des öffent-lichen Lebens von Vancouver und ein fester Bestandteil bei vielen Charity-Veranstaltungen. Dieses einflussreiche Paar waren wichtige Wohltäter und man hatte sogar einen Krankenhausflügel nach ihnen benannt.

Trotz des abgelegenen Orts war Batchelors Gala offenbar auf ihrer sozialen Schiene. Kat fragt sich warum, bis sie erkannte, dass es eine Finanzierungsaktion für George MacAlister, Rosemarys Ehemann war. Er wollte wiedergewählt werden und dies war eine der vielen Veranstaltungen, um Mittel für seine Kampagne zu sammeln.

»Ich bin immer noch erschüttert, aber es geht mir schon besser.« Kat war ausgehungert, ein sicheres Zeichen dafür, dass sie sich erholt hatte. Ihr Magen knurrte bei dem Gedanken an Nahrung.

Jace hatte erwähnt, dass das Dinner tausend Dollar pro Person kostet, komplett mit Kaviarhäppchen, einer Whisky-Bar und Weinprobe. Kat konnte sich nicht vorstellen, einen solch hohen Preis zu zahlen, allerdings gehörten sie und Jace auch nicht zur gleichen Bevölkerungsgruppe der Multimillionäre wie dieses partygewohnte Power-Paar.

Selbst bei tausend Dollar pro Person wären die Ausgaben nicht gedeckt. Batchelor steuerte wahrscheinlich den Rest bei. Viele Sachleistungen werden unter der Hand abgegeben, insbesondere für diejenigen, die einer Wahlprüfung unterliegen.

Sie war von der Anzahl der Gäste überrascht, die es trotz der Straßensperre geschafft hatten, im tiefsten Winter hierherzukommen. »Ich hätte nie eine solche Veranstaltung in der Mitte von Nirgendwo erwartet. Vor allem bei dem Sturm da draußen«.

»Ist es nicht schrecklich?« Rosemary neigte ihr Glas und trank den Rest des Weines. Sie stellte das Weinglas auf den Tisch, aber es kippte. Rote Tropfen spritzten auf die weiße Leinentischdecke. »Oh, Gott. Vielleicht hätte ich auf den zusätzlichen Martini im Hubschrauber verzichten sollen.«

»Sie sind hergeflogen?« Kat konnte sich keine Martinis in einem Hubschrauber vorstellen.

Rosemary nickte. »Ja, alle. Dennis hat uns seinen Hubschrauber geschickt. Er hätte doch nicht auf den Ehrengast verzichten können, nicht wahr?«

»Es müssen mindestens fünfzig Leute hier sein.«, stellte Kat fest. Die meisten Männer saßen bei Dennis an der Spitze der Tafel. Dazu gehörte auch Jace, der zu Dennis' Rechten saß.

Rosemary lachte. »Wir wurden in Gruppen von jeweils vier

Personen geflogen. Es war fast wie Feierabendverkehr. Wir fliegen am späten Abend zurück.«

Armer Pilot, hier warten zu müssen. Die Bedingungen waren nicht gerade ideal zum Fliegen. Eigentlich war es geradezu gefährlich. Der Schneesturm hatte sich verstärkt und eine Besserung wurde nicht vor morgen Vormittag erwartet. Aber den Gästen schienen die Wetterverhältnisse nicht bewusst zu sein.

Und schon gar nicht der Mangel an Lebensmittel, der dadurch auftreten könnte. Eine Stunde später wurde die Vorspeise von befrackten Kellnern serviert. Kat rutschte nervös auf dem Stuhl herum. Jetzt fühlte sie sich definitiv underdressed.

Als Vorspeise gab es einen winzigen Räucherlachs-Citrussalat, kunstvoll auf einer Hand voll Salatblättern angerichtet. Sie fragte sich, welchen Anteil diese Vorspeise an der tausend Dollar Speise hatte und ob alle Zutaten auch einflogen worden waren. Wäre es möglich einen Tausender für ein Abendessen auszugeben und hungrig vom Tisch zu gehen? Sie hoffte, dass der Kühlschrank in ihrer Blockhütte immer noch gut mit Kohlenhydraten bestückt war, denn das Abendessen erschien ihr ein wenig leicht nach ihrer kalorienverbrennenden Wanderung von heute.

Jemand klopfte ihr leicht auf den Arm. Sie drehte sich um und entdeckte Dennis, der auch einen Smoking trug. Warum hatte er Jace nicht mit der Kleiderordnung vertraut gemacht? Dieses Ereignis war offensichtlich Monate zuvor geplant worden.

»Ich freue mich, dass Sie kommen konnten!«, sagte er. »Ich sehe, Sie haben bereits Rosemary, Georges Frau, kennengelernt.«

Kat nickte. Die offensichtliche Masche, Männer und Frauen zu trennen, nervte sie und es roch gewaltig nach Sexismus. Was hatte sie, außer dem Geschlecht, mit einer dreißig Jahre älteren Dame der Gesellschaft gemeinsam? Auf der anderen Seite war sie nur eine Begleitperson, da Jace der offizielle geladene Gast war. Anstatt sich aufzuregen sollte sie sich lieber zurücklehnen und die Speisen und Getränke genießen. Armer Jace, der seine Rolle als offizieller Biograf weiterspielen musste.

Nicht, dass Kat es etwas anging, aber Rosemary hatte bereits das vierte Glas Wein gebechert und noch nicht einmal den zweiten Gang des Abendessens in Angriff genommen. Sie hatte gerade erst den letzten Bissen vom Salat geschluckt, als Dennis plötzlich hinter ihnen auftauchte.

»Noch ein wenig Wein?« Dennis lächelte Rosemary an und füllte ihr Glas aus einer teuer aussehenden Flasche Merlot.

Er drehte sich zu Kat um. Sie schüttelte den Kopf und deutete auf ihr noch volles Glas. »Nein, vielen Dank.«

Nachdem sich Dennis außer Hörweite befunden hatte, beugte sich Rosemary zu ihr rüber. »Ich hasse diese Dinge«, lallte sie. »Ich muss es klaglos durchstehen und um Geld bitten.«

Ihre Nachbarin war schon angeheitert, dabei hatte die Veranstaltung kaum begonnen. Kat beobachtete die Menge und dachte über einen Plan nach, um am schnellsten von dort zu verschwinden. »Ich hätte nie eine solche Veranstaltung hier oben in den Bergen erwartet.«

»Dennis hat ständig welche. Er kann nicht viel, aber er weiß, wie man eine Party schmeißt.«

Die Dinge begannen, interessant zu werden. Rosemarys Meinung über Dennis war dem Anschein nach weniger schmeichelhaft. »Ich nehme an, Sie kennen Dennis schon länger?«

Rosemary nickte. »Wir sind alle hier aufgewachsen. George und Dennis sind zusammen zur Schule gegangen. Ich war zwei Klassen unter ihnen.«

»Hier? In den Bergen?« Kat wusste gar nicht, dass Dennis aus Paradise Peaks stammt. Sie hatte angenommen, er wäre hierher gezogen, um näher an der Natur zu sein und nicht, dass er zurück zu seinen Wurzeln wollte.

»Nicht direkt von hier. Aus Sinclair Junction. Aber unsere Familien hatten alle Eigentum hier oben in den Bergen. Es ist ein echt verschlafenes Nest, aber wir versuchen, das zu ändern.«

»Wie?« Was meinte sie mit ›wir‹?

»Wir müssen die Wirtschaft ankurbeln«, sagte sie. »Seit die Mine vor einigen Jahren stillgelegt wurde, läuft hier oben nichts mehr. Keine Industrie, keine Arbeitsplätze. George will das alles ändern, indem er den Tourismus fördert. Es gibt Pläne für einen neuen Ski- und Urlaubsort.«

»Wirklich? Davon hatte ich keine Ahnung. Es ist sehr schön hier, und die Berge scheinen perfekt für ein Skigebiet zu sein.« Sie dachte an Elke und Fritz. Perfekt für alle, außer für die Einheimischen, die dagegen sind. Dazu gehörte so ziemlich jeder derzeitige Anwohner.

»Es wird noch besser, wenn wir die Autobahn ausbauen. Sie ist im Winter fast nie befahrbar.«

»Was ist mit der Lawinengefahr? Ist es nicht zu gefährlich zum Skifahren?«

»Im Moment schon, aber das Resort wird kontrollierte Explosionen zur Lawinenverbauung verwenden. Nur als Teil regelmäßiger Wartungsvorgänge. Wir freuen uns sehr über die neue Entwicklung.«

Rosemary trank ihr Glas aus.

Kat hielt die Weinflasche hoch und Rosemary nickte. Sie füllte Rosemarys Glas nach. Kat brauchte nirgendwohin zu gehen. Die ganze Informationsquelle, die Sie brauchte, saß neben ihr.

»Ich hatte keine Ahnung, dass eine Entwicklung im Gange ist.« Dennis hatte es nicht erwähnt. Auch die Einheimischen hatten es nicht. »Was ist mit dem Eigentum der Mine?«

Rosemarys Kinnlade klappte herunter. »Oh-oh. Ich hatte angenommen, dass Ihnen Dennis davon erzählt hat.«

»Was genau?«

Rosmarin kicherte. »Ich habe zu viel gesagt, aber jetzt, da ich die Dinge bereits ruiniert habe, kann ich Ihnen auch den Rest erzählen.« Sie nickte in Batchelors Richtung. »Die Lodge ist erst der Anfang. Zusammen mit dem umliegenden Grundbesitz ist dies der Start für das Golden Mountain Resort, eines zehntausend Morgen bebauten Geländes.«

Batchelors Land war nur vierhundert Morgen groß. Das bedeutete, dass er nicht nur den gesamten Grundbesitz brauchte, der an seinen grenzte, sondern auch noch zusätzliches Land. Dazu gehörten Elke und Fritz' Grundbesitz, das Minengelände und vieles mehr. Allerdings war das Minengelände zusammen mit Prospector's Creek verseucht.

Kat spielte mit. »Jetzt wo Sie es sagen, fällt es mir wieder ein. Dennis hat etwas im Vorbeigehen gesagt, aber ich habe die Details vergessen.«

»Dies wird eine fantastische Gemeinschaft geben«, sagte Rosemary. »Ein Vorzeigestück des Umweltschutzes, alles selbstversorgend. Solarenergie, Gletscherwasser und ein Bio-Restaurant mit 100 % lokalen Lebensmitteln.«

Das Gletscherwasser war einfach das vorhandene Trinkwasser, da das Reservoir von Gletschern gespeist wurde. Die unberührte Wildnis war die Traumvorstellung für jeden Vermarkter.

Das kontaminierte Wasser war ein Hindernis für Batchelor, aber das schien ihn nicht zu kümmern. Der Absetzteich musste repariert werden, bevor er das Projekt in Angriff nehmen konnte. Da dies tonnenweise Geld kosten würde, warum ihn nicht woanders bauen? Es schien unlogisch, eine kontaminierte Stelle zu wählen, aber vielleicht hatte er sich bereits vor dem Absetzteichunfall verpflichtet. Dennoch war es weder finanziell noch geschäftlich sinnvoll, und Milliardäre waren dafür bekannt, sich auf das Endergebnis zu konzentrieren. Es gab viele andere Orte, um Ferienanlagen zu bauen, also warum hier, angesichts all der Hindernisse?

Was auch immer seine Gründe waren, es war eindeutig, dass er benachbarte Parzellen brauchte, um ein so riesiges Gelände zu bilden. Parzellen, die nicht zum Verkauf standen.

»Batchelors Grundstück ist nicht groß genug für eine riesige Ferienanlage. Wie kann der Berg eine solche hohe Bevölkerungsdichte aushalten?« Durch seinen erfolglosen Antrag von vor ein paar Jahren wusste Batchelor genau, wer seine Verweigerer waren. Elke und Fritz waren sicherlich unter ihnen. Wenn Geld sie nicht zum Verkauf überzeugt hatte, musste er dann zu anderen Methoden greifen?

»Keine Sorge«, lachte sie. »Dieses Grundstück ist nur ein Bruchteil dessen, was eine exklusive, geschlossene Wohnanlage sein wird. Es wird jeweils ein Morgen große Parzellen geben, Skifahren im Winter und einen Golfplatz für den Sommer.

»Golf?« Mehr Menschen nach oben zu bringen, verhieß nichts Gutes für die unberührte Natur.

»Nur ein Neun-Loch-Golfplatz zu Beginn«, sagte Rosemary entschuldigend. »In Phase zwei kommt ein Achtzehn-Loch-Golfplatz für die Meisterschaft hinzu.«

»All das für tausend Grundstücke?«

»Und das Hotel«, schwärmte sie. »Es wird großartig, wenn andere dieses verborgene Juwel entdecken. Ich kann es kaum erwarten.«

Es schien eine monumentale Veränderung von den zurzeit unberührten Bergen zu sein. Und ein bedeutender Richtungswechsel für einen angesehenen Umweltschützer. Batchelor hatte seine Seele verkauft.

Ein Großteil von Dennis' Gewinnen wurde eindeutig in Georges Wiederwahlkampagne investiert. Das Projekt konnte nicht ohne die entsprechenden Genehmigungen durch die Regierung voranschreiten. Genehmigungen, die George als Umweltminister schnell zum Erfolg führen konnte.

Jetzt ergab alles einen Sinn.

Das Projekt war einem Mann Millionen mehr wert, der bereits Milliardär war. War es das wert, seinem Ruf als ehemaliger Umweltschützer den Rücken zu kehren?

War es lukrativ genug, um Mord zu begehen?

KAPITEL 14

*R*osemary sprach während des ganzen Abendessens Kat das Ohr ab. Die zweistündige Angelegenheit hatte so viele Gänge, dass sie den Überblick verlor. Langsam verschwand ihr Hunger. Es gab nichts im Menü, was sie als lokal bezeichnen konnte, angefangen beim Wildlachs bis zum Cognac nach dem Abendessen. Es war alles importiert und von der Küste eingeflogen worden, keine geringen Unkosten, selbst für einen Milliardär wie Batchelor. Je mehr sie über ihn entdeckte, desto weniger wusste sie. Seine Privatperson war ein starker Kontrast zu seinem Bild in der Öffentlichkeit.

Sie würde so wahnsinnig gerne ihre Beine ausstrecken und ihre Mahlzeit abarbeiten, aber sie blieb gefangen. Rosemary saß auf der einen Seite und die Frau, auf der anderen Seite, unterbrach sie dauernd, um über ihr neuestes Innendesignprojekt zu diskutieren.

Sie würde etwas dafür geben, wenn sie jetzt sofort in die Block-hütte zurückkehren könnte, um Rosemarys Kommentare zu Papier zu bringen. Sobald sie Nachforschungen über die Geschichte des gemeindefreien Gebiets Paradise Peaks anstellen könnte, würde sie herausfinden, welche Rollen Rosemary George und Dennis in ihrer Heimatstadt gespielt haben. Von den dreien war Dennis der einzige, der hier noch ein Haus besaß, aber das bedeutete nicht, dass die

MacAlister keine lokalen Verbindungen hatten. Dann war da das Golden Mountain Resort, das Bauprojekt, das Rosemary erwähnt hatte. Dennis' abgelehntes Bauprojekt würde einige Hinweise auf seine Pläne für die Zukunft liefern.

Sie musste mit Jace unter vier Augen sprechen. Er wusste wahrscheinlich nichts von Dennis' Resort-Plänen, da er nichts davon erwähnt hatte. Wahrscheinlich war er zur gleichen Schlussfolgerung wie sie über die Gala gekommen. Dennis kaufte sich die Gunst der Leute durch seine finanziellen Beiträge zu George MacAlisters Wiederwahlkampagne. Dies war eine andere Geschichte, eine, die mit ziemlicher Sicherheit nicht in Batchelors offizieller Biografie erscheinen würde.

Sie durchsuchte den Raum. Die meisten Gäste standen in kleinen Gruppen und diskutierten, da das Abendessen vorbei war. Sie entdeckte Jace an der Whisky-Bar. Er wurde von einem halben Dutzend Männern mittleren Alters umgeben, die ihn belagerten. Sie lachten und fluchten laut, während sie Geschichten über Batchelor verschönerten. Sie versuchten auf ungeschickte Weise sich Hauptrollen in Batchelors Biografie zuzuteilen.

Jace machte einen müden, gereizten Eindruck. Kein Zweifel, dass man auch ihm sein Ohr abquatschte. Aber sie hatte zumindest einige sehr interessante Informationen zusammengetragen. Endlich hatte sie Blickkontakt mit ihm und sie gab ihm ein Zeichen, sie im Foyer zu treffen.

Er durchquerte den Raum und sie gingen zusammen ins Foyer hinaus. Gelächter kam von der Party nebenan. Sie waren allein, aber die höhlenartige Deckenakustik verstärkte ihr Flüstern auf unangenehme Weise.

Kat berichtete ihm von Rosemarys Kommentaren. »Sie ist eigentlich recht unterhaltsam.«

»Sie hat gute Connections«, sagte Jace. »Was auch immer sie erzählt, es muss ein Fünkchen Wahrheit dran sein.«

Kat schaute sich um, sah aber niemanden. Dennoch bei dieser Akustik könnte jeder der in ihrer Nähe steht, ihr geflüstertes Gespräch hören. »Können wir irgendwohin gehen, wo es leiser ist?«

Jace gab ihr ein Zeichen, ihm zu folgen. »Ich habe meinen Notiz-block in Dennis Büro liegen lassen. Dort können wir besser reden.«

Sie tauchten in seinem Büro unter, einer geräumigen Ein-Mann-Höhle mit einem Billardtisch, wo einst ein Besprechungstisch gewesen sein könnte.

»Ich dachte eigentlich, du würdest den ganzen Tag hier arbeiten.«

Jace grinste. »Er gibt mir genug Arbeit, keine Sorge. Ich habe mir auf jeden Fall meinen Lohn verdient. Ich muss nur meine Zunge im Zaum halten, wenn ich die Stunden zähle.«

Kat wiederholte Rosemarys Behauptungen über Batchelors Resort-Pläne. »Ich weiß nicht, was ich denken soll.« Es klingt, als ob Dennis heimlich plant, das ganze Land aufzukaufen.«

»Erzählt hat er davon jedenfalls nichts. Sind die MacAlister auch daran beteiligt?«

Kat schüttelte den Kopf. »Nicht am Landkauf, sondern nach Auskunft von Rosemary, ist Dennis ihr größter Wahlkampfbeiträger. Mit George als Umweltminister, frage ich mich, ob er besondere Gefälligkeiten erhalten wird, sobald er das Land hat.«

»Du ziehst voreilige Schlüsse. Natürlich sind sie Freunde. Sie sind alle hier aufgewachsen und haben auch ein großes Interesse an der Umwelt. Nichts ist falsch daran, gemeinsame Interessen zu teilen.« Jace griff nach dem Notizblock auf dem Tisch. »Dennis ist hinterhältig, aber ich glaube nicht, dass er korrupt ist.«

»Er wird eine Menge Kohle machen, wenn bestimmte Dinge passieren. Manchmal rationalisieren Menschen ihre Entscheidungen.« Hoffentlich schloss diese Rationalisierung Mord aus. Es schien unglaublich, aber bei einem solch großen Grunderwerb hatte sie ihre Zweifel.

Jace kratzte sich nachdenklich am Kinn. »So wie der Erhalt der richtigen Zulassungen und Genehmigungen.«

»Und eine neue Autobahn zu bekommen. Auch wenn sie die anderen Bewohner nicht wollen.«

Jace griff nach seinem Notizblock und reichte ihn ihr. »Nimm das mit. Ich kann es mir nicht leisten, es zu verlieren.«

Als Kat den Notizblock einsteckte, fiel ihr ein Stapel Papiere auf

Dennis' Schreibtisch ins Auge. Es war Briefpapier von Earthstream Environmental. Das vierblättrige Kleeblatt-Symbol war mit dem Logo auf der Kappe des Wachmanns identisch.

»Ich kenne das Logo.« Kat deutete auf das Briefpapier. »Der Wächter in der Mine hatte das gleiche Emblem auf seinem Hut. Vielleicht war er überhaupt kein Wachmann.«

»Earthstream ist Dennis' Umweltberatungsunternehmen. Ich bin überrascht, dass dir das der Wachmann nicht gesagt hat. Es ist eines von Dennis' aktiven Unternehmen. Sie beseitigen Umweltschäden.«

»Das ist ja seltsam. Glaubst du nicht, dass Ranger etwas über Dennis' Arbeit dort erwähnt hätte?«

Jace blickte verwundert drein.

»Als wir durch die Blockade gefahren sind? Er sagte, dass die Demonstranten von Dennis angenervt sind, erwähnte aber nicht, dass Dennis' Unternehmen Umweltschäden beseitigt. Eine andere Sache – Ranger arbeitet für Dennis, und der Wachmann wusste, dass ich Dennis' Gast bin. Am allerwenigsten würdest du erwarten, dass er die Waffe auf mich richtet.«

»Er hat die Waffe auf dich gerichtet?« Jace runzelte die Stirn. »Du hättest nicht auf eigene Faust so weit weggehen sollen.«

Sie hatte zu viel gesagt. »So war das gar nicht. Ich wusste, dass er nicht schießen würde.« Eine Übertreibung vielleicht, aber sie hatte keine Böswilligkeit gespürt.

»Er hatte eine Waffe, Kat. Niemand wusste, dass du dich dort aufhältst. Das allein ist genügend Grund zur Sorge.«

»Ich habe ihn überrascht. Er hatte nicht erwartet, mich dort zu sehen. Vielleicht zerbreche ich mir zu sehr den Kopf darüber. Dennis hat ihm den Hut bestimmt nur geschenkt. Wer weiß?«

Jace nickte. »Dennis hat nicht den Finger am Puls des Geschehens aller seiner Unternehmen. Andere Leute kümmern sich um die Tagesgeschäfte, sodass er nicht unbedingt über die Arbeit Bescheid weiß, die seine Firma dort ausführt.«

»Selbst in seinem eigenen Hinterhof? An diesem Ort weiß doch jeder alles von jedem.«

»Ich werde ihn morgen fragen. Wir haben uns nicht wirklich über sein Unternehmen unterhalten. Wir konzentrieren uns mehr auf seine philanthropische und Wohltätigkeitsarbeit. Aber ich gebe dir recht. Es ist seltsam, dass er jemand von seinen Leuten an der Mine sein soll und nichts davon weiß.«

»Er muss es wissen.«

»Das Bergbauunternehmen hat eine der Dutzenden Tochtergesellschaften beauftragt, die Dennis besitzt. Was wäre, wenn seine Mitarbeiter vergessen haben, es ihm mitzuteilen? Es ist ein reiner Zufall, dass die Mine sein Unternehmen angeheuert hat.«

»Ich glaube nicht an Zufälle«, sagte Kat. »Davon abgesehen, warum sollten sie gerade jetzt arbeiten? Die Mine ist schon vor Jahren stillgelegt worden. Außerdem ist Winterzeit. Es ist kalt und schwierig, mit Schnee auf dem Boden zu arbeiten.« Das Alter des Wachmanns mal ganz beiseite, er sah einfach nicht aus, als wäre er Umweltingenieur oder Berater. »Wie ist das möglich, dass er an einem so winzigen Ort nichts vom Betrieb seiner eigenen Firma mitbekommt? Einem Ort, an dem er aufgewachsen ist? Er könnte aus seiner Säuberungskampagne Kapital schlagen und die Gunst seiner Nachbarn gewinnen.«

»Du hast recht.« Jace runzelte die Stirn. »Und bei Dennis Batchelor ist immer alles vorgeplant.«

Sie kehrten in den Saal zurück, als sich George MacAlister gerade vom Stuhl erhob. Er stand neben Batchelor an der Spitze der Tafel und begann zu sprechen. Es war sein typischer Aufruf zu seiner politischen Wiederwahlkampagne.

Kat hörte höflich zu und plante ihre Flucht. Im Gegensatz zu den anderen Gästen konnte sie zu ihrer Blockhütte entkommen. Solange sie den richtigen Zeitpunkt abpasste, konnte sie unbemerkt verschwinden. Es war eine lange Rede, fünfundvierzig Minuten, und es war unmöglich, den Saal zu verlassen, ohne aufzufallen. Wie viele Politiker, war auch MacAlister geschickt darin, ellenlange Reden zu schwingen, ohne etwas Substanzielles gesagt zu haben. Seine Rede wurde von mehreren Anhängern verfolgt, die Georges Erfahrung und Planung im Hinblick auf die Umwelt rühmten.

Schließlich bekam sie ihre Chance, als Batchelor aufstand, um etwas zu sagen. Sie küsste Jace auf die Wange und ging. Niemand bemerkte, dass sie den Raum verließ und Jace blieb artig sitzen, um alles Erdenkliche über das Golden Mountain Resort und Batchelors Verbindung mit den MacAlisters herauszufinden.

Sie ging in die scharfe Nachtluft und ließ die warmen Lichter der Hütte hinter sich. Der kalte Luftschwall, der ihr entgegenkam, war überraschend erfrischend. Ganz in Gedanken versunken folgte sie dem geschaufelten Gehweg, anstatt den verschneiten Weg zurück zur Blockhütte zu gehen.

Die Lawine hatte an diesem Morgen sowohl physisch als auch emotional auf sie eingewirkt. Sie hätte leicht einschlafen können, aber es blieben ihr nur noch ein paar Stunden, um das zu erledigen, was sie vorhatte. Wenig Zeit zu verschwenden, wenn sie die Leute von Paradise Peaks retten wollte.

KAPITEL 15

*P*aradise Peaks' Geschichte mit den Marihuanaplantagen ging zurück bis in die 80er Jahre. Die Proteste, die Dennis Batchelor damals dazu inspirierten, Umweltschützer zu werden, hatten eine Volldrehung gemacht. Früher war Batchelor Protestführer, jetzt protestierte man gegen ihn. Obwohl die Demonstranten offiziell die Mine anvisierten, wurde ihr klar, dass sie sich auch gegen ihn persönlich stellten.

Kat war nach wie vor davon überzeugt, dass Batchelor etwas mit dem zu tun hatte, was Ranger und Burt für den morgigen Tag planten. Er war klug genug, um seine Hände in Unschuld zu waschen, indem er immer einen Schritt zurückblieb. Ranger tat die ganze schmutzige Arbeit für ihn.

Um die drohende Katastrophe zu stoppen, musste sie in Erfahrung bringen, was sie planten und wie sie den Plan in die Tat umsetzen wollten.

Paradise Peaks hatte sich stark verändert, seit Batchelor es vor Jahrzehnten in den Fokus der Umwelt gestellt hatte. Die Aufmerksamkeit der Medien brachten mehr Besucher, aber nicht unbedingt der naturliebenden Art. Was gut für die lokale Wirtschaft war, ging zu Lasten der Umwelt. Das Interesse der Einheimischen wurde von

Dollars und Cents getrumpft. Da sich Paradise Peaks' Zukunft um Geld drehte, wie hoch standen die Chancen, dass Batchelor nicht daran beteiligt war?

Null.

Kat dachte an Rosemary MacAlisters Kommentare zu den Plänen des Golden Mountain Resort. Dennis benötigte die angrenzenden Grundstücke, einschließlich das der Kimmels sowie die Regal Goldminen. Ein kalter Schauer lief ihr über den Rücken, wenn sie an die Auswirkungen dieses Szenarios dachte. Die Kimmels hatten sich geweigert, vertrieben zu werden. Plötzlich wurde ihr Leben ausgelöscht, und sie waren nicht mehr hier, um zu kämpfen.

Vielleicht waren sie gar nicht so bescheuert, wie Ranger und Dennis sie darstellen wollten. Wenn die Forderungen der Kimmels gerechtfertigt waren, dann würde sie Batchelor natürlich diskreditieren und sie für verrückt erklären. Wem würden die meisten Leute glauben?

Sie ließ ihren Laptop hochfahren. Da das Geheimnis immer größer wurde, musste sie ihre Erkenntnisse aufschreiben, solange sie noch frisch in ihrem Kopf waren. Vielleicht fände die Polizei einige davon nützlich und würde letztendlich Ermittlungen zur Lawine anstellen und sie befragen. Auf jeden Fall könnte ihre Zusammenfassung Jace später weiterhelfen, wenn er die andere, inoffizielle Story schrieb.

Batchelor profitierte direkt vom Unfall der Kimmels, weil dadurch ein Hindernis zum Erwerb des Landes beseitigt worden war. Da er aber auch die Regal Goldminen benötigte, passte es ihm in den Kram, dass man den Absetzteich nicht reparierte. Einige der Reparaturen waren nicht erforderlich, wenn das Gelände einem anderen Zweck zugeführt wurde.

Die Verseuchung musste dennoch beseitigt werden, allerdings wäre eine Sanierung nicht so umfangreich und teuer wie der Wiederaufbau des gesamten Absetzteichs, um die Regal Goldmine wieder voll funktionsfähig zu machen. Der Verkauf der Immobilie wäre die beste Lösung für den abwesenden Besitzer der Mine. Immerhin hatte er das Bergwerk seit mehr als dreißig Jahren betrieben und war jetzt sicher schon im Ruhestand. Der größte Teil des Goldes und der Gewinne waren bereits extrahiert worden.

Sie erinnerte sich an die Mütze des Wachmanns mit dem Earthstream Logo. Das vierblättrige Kleeblatt implizierte eine Verbindung zu Earthstream und daher mit Batchelor. Aber wahrscheinlich bedeutete das in einer so kleinen Gemeinde nichts. Jeder war in der ein oder anderen Weise miteinander verbunden.

Der Mann schien weit über das Rentenalter zu sein, sodass er vielleicht noch nicht einmal Wachmann ist. Vielleicht beobachtete er den Ort aus reiner Neugierde. Wenn man sein Alter berücksichtigte, war es unwahrscheinlich, dass der Mann als Umweltingenieur oder Spezialist für Earthstream Technologies tätig war. Wahrscheinlich war die Mütze ein Geschenk von Batchelor. Aber was hatte er an der Mine zu suchen?

Sie hatte keine Ahnung, aber dieses Frage- und Antwortspiel war sinnlos. Es war schon dreiundzwanzig Uhr und sie hatte immer noch keinen blassen Schimmer, was Ranger und Burt morgen vorhatten.

Sie gähnte und beschloss, schlafen zu gehen. Aus Macht der Gewohnheit klickte sie auf den Browser und war überrascht, plötzlich eine starke Internetverbindung zu haben.

Sie klickte die Earthstream-Website an und scrollte zum Informationsbereich des Unternehmens. Earthstream Technologies war eines von zig Unternehmen innerhalb von Batchelors komplizierter Organisationsstruktur.

Earthstream hatte seinen Sitz in Luxemburg. Es war im Besitz einer luxemburgischen Holdinggesellschaft, die wiederum im Besitz einer auf den Kaimaninseln ansässigen nummerierten Gesellschaft war. Nummerierte Gesellschaften waren vom Prinzip her anonym, entweder um sich den Steuern, der gesetzlichen Haftung oder beidem zu entziehen. Auf dem Papier verdecken das Firmennetz und das Labyrinth der Unternehmensorganisation den tatsächlichen Eigentümer. Doch jeder, der dem Labyrinth folgte, konnte sehen, dass der ultimative Besitzer Dennis Batchelor war.

Wie die meisten Milliardäre wurden seine Holdings von einer Armee von Rechtsanwälten und Wirtschaftsprüfern strukturiert. Ihre einzige Aufgabe im Leben war es, seine Wünsche für maximale Gewinne mit beschränkter Haftung auszuführen. Steuerschlupflöcher waren vielleicht legal, aber nicht moralisch.

Jede Empörung, die Batchelor für Umweltprobleme empfand, hinderte ihn trotz allem nicht daran, jeden möglichen steuerlichen und finanziellen Vorteil zu nutzen. Eines war klar: Die firmenfeindliche Haltung des Umweltkreuzfahrers galt nicht seinen eigenen Unternehmensinteressen. Die einzige Umweltsäuberung, an der er teilnahm, war in finanzieller Hinsicht, um sein Vermögen zu maximieren.

Die Website von Earthstream war auch interessant, weil etwas darauf fehlte. Auf der Website waren zahlreiche Unternehmensprojekte aufgeführt, aber die Regal Goldminen waren nicht dabei. Hierzu gab es bestimmt eine logische Erklärung. Vielleicht war das Projekt zu neu, zu klein oder bereits abgeschlossen.

Außerdem passten die Regal Goldminen in keine dieser Kategorien. Es war viel größer als die meisten von Earthstream aufgeführten Projekte. Es war auch kein neues Projekt. Der Absetzteich war bereits vor einigen Jahren zusammengebrochen und noch nicht repariert worden. Dies warf eine weitere Frage auf. Abwesende Besitzer oder nicht, die Regierung hätte das Unternehmen zur Sanierung zwingen müssen. Es war unerhört, eine Gemeinde ohne Trinkwasser zurückzulassen. Natürlich vertrat MacAlister die Regierung. Als Umweltminister konnte er Entscheidungen übergehen oder außer Kraft setzen. Das wäre politischer Selbstmord, wenn das jemand herausfände, aber der Einsatz ist wahrscheinlich hoch genug, um diese Gefahr einzugehen. Hat er mit den Regal Goldminen vielleicht eine Art Handel?

Es musste eine Erklärung geben, warum MacAlister als Umweltminister über zwei Jahre lang die berechtigten Bedenken der Demonstranten ignorierte. Die Regierung hätte einschreiten müssen, als die Zuwiderhandlung der Regal Goldminen offensichtlich wurde. Es gab einfach keine Entschuldigung dafür, dass das Trinkwasser für eine so lange Zeit verseucht bleibt. Es trotzte auch jeder Logik, dass zwei sehr mächtige Männer mit lokalen Wurzeln einfach ohne Protest, den Status quo akzeptiert hatten.

Zu den Dienstleistungen von Earthstream gehörte die Umweltsanierung, sodass das Unternehmen die Situation des Absetzteichs einfach hätte lösen können. Das hätte Batchelor sofort einfallen müssen. Hatten die Regal Goldminen endlich akzeptiert, das Problem zu beheben? Wenn ja, war das eine gute Nachricht, aber wieso wussten die Demonstranten nichts davon? Angesichts der endlosen Proteste und Feindseligkeit, wären sie die ersten, die es erfahren würden, wenn auch nur zu Zwecken der Öffentlichkeitsarbeit. Schließlich könnte Batchelor aus dieser guten Nachricht Kapital schlagen.

Was könnte möglicherweise lukrativer sein, als einen Auftrag für Earthstream zu gewinnen?

Das einzige, was für Batchelor wertvoller war, war Land für sein Resortprojekt. Land, das er billiger in seinem verseuchten Zustand kaufen konnte. Hoffte Batchelor, das Land für einen günstigen Preis zu kaufen? Wenn ja, hatte er MacAlister davon überzeugt, in die andere Richtung zu schauen?

Es war interessant, dass Jace nicht über die Resort-Pläne informiert war. Warum hatte Batchelor seinem offiziellen Biographen gegenüber nichts davon erwähnt? Hatte er etwas zu verbergen?

Sie blickte auf die Uhr und erkannte, dass es schon nach Mitternacht war. Jace war der einzige Gast, der nicht durch das Wetter gestrandet war, aber sie vermutete, dass er die übrigen Gäste nicht verlassen konnte. Ihre Rückflüge wurden wahrscheinlich verschoben, bis der Sturm vorbei war.

Sie wandte ihre Aufmerksamkeit den Regal Goldminen zu. Obwohl es Offshore-Eigentümern gehörte, war es ein börsennotiertes Unternehmen und musste gesetzlich vorgeschriebene Unterlagen einreichen. Sie suchte nach den Wertpapierinformationen und scrollte durch die Zulassungsunterlagen.

Ihre Augenlider wurden schwer, während sie jeden einzelnen Bericht anklickte. Die langen Offenlegungen und Haftungsausschlüsse waren so trocken, dass sie jeden einschläfern würden. Sie konzentrierte sich zunächst auf die Quartalsfinanzberichte, aber nichts Ungewöhnliches fiel auf.

Die Regal Goldminen waren bis zum Ereignis mit dem Absetzteich ein sehr profitables Unternehmen. Trotz des Alters der Mine, hätte sie noch mindestens ein Jahrzehnt vor sich gehabt. Jeden Tag, den sie nichts produzierte, bedeuteten für den Eigentümer Verluste. Umso mehr ein Grund, ihn zu reparieren und die Mine wieder in Betrieb zu nehmen. Doch sie hatten es nicht.

Etwas anderes kam ihr seltsam vor. Nach dem Zulassungsantrag zu urteilen, hatten die Offshore-Mehrheitseigentümer ihre Anteile vor kurzem verkauft, aber den lokalen Demonstranten schien der Eigentümerwechsel nicht bekannt zu sein. Der Zeitpunkt für einen Verkauf war nicht gerade günstig mit dem Problem des Absetzteichs. Investoren mieden in der Regel Unternehmen mit unbestimmten Umweltverpflichtungen. Abgesehen vom Kaufpreis, könnte der neue Eigentümer Umweltabgaben in Millionenhöhe erben und womöglich bankrottgehen. Es war ein Risiko, das nur wenige bereit waren, einzugehen.

Manchmal passierte so etwas. Aber der Kunde war entweder ein Narr oder jemand, der bereits das Ergebnis kannte.

Der Mehrheitseigentümer, eine chinesische Firma namens Lotus Investments, hatte ihre 51 %ige Beteiligung direkt an den neuen Mehrheitseigentümer verkauft. Dieser hat Regal Gold privat übernommen und die Aktien von der New Yorker Börse entfernt.

Gemäß den Zulassungsunterlagen war der neue Mehrheitseigentümer eine Firma namens Westside Investments. Neben der Westside hatte noch ein zweites Unternehmen einen wesentlichen Anteil an den Regal Goldminen. Es war eine nummerierte Firma, 88898 Holdings Limited, mit Sitz auf den Kaimaninseln. Gemeinsam gehören den beiden Unternehmen 81 % der ausstehenden Aktien.

Bingo.

Wenn man dem Geld folgt, und in diesem Fall dem Eigentum des Bergbauunternehmens, erhält man zweifellos Aufschluss über die Transaktionen. Der Eigentümerwechsel war sicherlich der Schlüssel, um das Geheimnis zu lüften.

Sie suchte die restlichen Berichte und stoppte am letzten. Westside hatte ein Übernahmeangebot abgegeben, um alle verbleibenden

Aktien zum aktuellen Marktpreis mit einem Aufschlag zu kaufen. Das Angebot war absolut nicht großzügig, musste es auch nicht sein. Die Aktien hatten nach dem Vorfall mit dem Absetzteich fast ihren ganzen Wert verloren. In der Tat waren sie spottbillig, nur ein paar Cent pro Aktie.

Sie konzentrierte sich erneut auf Westside Investments. Die Informationen über den Mehrheitseigentümer waren spärlich, nur, dass er der 247 Holdings gehörte, einem weiteren Unternehmen auf den Kaimaninseln. Alles, was sie finden konnte, waren die Namen der Direktoren, alles Anwälte mit derselben Kaimanadresse. Es war ein Firmenmantel, ein Briefkastenunternehmen, bei dem der wirkliche Eigentümer verdeckt blieb. Im Gegensatz zu Regal Gold, wurde es nicht öffentlich gehandelt, sodass die Eigentümerinformationen nicht ohne weiteres online verfügbar waren.

Sie versuchte, es aus einem anderen Blickwinkel zu sehen. Unternehmen mit großen Besitzanteilen hatten immer ihren eigenen Vorstand bei den Unternehmen, in die sie investierten. Geheim oder nicht, sie mussten Kontrolle ausüben. Sie beeinflussten so die Aktivitäten und schützten ihre Investitionen. Mindestens ein oder zwei Direktoren mussten Westside-Ernannte sein.

Sie klickte auf die Biografie jedes einzelnen Mitglieds des Verwaltungsrats. Die meisten der neun Direktoren schienen erfahrene Führungskräfte aus der Bergbaubranche mit langjähriger Erfahrung zu sein, darunter zwei, die Mitarbeiter des chinesischen Unternehmens waren. Alle Ernannten waren Männer, einschließlich des einzigen Direktors, dem es an direkter Bergbauerfahrung fehlte. Zumindest oberflächlich gesehen.

Doch keiner der Direktoren vertrat Westside Investments, den aktuellen Mehrheitseigentümer.

Sie war wieder am Ausgangspunkt angelangt. Das Management von Regal Gold war nicht in der Lage oder nicht bereit gewesen, eine profitable Mine zu reaktivieren. Doch die entgangenen Einnahmen der Mine überwogen bei weitem die Kosten zur Reparatur des Absetzteichs. Jeder Tag Verzögerung kostete Geld. Warum die Mine nicht so schnell wie möglich wieder in Betrieb nehmen? Worauf warteten sie?

Noch rätselhafter war, warum Westside und 88898 Holdings in eine stillgelegte Mine mit einer potenziell großen Umwelthaftung investiert hatten. Es musste sich irgendwie lohnen, aber auf welche Weise?

Doch eines war sicher: Westside Investments als Mehrheitseigentümer musste im Hintergrund die Fäden ziehen. Sie würden sich bei einem solch hohen Risiko nicht mit einer Nullvertretung im Vorstand begnügen.

Wo zum Teufel war Jace, wenn sie ihn brauchte? Er inspirierte sie oft mit Ideen und jetzt tappte sie im Dunkeln. Er hatte recht mit Dennis Batchelor. Der Mann zahlte gut, aber was er von Jace verlangte, war völlig unangemessen.

Sie kehrte zu ihren Nachforschungen zurück, diesmal verfolgte sie die Informationen über 88898 Holdings. Das Unternehmen auf den Kaimaninseln war eine hundertprozentige Tochtergesellschaft von Pirate Holdings. Ein solch interessanter Name schrie förmlich nach tieferen Ermittlungen. Sie suchte eine Liste der Direktoren, fand sie aber nicht. So wie in vielen Unternehmen in Offshore-Steueroasen waren die Geschäftsführer kaum mehr als Aushängeschilder. Im Pirate-Fall gab es nur drei. Alle waren Anwälte, die bei der gleichen Firma, Meridian Consulting, beschäftigt waren. Eine Sackgasse!

Oder nicht? Die Namen kamen ihr bekannt vor. Sie scrollte zurück zur Biografie des Direktors auf der Webseite von Regal Goldminen. Ihre Kinnlade klappte herunter. Drei der Regal Goldmine Direktoren hatten ebenso Verbindungen mit Meridian Consulting. Die Unternehmen schienen unabhängig voneinander zu sein, aber sie teilten die gleichen Direktoren. Pirate Holdings wurde im Vorstand durch Meridian Consulting vertreten.

Interessant, aber hatte es etwas zu bedeuten?

Darauf wettete sie. Meridian Beratung musste dort sein, wo das ultimative Eigentum liegt. Hier war der Schlüssel zur Wahrheit. Wer auch immer Meridian besaß, kontrollierte den Geldbeutel von Pirate Holdings, Regal Goldminen und wer weiß, was sonst.

Dies beantwortete die Frage auf Pirate Holdings, aber wer war Eigentümer der Westside Investments? Sie las noch einmal die aufsichtsrechtliche Meldung von Westside und entwarf ein Organigramm auf einem Notizblock. Sie malte Kästchen und schrieb die Firmennamen hinein, die sie in der Meldung gefunden hatte. Das Unternehmen ganz oben im Organigramm war 247 Holdings. Es stand schwarz auf weiß vor ihr. Westside Investments und Earthstream waren beide Tochtergesellschaften von 247 Holdings. Dennis Batchelor war 51 %iger Eigentümer der Regal Goldminen.

Plötzlich ergab alles einen Sinn.

Batchelor hatte bereits einen Teil des Landes, das er benötigte, durch seinen Besitz an den Regal Goldminen. Aber warum ein kontaminiertes Bergwerk kaufen, das seiner Umgebung Umweltschäden zugefügt hatte? Weil er billiges Land für sein Resort bekam und der Mangel an Trinkwasser die langjährigen Bewohner vertrieb.

Aber es bedeutete auch, dass Batchelor zahlen musste, um das Problem zu beheben. Die Beseitigung der Kontamination vor Ort würde Jahre oder sogar Jahrzehnte dauern und Millionen kosten. Als neuer Eigentümer haftete er für alle Probleme, jedoch war es unmöglich, die Höhe der Sanierungskosten genau vorherzusagen. Die endgültige Rechnung wäre erst nach Abschluss der Arbeiten bekannt. Nicht viele Milliardäre investierten in Unternehmen mit nicht quantifizierbaren Risiken. Warum sollte es Dennis Batchelor tun?

Wenige Minuten später hatte sie ihre Antwort. Alles hing von der Umweltbewertung von Earthstream ab, also musste dies des Rätsels Lösung sein. Wie für börsennotierte Unternehmen vorgeschrieben, wurde die Kontamination in einem behördlichen Antrag gemeldet. Tatsächlich hatte die Offenlegung von Earthstream zu einem enormen Preisverfall des Aktienwertes der Regal Goldminen geführt. Die Anteile waren praktisch wertlos, als sie von Westside und 88898 aufgekauft wurden.

Während das Management von Regal alle gesetzlichen Anforderungen erfüllt hatte, indem es den Absetzteichunfall in seinem Bericht an die Anteilseigner offenlegte, hatte es sich ansonsten bemüht, den Vorfall geheim zu halten. Deshalb stand es nicht auf der Liste der

Earthstream Website. Niemand hatte sie zum Handeln gezwungen, zumindest nicht, bis sich die Demonstrantengruppe gebildet hatte und Elke, Fritz und die anderen, die Angelegenheit selbst in die Hand nahmen.

Die Demonstranten hatten nie eine Chance gehabt. Sie hatten nie gewusst, mit wem sie sich anlegten.

Trotz allem hatte Lotus einen Käufer für seine Regal Goldminen-Aktien gefunden.

Angenommen, die Käufer hätten ihre Sorgfaltspflicht erfüllt und wussten von der Umweltkatastrophe, die sie gerade geerbt hatten. Dennoch kauften sie das Unternehmen für einen Apfel und ein Ei. Die Offshore-Eigentümer unternahmen nicht den geringsten Versuch, das Gelände zu sanieren, da sie sonst in Konkurs gegangen wären. Sie waren rechtlich unantastbar und sahen keinen Sinn darin, Geld für ein wertloses Bergwerk auszugeben.

Würde ein reputationsbewusster Umweltschützer sein Vermögen mit einer kontaminierten Mine in Verbindung bringen? Es schien äußerst unwahrscheinlich. Batchelor würde dabei nie seinen persönlichen Ruf aufs Spiel setzen.

Dennoch hatte er es getan.

Hatte Earthstream absichtlich die Ergebnisse in ihrem Umweltbericht fingiert, damit Batchelor das gewünschte Land erhalten konnte? Wenn das der Fall war, hatte Batchelor, und wer auch immer hinter Pirate Holdings steckte, das Bergwerk auf unehrliche Weise erworben.

Es war die einzige Schlussfolgerung, die sie ziehen konnte. Warum sonst würde ein Umweltschützer in eine Umweltkatastrophe investieren? Er musste etwas wissen, von dem niemand sonst die geringste Ahnung hatte.

Des einen Leid ist des anderen Freud. Das Grundstück war für den Bergbau wertlos, aber als Ferienobjekt äußerst wertvoll, wenn es saniert werden konnte. Solange Batchelor die notwendigen Genehmigungen erhielt, könnte er ein Vermögen verdienen. Mit seinem Freund MacAlister als Umweltminister gäbe es keinen Zweifel.

Die Einheimischen hatten noch weniger Einfluss als zuvor, jetzt, da Batchelor Mineneigentümer war, aber das wussten sie nicht. Kat kannte immer noch nicht Rangers und Burts Pläne für den Sprengstoff, jedoch erahnte sie jetzt das Motiv. Den Einheimischen einen gehörigen Schrecken einjagen, damit sie billig verkaufen. Nachdem die Kimmels tot waren und das Mineneigentum unter Dach und Fach war, standen Batchelor nur noch Ed und die verbliebenen Demonstranten im Weg.

KAPITEL 16

*D*ie Tür der Blockhütte flog auf und kalte Luft strömte hinein. Kat zitterte.

»Mach die Tür zu Jace. Es ist kalt hier drin.« Stiefel stampften im Eingang und dann knallte die Tür zu.

»Jace?«

Schweigen.

Sie stellte ihren Laptop weg und ging an die Tür.

Es war fast ein Uhr morgens. Sie war schlaftrunken und schon ein paar Mal eingenickt, während sie ungeduldig auf ihn wartete, um ihm ihre Erkenntnisse mitzuteilen.

»Ich weiß, du bist erschöpft, aber du kannst dir nicht vorstellen, was für einen Schmutz ich gefunden habe über –«

Sie rutschte in den Socken über den Boden und wäre fast Ranger in die Arme gelaufen.

»Was zum Teufel haben Sie hier zu suchen?« Sie verlor das Gleichgewicht, als sie abrupt kehrt machte. Sie waren nur ein paar Zentimeter auseinander und sie hatte keinen Ausweg.

Er packte ihre Handgelenke und zog sie vor sein Gesicht. »Was für eine Art Schmutz?«

»Lassen Sie mich los.« Sie riss die Arme zurück, aber er war zu stark.

Er lachte. »Bemühen Sie sich nicht. Niemand wird Sie hören. Sie sollten mir dankbar sein. Ich habe Sie gerade aufgefangen, sonst wären Sie hingefallen.«

»Wissen Sie nicht, dass man anklopft?« Sie kämpfte, konnte sich aber nicht aus seinem festen Griff befreien.

»Lassen Sie los. Sie tun mir weh.«

Er ignorierte ihre Frage aber lockerte seinen Griff ein wenig.

»Ich werde schreien.«

Ranger ließ sie los, ging hinter ihr her und schob sie zum Bett. Er nahm ihren Laptop.

Ihr Herz klopfte wild. Sie betete, dass sich der Bildschirmschoner aktiviert hatte.

Leider nicht.

»Was ist das?« Er wartete nicht auf ihre Antwort. »Aha, Nachforschungen über die Mine.«

»Haben Sie ein Problem damit?« Sie streckte die Hände nach dem Laptop aus, aber er gab ihn ihr nicht zurück.

»Ist das der Schmutz, von dem Sie reden?« Er drehte den Bildschirm zu ihr hin.

Ihr Gesicht errötete beim Anblick der offiziellen Berichte. So lange er nicht ihr Organigramm auf dem Notizblock fand, wäre sie in der Lage, sich herauszureden.

Kat verschränkte die Arme. »Es ist eine private Angelegenheit zwischen mir und Jace.« Gott sei Dank hatte sie nichts Konkretes gesagt. »Apropos, ich denke, ich sollte jetzt zu ihm gehen.«

Ranger versperrte ihr den Durchgang. »Er ist mit Dennis beschäftigt. Das wird auch noch eine ganze Weile dauern.«

Sie würde sich nicht von ihm einschüchtern lassen »Warum sind Sie eigentlich hier? Was wollen Sie?«

Sein Mund verzog sich zu einem dünnen Lächeln. »Ich arbeite hier. Es tut nichts zur Sache, was ich hier tue. Lassen Sie uns darüber diskutieren, was Sie gerade tun.«

Kat zerrte an ihrem Laptop, aber Ranger zog ihn weg. Sie verlor den Halt und wäre fast hingefallen.

Er ging zum Tisch und stellte den Computer darauf. Er klappte den Laptop wieder auf.

Sie atmete erleichtert auf, dass er die Papiere auf dem Bett übersehen hatte, auf denen Dennis Batchelors Imperium aufgezeichnet war. Ihre Hoffnungen waren ebenso schnell dahin, als er ihre Notizen auf dem Laptop las.

»Ist das der Schmutz?« Er kicherte.

Sie schüttelte den Kopf. »Behandeln Sie so Ihre Gäste? Geben Sie mir meinen Computer.«

Kein Glück. Er schaute vom Bildschirm hoch. »Was ist an Earthstream so interessant?«

»Ich helfe Jace nur bei einigen seiner Nachforschungen.«

»Nein, das tun Sie nicht. Das hat mit Dennis' Memoiren nichts zu tun.«

»Woher wollen Sie das wissen? Sie schreiben sie nicht.«

»Sie wären überrascht, was ich alles weiß.« Rangers Gesicht blieb ungerührt. »Dennis würde sich noch nicht einmal kratzen, ohne dass ich die Stelle vorher geprüft habe.«

»Stimmt das?« Das bedeutete, dass Ranger wahrscheinlich die ganze Drecksarbeit für Dennis erledigte. Die Lawine und die für morgen geplante Explosion waren Rangers Werk auf Dennis' Befehl.

Sie nutzte seine momentane Unachtsamkeit und stürzte sich auf den Tisch. Sie packte ihren Laptop und schloss ihn. Diesmal versuchte er nicht, ihn zurück zu bekommen. Sie lief ins Schlafzimmer und steckte den Computer in die Tasche. Sie stand am Fußende des Bettes vor ihrer Tasche.

»Sie können nichts vor mir verbergen. Ich finde es heraus.« Er stand mit verschränkten Armen an der Tür.

»Wie? Indem Sie einbrechen und Leute terrorisieren? Ich wette, dass Dennis nichts davon weiß.«

Rangers Lippen verzogen sich zu einem schmalen Lächeln. »Er braucht keine Einzelheiten zu wissen. Will er auch gar nicht.«

»Weiß er, dass Sie seine weiblichen Gäste angreifen?«

Plötzlich huschte ein Hauch von Unsicherheit über sein Gesicht. »Ich wusste nicht, dass Sie hier sind.«

Sie funkelte ihn aufgebracht an. »Das ist keine Entschuldigung dafür, hier eingebrochen zu sein. Sie haben keinen Grund, hier zu sein.« Sie setzte sich aufs Bett und zog sich die Stiefel an. Ranger machte keine Anstalten, zu gehen, sodass sie die Blockhütte so schnell wie möglich verlassen musste.

»Ich dachte, Sie wären noch auf der Party.« Er ging zum Bett und betrachtete ihre Tasche. Seine Augen wanderten zur Terrassentür. »Es ist ein furchtbares Wetter draußen. Ich bin gekommen, um die Fensterdichtungen zu prüfen.«

»Nach Mitternacht? Nein, ganz bestimmt nicht.« Sie stand auf. »Ich werde mit Dennis darüber reden.«

Er stand ganz nahe an ihrer Tasche und sie kämpfte gegen den Drang, sie zu greifen. Er würde sie ihr sofort abnehmen.

»Gehen Sie nur. Ich werde ihm sagen, dass Sie Schmutz über ihn suchen.«

»Sie geben also zu, dass es Schmutz gibt?«

Sein Gesicht rötete sich. »Ich gebe gar nichts zu. Nur dass Dennis mich gebeten hat, ein paar Dinge zu überprüfen.«

»Sie lügen.« Kat ging auf ihn zu und schloss die Lücke. Sie hoffte, dass er endlich vom Bett weggehen würde, aber er rührte sich nicht.

Er grinste. »Ich habe Sie gestern gesehen. An der Mine.«

Kats Herz pochte wild. Hatte er auch gesehen, wie sie ihn vom Rand der Autobahn aus beobachtet hat? »Ich habe einen Spaziergang gemacht. Sie können mich nicht aufhalten.«

»Wer sagt, dass ich das nicht kann?« Er lächelte und beobachtete sie. »Ich kann alles Mögliche.«

Er packte sie am Arm und führte sie in Richtung Terassentür. »Die Aussicht von hier oben ist wunderbar.« Er öffnete die Tür mit der freien Hand. Ein Luftzug blies eiskalte Luft herein. Er schob sie auf die Terrasse. »Auch wenn es ein bisschen dunkel ist.«

Eine Untertreibung, da es pechschwarz draußen war. Sie brauchte nicht die hundertfünfzig Meter der Schlucht unter ihr zu sehen, um sich der Gefahr bewusst zu werden.

Sie erschrak, als die Tür der Blockhütte aufflog, gefolgt von Schritten, die in ihre Richtung gingen.

Ranger war ebenso überrascht. Er verstärkte den Griff um ihren Arm und drehte sich zur Tür.

»Was zur Hölle ist hier los?« Jace stand an der Schlafzimmertür.

Sie löste sich aus Rangers Griff und lief zu Jace. »Ranger wollte gerade gehen.«

Sie hielt sich an Jaces Arm fest, um sich so weit wie möglich von Ranger zu distanzieren. Sie wagte es nicht, Jace zu sagen, was Ranger getan hatte, solange sich dieser noch im Raum befand. Jace würde ihn umbringen und das wäre das ein Verbrechen, das Batchelor gerade recht käme.

Ranger erstarrte, als er sah, wie sich Jace vor ihm aufbaute. Obwohl Ranger kleiner war, wog er fast zehn Kilo mehr als Jace. Die beiden Männer waren gleich stark, sodass es keine Vorhersage für einen Gewinner gab. Ranger konnte Jace nicht über die Terrasse schieben, aber womöglich verfügte er noch über ganz andere Mittel? Egal, was passierte, Ranger würde unversehrt davonkommen.

Sie drehte sich zu ihm um. »Reden Sie mit Dennis oder soll ich es tun?«

Ranger schimpfte, als er an ihr vorbeistürmte. »Wir werden diese Diskussion später fortsetzen.«

Sicherlich konnte sich Ranger denken, dass sie Jace jetzt alles brühwarm erzählen würde. Und er wiederum würde es an Dennis weiterleiten. Vielleicht war es nur Panikmache. Hatte Batchelor die Augen vor Rangers Taktiken verschlossen oder noch schlimmer, duldete er sein Verhalten?

»Was zum Teufel hat er hier gemacht?« Jace zog sich zurück und sah besorgt aus. »Alles in Ordnung?«

Sie erzählte von Rangers abruptem Eindringen und ihren Erkenntnissen. »Er hätte mich umgebracht. Ein inszenierter Unfall, als ob ich über das Terrassengeländer gefallen wäre.« Es schien immer noch unglaublich, aber warum sonst hatte er sie mitten im Winter auf die Terrasse gedrückt?

»Ich werde ihm nachgehen.«

»Jace – nein. Du kannst ihm nicht hinterhergehen. Nicht jetzt. Erst wenn wir enthüllen können, was ich herausgefunden habe. Wenn Du ihn oder Batchelor jetzt konfrontierst, bringst du uns beide in große Gefahr.«

»Es gefällt mir nicht.« Er drehte sich um. »Aber Du hast recht.«

Kat war erleichtert. Sie hatten in den nächsten Stunden viel zu tun. Sie schnappte sich den Laptop und zeigte auf ihre Zusammenfassung. »Es ist etwas Unheimliches im Gange und Ranger hat etwas damit zu tun. Da bin ich mir ganz sicher. Er ist hinter mir her, weil ich ihn am Bergwerk gesehen habe.

»Gut, du hast ihn gesehen. Was ist daran so schlimm?«

»Im Prinzip nichts. Ich habe einen Spaziergang gemacht. Das Problem ist, dass er auf meinen Laptop geschaut hat. Er weiß, dass ich etwas herausgefunden habe.«

»Na und? Du hast dir Dennis' Unternehmen angeschaut. Du hilfst mir bei meinen Nachforschungen.«

»Ich weiß nicht woher, aber er weiß es, Jace. Er muss mein Gespräch mit Rosemary gehört haben. Das und meine Anwesenheit am Bergwerk, dann hat er eins und eins zusammengezählt. Genau wie ich.« Sie hatte Ranger nicht auf der Gala gesehen, aber vielleicht hatte er später mit Rosemary gesprochen. »Wir müssen Ed heute Nacht warnen, Jace. Morgen früh ist es zu spät.«

KAPITEL 17

$\mathcal{K}$at fuhr mit ihrem Finger an einer Achse des Unternehmensnetzwerks in Dennis Batchelors weltweitem Imperium entlang. Ihr Diagramm zeigte nur einen Teil seiner riesigen Bestände, aber es war alles, was sie brauchte, um ihn hineinzuziehen.

Batchelors Besitz war für die Einheimischen aufgrund seiner verworrenen Eigentümerstruktur unsichtbar, aber auf dem Papier war es so klar wie Kloßbrühe. Er besaß die Regal Goldminen durch die Westside Investments. Er konnte es nicht mehr verbergen. Sie hatte die komplizierte Unternehmensstruktur auseinandergenommen.

Kat verwies auf den anderen bedeutenden Anteilseigner von Regal Goldminen auf ihrem Organigramm, der Pirate Holdings. »Ich habe eine Ahnung, wem die anderen Aktien am Unternehmen gehören.«

»Lass mich raten, MacAllister?« Jace beugte sich vor und fuhr mit dem Finger über das Diagramm.

Sie nickte. »Natürlich nicht direkt, denn es ist ein offensichtlicher Interessenkonflikt mit seiner Rolle als Umweltminister. Er kann kein Unternehmen besitzen, für das er gesetzlich zuständig ist. Er hat, genau wie Batchelor, ein paar Anwälte auf den Kaimaninseln engagiert, die als Direktoren fungieren. Er hat die Dinge so strukturiert, so dass er unsichtbar und unantastbar ist.«

»Aber ohne Zweifel zieht er die Fäden hinter den Kulissen.«

»Genau. Er ist der andere Mehrheitsaktionär.«

Jack pfiff zwischen den Zähnen. »Vergiss Batchelors Biografie. Das ist hier ist viel Lukrativer.«

Kat nickte. »Batchelors 51 % und MacAlisters 30 % geben ihnen einen 81 %igen Anteil an den Regal Goldminen. Genug, um den Ton anzugeben. Ich bin davon überzeugt, dass Earthstream Technologies kurz davor steht, eine neue Umweltprüfung abzuschließen. Eine, die der Regal Goldminen eine Unbedenklichkeitsbescheinigung ausstellt.«

»Das kann er doch nicht machen.«, sagte Jace. »Fabrizierte Ergebnisse verbergen nicht das Offensichtliche. Menschen werden krank, wenn sie verseuchtes Wasser trinken. Batchelor ist ein rücksichtsloser Geschäftsmann, aber selbst er würde keine Menschenleben aufs Spiel setzen, nur um sich zu bereichern.«

»Muss er auch nicht. Der Bericht wird einwandfrei sein.«

»Unmöglich. Selbst wenn man das ganze Wasser reinigen könnte, bliebe das Grundwasser immer noch kontaminiert. Das Ganze braucht Jahre, um sich zu verteilen.«

»Es sei denn, die Kontamination hat es niemals gegeben.«

»Laut Earthstream-Bericht gibt es sie aber. Die Beurteilung des Absetzteichs zeigt klar und deutlich eine hohe Kontaminationsbelastung –«

Kat lächelte. »Du vergisst, dass Earthstream Batchelors Unternehmen ist. Dieser erste Bericht sagte aus, dass das Wasser kontaminiert war, obwohl es nicht stimmte. Er hat die Ergebnisse fingiert, und zwar in umgekehrter Weise von dem, was man erwarten würde. Normalerweise fälscht man Ergebnisse, um etwas Schlechtes zu verbergen. In diesem Fall versteckte Batchelor etwas Gutes. Das Wasser an sich ist eigentlich völlig in Ordnung.«

»Wie kommst du denn darauf?«

»Ich konnte nicht glauben, dass er es überhaupt in Erwägung ziehen würde, ein kontaminiertes Minengelände zu kaufen. Nicht nur, weil er Umweltschützer ist, sondern weil das nicht zu seiner Vorgehensweise passt. Er hat seine Milliarden nicht damit verdient, indem er auf riskante Projekte wie kontaminierte Minenstandorte mit nicht quantifizierbaren Risiken wettete. Seine anderen Investitionen sind konservativ und er sucht nach sicherem Kapitalrückfluss. So habe ich gemerkt, dass er das Ganze erfunden haben muss.«

»Wie ist das möglich? Der Absetzteich ist tatsächlich gerissen. Das kann man nicht vortäuschen.«

»Ja, das ist in der Tat passiert.« Kat nickte.

»Das hat Batchelor die Idee dazu gegeben, da er es auf normalem Weg nicht geschafft hat, das Land direkt zu kaufen. Die Einheimischen wollten nicht verkaufen, und die Mine wollte zu viel Geld. Als sich der Unfall ereignete, wurde Earthstream beauftragt, den Schaden zu beurteilen. Er sah eine perfekte Gelegenheit, die Eigenschaften weniger wünschenswert und wertvoll zu machen, indem er so tat, als wäre der Schaden viel größer als er tatsächlich war.«

»Die Schadensbewertung von Earthstream war gefälscht?« Jace schüttelte den Kopf. »Das scheint eine Menge Arbeit zu sein. Irgendwann käme es heraus.«

»Das ist nicht schwierig. Es ist nur ein Umweltbericht. Die Mine war nicht in Betrieb gewesen, sodass bei dem Unfall eine lokale Firma beauftragt wurde, sich darum zu kümmern. Sein Unternehmen hat nicht nur den Schaden eingeschätzt, sondern auch die Arbeiten durchgeführt, die erforderlich sind, um weitere Schäden zu stoppen.

»Earthstream hat die Flüssigkeit eingedämmt, bevor irgendetwas ins Grundwasser sickern konnte. Aber niemand hat das den Einheimischen gesagt. Batchelor ließ sie im Glauben, dass das Wasser verseucht ist, als sie Bedenken äußerten. Er hat auch den abwesenden Regal Gold Offshore-Eigentümern erzählt, dass der Schaden viel größer sei, als er tatsächlich ist.

»Das Wasser war die ganze Zeit über sauber?«

»Ja. Die Flüssigkeit ist natürlich tatsächlich übergelaufen. Nur dass es nicht annähernd so schlimm war, wie alle dachten. Aber die früheren Besitzer der Regal Goldminen wussten das nicht. Sie verkauften ein für sie wertloses Unternehmen, das mit Auflagen für eine riesige Umweltsanierung rechnen musste. Aber das war absolut nicht so.«

Jack pfiff zwischen den Zähnen. »Sie haben es an Batchelor verkauft, ohne es zu merken?«

»Wer wird es ihnen mitteilen?« Kat tippte mit dem Bleistift auf Batchelors Unternehmens-Organigramm. »Ich habe viele Stunden damit zugebracht, Dutzende von Zulassungsunterlagen zu durchforsten, um dies hier zusammenzustellen. Es ist unmöglich, die Punkte miteinander zu verbinden, bis du sie schwarz auf weiß siehst. Earthstream erstellt den Bericht, aber der Käufer ist ein weiteres Unternehmen von Batchelor, Westside Investments.«

Langsam dämmerte es Jace. »Und alles, was Regal Gold interessierte, war die Schadensbeurteilung und das Eindämmen der überschwemmten Flüssigkeit. Sie dachten, sie kämen damit billig davon.«

»Ja. Sie hatten sowieso geplant, die Mine einzumotten. Vor dem Überlaufen der Flüssigkeit war sie gewinnbringend, aber nicht genug, um Millionen auszugeben, um eine riesige Umweltkatastrophe zu beheben. Batchelor fand das heraus, also sorgte er dafür, dass die Beurteilung von Earthstream zur Behebung des Schadens höher ausfiel als die Gewinne der Mine.

»Es machte für Lotus Investments, die chinesischen Eigentümer von Regal, keinen Sinn, all das Geld auszugeben. Regal ist nur eine von vielen Investitionen in ihrem Portfolio. Nach dem Unfall beschlossen sie, ihre Verluste zu reduzieren und ihre Anteile zu verkaufen.«

Jace nickte zögerlich. »Ich sehe schon, wo das hinführt. Dennis hatte Lotus einen Ausweg aus einer schlechten Situation geboten.«

»Ja, die Aktien waren praktisch wertlos, als die Schätzung der Sanierungskosten bekannt wurden. Lotus wusste, dass sie keine anderen Käufer finden würden. Das einzige Angebot kam von Westside Investments. 88898 Holdings folgte kurz darauf. Was in Wirklichkeit Batchelor und MacAlister waren, die sich hinter Offshore-Gesellschaften versteckten.«

»Alles beruht auf der Umweltprüfung von Earthstream.«

Kat nickte.

»Aber Batchelor und MacAlister werden irgendwann entlarvt«, sagte Jace. »Wenn sie das Projekt entwickeln.«

»Nein. Sie werden einfach eine andere Briefkastenfirma gründen, die die Immobilie von den aktuellen Eigentümern kauft. Sie werden sie durch ein paar andere Unternehmen laufen lassen, um die Dinge zu verkomplizieren und um die Geldspur zu verbergen. Niemand folgt den Aktiengeschäften eines fast bankrotten Bergbauunternehmens.«

»Niemand außer dir.« Jace lächelte. »Ich denke aber immer noch, dass es ein bisschen weit hergeholt ist.«

»Das glaube ich nicht, und ich werde es beweisen.« Kat schnappte sich ein Glas aus dem Schrank und füllte es mit dem trüben braunen Leitungswasser. Sie hielt es ins Licht und würgte fast, als sie die trübe Flüssigkeit studierte.

»Trink das nicht.« Jace versuchte, ihr das Glas aus der Hand zu reißen. »Was ist, wenn deine Vermutung falsch ist?«

»Es ist keine Vermutung.« Sie untersuchte das Wasser. »Das Wasser sieht schlecht aus, aber der Schein trügt manchmal.«

»Nein, Kat! Das ist ein sehr unwissenschaftlicher Weg, um deine Theorie zu beweisen. Lassen wir es erst testen.«

»Nicht nötig.« Sie hielt das Glas aus seiner Reichweite. »Runter damit, jetzt oder nie.«

Sie trank das Wasser in drei Schlucken und stellte das leere Glas auf dem Tisch ab. »Es schmeckt wie das Wasser bei uns zu Hause. Eigentlich sogar besser.«

»Bist du wahnsinnig?«. Jace stöberte in seinem Seesack und holte sein Erste-Hilfe-Set heraus. »Wir sind hier mitten im Nirgendwo ohne Zugang zum Krankenhaus, und du trinkst Giftwasser. Ich kann einfach nicht glauben, was du da gerade getan hast.«

»Jemand musste es tun. Außerdem habe ich noch nie Gletscherwasser getrunken.« Sie lächelte. »Es ist köstlich.«

Jace schnappte sich die Weinflasche vom Tisch und leerte den Rest in ihr Glas. Er holte eine kleine Flasche Wasserreiniger aus seinem Set und goss den Inhalt dazu. Er rührte das Gemisch mit dem Finger um. »Hier. Trink das.«

Kat lächelte und trank. »Wenn es dich glücklich macht.«

Jace schüttelte den Kopf. »Für eine ansonsten so logische Person machst du manchmal schon verrückte Sachen.«

»Ich bin nicht verrückt, und ich brauche das hier nicht.« Sie stellte das Glas auf den Tisch. »Es ist etwas im Wasser, aber es ist nicht giftig. Es ist nur Lebensmittelfärbung oder etwas Ähnliches, damit das Wasser schlecht aussieht. Es sieht verseucht aus, sodass sich niemand die Mühe machen würde, es infrage zu stellen. Das trübe Wasser wirkte glaubwürdig.«

»Lebensmittelfarbe?«

Kat nickte. »Ich bin sicher, es hat je nach Zutat noch eine andere Bezeichnung, aber es funktioniert nach dem gleichen Prinzip. Einige ungiftige Zutat, die das Aussehen des Wassers verändert.«

»Aber wie kommt es durch den Wasserhahn?«

»Erinnerst du dich an das geplatzte Rohr, das Batchelor erwähnte? Das ist tatsächlich geplatzt. Seine Firma Earthstream hat es repariert. Es war eine kleine Reparatur, aber durch die Arbeit hatte er Zugang zum Dorfwassersystem. Es gab ihm auch die Mittel, die Kontamination zu fälschen. Er sah eine einmalige Chance darin, davon zu profitieren.

»Selbst der Riss des Absetzteichs war kein Unfall. Er hat das Ganze im Detail durchdacht und inszeniert. Die Flüssigkeit ist nie in den Prospector's Creek oder ins Trinkwasser gelangt. Das Ganze war so perfekt inszeniert, dass er die Menschen erschrecken konnte.« Sie beschrieb den toten Fisch und den Rest des Schauplatzes. »Die abwesenden Regal Goldminen-Eigentümer waren nicht da, um festzustellen, dass es kein Unfall war. Sie wollten es nicht beheben und als sie ein unaufgefordertes Angebot zum Erwerb des Unternehmens bekamen, haben sie nicht lange überlegt.«

»Okay, ich verstehe. Aber wie kann man beweisen, dass Batchelor dahinter steckt?«

»Dieser letzte Teil war ziemlich schwer, herauszufinden. Die chinesischen Eigentümer verkauften also ihre Anteile an Westside Investments, einem Unternehmen auf den Kaimaninseln. Zuerst konnte ich keine Verbindung zu Batchelor sehen, bis ich Westsides

Adresse in der Bekanntmachung des Aktienverkaufs sah. Es war die gleiche Adresse wie die anderen Kaiman-Unternehmen. Westside gehört einem anderen Unternehmen, der 247 Holdings. Rate mal, wem es gehört?

»Batchelor?«

Sie tippte auf Batchelors Unternehmensorganigramm. »Letztendlich ja. Es sind noch ein paar andere Unternehmen beteiligt, aber das ist das Endergebnis.«

»Es ist schwer zu glauben, dass der Absetzteichbruch absichtlich ausgelöst wurde. Batchelor ist wirklich ein Umweltschützer. Warum sollte er eine Umweltkatastrophe riskieren?«

»Würde er nicht. In der Tat hat er seine wahre Gesinnung gezeigt, weil es eigentlich gar keinen Unfall gegeben hat. Er hat die verseuchte Flüssigkeit nicht wirklich überlaufen lassen oder die Umwelt geschädigt. Er hat es einfach so aussehen lassen.«

»Aber die Mauern des Absetzteichs waren gerissen. Einige Verunreinigungen müssen entwichen sein. Es ist offensichtlich, wenn man sich den Prospector's Creek anschaut.«

»Nein, dieser Unfall ist nie passiert. Die Mauer wurde durchbrochen, *nachdem* die Vorrichtung zum Einschluss der Flüssigkeit eingerichtet worden war. Dieser Ort ist abgelegen und er hat seine schwere Anlage nur dazu benutzt, um es wie einen Bruch aussehen zu lassen. Prospector's Creek und das Land rund herum waren nie in Gefahr, weil die Eindämmung bereits vorhanden war. Es ist ein Szenario, um alles wie eine Katastrophe aussehen zu lassen. Eine Katastrophe, die nie passiert ist.«

»Wie Spezialeffekte in einem Kinofilm.«

Kat nickte. »Nur wenige Leute haben den eigentlichen Bruch des Absetzteichs miterlebt«, sagte Kat. »Rate mal, wer diese Leute waren?«

Jace kratzte sich nachdenklich am Kinn. »Batchelor, Ranger, vielleicht der Wachmann – sie alle arbeiten für Batchelor. Kein Wunder, dass sie so schnell vor Ort waren, um es einzudämmen.«

»Genau. Es ist eine Win-Win-Situation für Batchelor. Er hat die Umwelt nie geschädigt, weil es nur eine Inszenierung war.«

Jace grinste. »Und die abwesenden Eigentümer waschen sich die Hände rein, indem sie einfach ihre Aktien verkaufen. Sie konnten es kaum erwarten, der Haftung zu entgehen. Sie stellten keine Fragen, weil sie erleichtert waren, dass sie jemand von der Umweltkatastrophe erlöst hatte.«

»Richtig. Und niemand merkt es. Die Aktie wird nur geringfügig gehandelt, und die einzige Offenlegung von Eigentümerwechseln erfolgt im Kleingedruckten eines Zulassungsantrags. Niemand kümmert es. Das chinesische Unternehmen vermeidet Umweltsanierungskosten. Batchelor übernimmt diese Haftung großzügig im Rahmen des Verkaufs.«

»Er hat das ganze Land für einen Apfel und ein Ei bekommen.« Jace nickte.

»Richtig. Aber er brauchte immer noch das Eigentum der Kimmels, und sie weigerten sich, zu verkaufen. Dann wurde es hässlich.« Sie erinnerte sich an Ed und fragte sich, ob er die Spuren des Motorschlittens tatsächlich, wie versprochen, besichtigt hatte.

»Und jetzt sind sie tot.« Jace runzelte die Stirn. »Was passiert nun?«

»Davor habe ich Angst. Die Tochter der Kimmels, Helen, lebt noch immer dort. Sie will wahrscheinlich auch nicht verkaufen.«

KAPITEL 18

*B*ald würde es wieder schneien. Obwohl es nach drei Uhr morgens war, fühlte sich Kat putzmunter und wach. Ihre Erkenntnisse hatten ihr Adrenalin in Gang gebracht.

Sie hatten so viel zu tun. »Wir müssen zur Mine gehen und Wasserproben aus dem Absetzteich sowie aus dem Prospector' Creek nehmen«, sagte Kat. »Wir werden sie testen lassen, um die Sauberkeit des Wassers zu beweisen, da die früheren Proben gedoktert wurden. Sobald wir die Proben vergleichen, können wir die Täuschung beweisen. Der Bach und das Trinkwasser sind so rein wie eh und je, nicht kontaminiert.«

»Du hättest es wirklich testen lassen sollen, bevor du es getrunken hast.« Jace musterte sie auf Anzeichen einer Vergiftung. »Was ist, wenn du krank wirst, während wir da draußen sind?«

Sie winkte ab. »Ich wusste, dass das Wasser sauber ist. Ich hätte es sonst nie getrunken.«

Jace zog die Augenbrauen hoch. »Das ist dein Gefühl, aber es ist noch nichts bewiesen. Deine Symptome zeigen sich möglicherweise nicht sofort.«

»Nichts wird mir passieren. Erinnerst du dich als Dennis heute Morgen beim Frühstück Eiswürfel in sein Wasser getan hat? Sein

Kühlschrankspender ist direkt an die Wasserleitung angeschlossen. Er sagt uns, dass das Wasser nicht gut sei, verwendet aber Eiswürfel direkt aus der Wasserleitung.«

»Könnten wir nicht einfach nur einen Eiswürfel als Probe nehmen?«

»Nein. Wir brauchen Proben an jedem Punkt im Verfahren: der Absetzteich, Prospector's Creek und das Reservoir. Wir müssen Schritt für Schritt beweisen, dass die gesamte Wasserversorgung sauber ist. Ansonsten kann es passieren, dass jemand hingeht, und das Ganze im Nachhinein verseucht.

»Du meinst, es wirklich vergiften?«

Sie nickte.

»Wir müssen auch auf den Berg steigen.« Jace runzelte die Stirn. »Andernfalls ist die Probe sinnlos.«

»Wir kriegen das schon hin.«

»Wir sollten besser die übrigen Demonstranten warnen. Ranger könnte ihnen etwas antun wollen.«

»Ich weiß nicht, wie wir Ed oder jemand anderen erreichen können.« Auch wenn die Kimmels, seine schärfsten Gegner, jetzt verschwunden sind, bleiben die restlichen Demonstranten ein Hindernis zwischen Batchelor und seinen Resort-Plänen.

Kat zog gerade ihre Stiefel an, als ein Licht durchs Küchenfenster schien. Sie trat ans Fenster und schaute hinaus. Der Hubschrauberlandeplatz wurde beleuchtet. Die Rotoren schwirrten, während der Pilot den Motor startete. Eine Handvoll Gäste standen mit ihrem Gepäck in sicherer Entfernung vom Hubschrauber.

Sie war überrascht, dass der Pilot Flüge bei stürmischem Wetter riskierte, vor allem mitten in der Nacht. Wahrscheinlich flog er sie zum Flughafen nach Sinclair Junction, wo sie die Reise vermutlich in Batchelors privater Cessna fortsetzen würde.

Die konstanten Abflüge behinderten ernsthaft ihre Pläne. Es war unmöglich, sich über das Anwesen zu schleichen, während sich die Gäste außerhalb versammelten. Stimmen drifteten durch die Luft. Sie waren zu weit weg, um ihre Gespräche zu verstehen, aber die heitere Atmosphäre von vor ein paar Stunden war sichtlich verdampft. Jeder da draußen schien düster und ängstlich. Kein Wunder bei dem rauen Wetter.

Jace stand neben dem Bett vor der Terrassentür. »Dieser Ed – hast du keinen blassen Schimmer, wo er wohnt?«

»Keine Ahnung. Ich kenne noch nicht mal seinen Nachnamen.« Und dennoch musste sie ihn warnen. Was auch immer Ranger und Burt im Sinn hatten, die Demonstranten waren irgendwie darin verwickelt. Dessen war sie sich sicher, obwohl sie keinen Beweis hatte. Sie hatte einen Geistesblitz, als sie an ihr Gespräch mit Ed über die Spuren des Motorschlittens dachte. »Er wohnt in Richtung Lawinenhang.«

»Wir würden eine weitere Lawine riskieren.« Jace kratzte sich nachdenklich am Kinn. »Aber da es nachts kälter ist, kommen wir wahrscheinlich ungeschoren davon.«

»Unsere einzige andere Möglichkeit, ist, bis zum Morgen zu warten. Wir warten auf Ed an der Blockadestelle vor dem Protestgelände. Er muss dort auf dem Weg zum Minengelände vorbeigehen.« Kat starrte an Jace vorbei zur Terrassentür hinter ihm. Die Terrasse wurde unter dem Schein des Außenlichts beleuchtet. Jenseits des schneebedeckten Geländers fiel das Licht abrupt in eisiges schwarz. Sie fragte sich, welche weiteren Geheimnisse die Schlucht verbirgt.

»Das ist viel zu gefährlich«, sagte Jace. »Ich ziehe dir nur ungern die Notbremse, aber es ist fast Morgen.« Jace blickte auf die Armbanduhr. »Es wird in ein paar Stunden hell.«

Sie seufzte. »Das war's dann wohl. Am besten gehen wir jetzt gleich.« Sie hatten fast eine Stunde lang geredet seit Ranger die Blockhütte verlassen hatte. Der Helikopter war zwischenzeitlich zurückgekehrt und hatte eine weitere Gruppe von Gästen geladen. Verdammt, es würde wahrscheinlich noch eine halbe Stunde dauern, bis er sie eingeladen hat und abgeflogen ist.

Jace starrte aus dem Fenster. »Wir können noch nicht gehen. Sonst werden wir entdeckt.«

»Wir gehen, nachdem der Heli abgeflogen ist. Das lässt uns mindestens eine halbe Stunde Zeit, bevor er zurückkommt.« Die Helikopterflüge waren eine unerwartete Komplikation. Sie würden im

Dunkeln wandern und ihre Taschenlampen erst einschalten, sobald sich das Grundstück außer Reichweite befindet.

Sie dachte an Ranger und ihre Auseinandersetzung von vorher. »Ranger wird Dennis alles erzählen. Wann bist du wieder mit Dennis verabredet? Wenn wir nicht rechtzeitig zurück sind, ist es offensichtlich, dass wir etwas im Schilde führen.«

Sie blickte aus dem Fenster, als das Licht einer Taschenlampe über den Rasen tanzte. Ein anderer Gast ging zum Hubschrauber. Aber die Taschenlampe leuchtete in Richtung ihrer Blockhütte, nicht zum Hubschrauber.

Sie brauchte kein Licht, um die Umrisse der beiden Männer zu erkennen.

»Oh-oh. Es ist Ranger und er hat Batchelor dabei.« Nach ihrem schnellen Marsch zu urteilen, waren sie wütend. »Sieht so aus, als hätten sie schon miteinander geredet.«

»Ich wünschte, ich könnte in diesen Helikopter steigen«, sagte Jace. »Was soll ich ihm sagen?«

»Ich weiß es nicht, aber wir müssen Ranger irgendwie diskreditieren.« Es war ihre einzige Chance. Jetzt konnten sie schon wieder nicht nach draußen. Aber Rangers Pläne waren ebenso verzögert, erkannte sie. »Wir müssen Ranger aufhalten ...«

» ... dann können wir die Explosion verzögern.« Jace beendete ihren Satz. »Ich werde mir etwas ausdenken.«

Im Nachhinein erkannte sie, dass die Helikopterflüge ein Glücksfall waren. Hätten sie die Blockhütte bereits verlassen gehabt, hätten es Batchelor und Ranger gemerkt und sie aufgespürt, um ihren Plan zu vereiteln.

Sie erschrak, als einer der Männer an die Tür hämmerte. Sie nickte Jace zu und er ließ die Männer herein.

»Der hier bleibt draußen!« Kat zeigte auf Ranger. »Er ist hier eingebrochen und hat mich tätlich angegriffen.«

»Das stimmt nicht.«. Rangers Augen verengten sich und er starrte sie böse an.

»Sie leugnen, hier eingebrochen zu sein?«

»Ich wollte nur die – «

Kat schnappte sich ihre Tasche vom Bett und huschte an den Männern vorbei. »Ich steige jetzt in diesen Hubschrauber ein. In der Sekunde, in der ich ein Handysignal habe, rufe ich die Polizei und erkläre ihnen, was Sie getan haben. Aber zuerst erzähle ich allen da draußen, was Sie MIR angetan haben.«

Jaces zog die Augenbrauen hoch, denn er verstand zunächst nur Bahnhof. Eine Sekunde später schnappte auch er seine Tasche und folgte Kat.

»Moment mal«, sagte Dennis. »Ranger wollte nur prüfen, ob alles in der Blockhütte in Ordnung ist. Er wusste nicht, dass Sie sich im Raum befanden.«

»Und Sie«, sagte Kat auf Batchelor zeigend. »Ihr Mitarbeiter hat mich angegriffen, einen Gast. Was werden Ihre anderen Gäste darüber denken?«

Der Helikopter lud ein paar weitere Gäste ein und der Pilot schloss die Tür. Die rund zwölf verbliebenen Gäste trotteten zur Einfahrt, und hofften, für den nächsten Flug ausgewählt zu werden.

»Sie können da nicht rausgehen.« Dennis versuchte, sie in der Halle abzufangen.

»Habe ich eine Wahl? »Ich bin hier nicht in Sicherheit.«

»Okay, okay.« Dennis starrte Ranger an. Sein Gesicht rötete sich und er war deutlich wütend. Er drehte sich zu Kat um. »Er hätte das nicht tun sollen. Ich kümmere mich drum. Er wird Ihnen nicht wieder zu nahe kommen, das verspreche ich.«

Dennis drehte sich um und ging ohne ein weiteres Wort nach draußen, Ranger dicht hinter ihm her. Sie ging zum Küchenfenster und beobachtete sie auf dem Weg zum Hubschrauberlandeplatz. Dennis befand sich irgendwie im Schadenskontrollmodus und versuchte wahrscheinlich, Rosemary in die Mangel zu nehmen, um herauszufinden, was sie Kat erzählt hatte.

Zumindest hatte Dennis versprochen, Ranger fernzuhalten. Sein Versprechen war nicht viel wert, aber zumindest half es ihnen, Zeit zu schinden. Obwohl Ranger auf Dennis' Befehl handelte, schien es, als ob sein Boss nicht hundertprozentig mit den Methoden einverstanden war, die er zur Ausführung anwendete.

Am wichtigsten war, dass sie Ranger aus der Bahn geworfen hatten. Sie und Jace wären für eine Weile allein, um ungestört zur Mine schleichen zu können.

Aber zuerst musste sie ihr Überleben sichern. Sie konnte es nicht riskieren, alles auf ihrem Laptop zu lassen, da sie noch nicht außer Gefahr waren. Ranger oder Dennis könnten ihn sich immer noch schnappen und vernichten. Sie waren nicht sicher, bis sie den Berg hinter sich gelassen hatten, weil nur sie beide die Wahrheit kannten. Eine Wahrheit, die leicht durch einen weiteren Unfall unterdrückt werden konnte.

Jace beobachtete den Hubschrauberlandeplatz durch das Küchenfenster, um sicher zu sein, dass Dennis und Ranger tatsächlich zur Lodge zurückgingen. »Sie sind weg, der Hubschrauber auch.«

Die Lichter des Hubschraubers glitzerten in der Nacht, als er vom Landeplatz abhob.

»Nur eine Sekunde.« Sie kopierte ihre Ergebnisse in eine E-Mail und drückte auf die Taste Senden. Jace wäre wütend, wenn er von der E-Mail wüsste, aber sie hatte keine andere Wahl. Nur wenige Dinge waren schlimmer für einen Journalisten als eine Story, die ihm direkt unter den Füßen weggezogen wurde, aber hier war es eine Frage des Überlebens.

Ihr Handeln war entweder eine Absicherung oder das Dümmste, was sie je getan hatte. Sie betete, dass es nicht das letztere war, aber sie hatte keine andere Idee gehabt.

»Jetzt oder nie! Lass uns gehen.«

Sie hatte schon fast den Laptop zugeklappt, als eine Fehlermeldung auf dem Bildschirm aufblitzte. Die E-Mail war nicht durchgegangen. Verfluchtes Internet. Mit seinem Geld kaufte sich Dennis Batchelor Macht und Privilegien, aber das Wort Internetverbindung schien ihm fremd zu sein.

Sie klickte auf die E-Mail und versuchte es erneut.

Nichts. Ihr Laptop-Bildschirm fror ein. Der Computer versuchte immer noch vergeblich, eine Internetverbindung einzurichten.

»Komm schon Kat. Wir dürfen die Gelegenheit nicht verstreichen lassen. Stell das Ding weg und lass uns gehen.«

Sie zog ihre Stiefel an und packte ihre Jacke. Sie schnappte sich ihren Rucksack und leerte den Inhalt des Kühlschranks hinein.

Jace war schon an der Tür. »Wir brauchen das ganze Zeug nicht.«

Sie war sich da nicht so sicher. Vielleicht würden sie es nicht schaffen, zur Blockhütte zurückzukehren.

Jace war bereits draußen. Sie hielt einen Moment inne, lief wieder zum Tisch und steckte den Laptop in den Rucksack. Ihn dort zulassen gäbe Ranger noch mehr Grund, ihn zu zerstören.

Ein Paar hatte bereits einen frühen Tod erlitten und die Chancen standen nicht zu ihren Gunsten.

KAPITEL 19

*D*raußen gingen sie um die Blockhütte herum und überquerten die Auffahrt im Schutz der Dunkelheit. Von dort gingen sie am Zaun entlang in Richtung Pfad. Die frische Nachtluft war beißend.

Die unerwarteten Hubschrauberflüge und der plötzliche Besuch von Dennis und Ranger in ihrer Blockhütte hatten ihre Pläne verzögert. Es waren nur noch zwei Stunden bis zum Sonnenaufgang, daher entschlossen sie sich, nicht zur Blockade, sondern zuerst zu Mine zu gehen. Sie hatten keine Kontaktinformationen von Ed und müssten ihn aufs Geratewohl finden, jedoch käme er schließlich und endlich an der Blockade vorbei. Es war auf seinem Weg zur Mine.

Auf alle Fälle brauchten sie Wasserproben aus der Quelle. Nicht nur fürs Labor, sondern auch um Ed und den anderen zu beweisen, dass das Wasser nicht verseucht ist.

Ein Wolf heulte in der Ferne, scheinbar aus der Richtung, in die sie liefen. Ein zweiter Wolf antwortete, gefolgt von einem anderen und noch einem. Innerhalb weniger Minuten heulte die ganze Meute im Crescendo. Kat schauderte.

Sie hatte gar nicht daran gedacht, dass man mitten im tiefsten Winter wilde Tiere antreffen könnte und es war heute Morgen so still gewesen. Bären überwinterten, aber Wölfe nicht. Sie waren Räuber und das Essen war knapp in dieser Jahreszeit. Mit Ausnahme der Lebensmittel in ihrem Rucksack, die sie für den Fall mitgenommen hatte, dass sie nicht in die Blockhütte zurückkehren könnten. Angesichts der feindlichen Begegnung mit Ranger, wer wusste, was als Nächstes passieren würde?

»Wir müssen uns beeilen, sagte Jace. »Wie weit ist es noch zur Mine?«

»Es ist ganz der Nähe. Aber es ist schwer, im Dunkeln zu laufen.« Ihr Licht war nicht annähernd so gut, wie sie gedacht hatte, denn es beleuchtete gerade mal einen Fuß vor ihr. Die Riemen der Tasche gruben sich in ihre Hand. Bei jedem großen Schritt schlug ihr die Tasche gegen das Schienbein. Heute früh hatte sie keinen Rucksack dabei, daher hatte sie das zusätzliche Gewicht unterschätzt. Brauchte sie wirklich die Hälfte des Kühlschrankinhalts? Wahrscheinlich nicht, aber jetzt war es zu spät. Plötzlich kam ihr die Idee, dass der Geruch von Nahrung Raubtiere anziehen könnte. Sie war ein Köder für Wölfe.

»Bei diesem Tempo sind wir niemals vor dem Morgengrauen zurück.« Jace machte eine Pause, um auf sie zu warten.

Sie konnte ihn nicht um Hilfe bitten, ohne den Inhalt ihrer Tasche zu enthüllen. Das bedeutete, ihre Ängste zu teilen und dass sie nicht mehr zur Blockhütte zurückgehen konnten. Es gab sowieso kein Zurück mehr. Durch ihre Auseinandersetzung mit Ranger war alles in Bewegung gesetzt worden.

Das weiche Schneegestöber hatte wieder begonnen. Obwohl der Schnee ihre Schritte dämpfte, hinterließ er aber auch Spuren. Ihr Ziel wäre für jeden ihrer Verfolger klar ersichtlich. Auch das hatte sie bei ihren Plänen nicht berücksichtigt. Wer auch immer die Falle geplant hatte, wäre bereits im Morgengrauen draußen und zwangsläufig würden sich ihre Wege kreuzen.

Sie bewegte ihre Tasche auf die andere Seite und versuchte, den Schmerz zu ignorieren, der in ein dumpfes Nichts unterging. Sie waren nun mitten drin, konnten nicht mehr zurück, ohne entdeckt zu werden.

Rotorblätter surrten durch die Stille, als der Helikopter hoch oben über ihren Köpfen vorbeiflog. Zurück für eine weitere Ladung mit Gästen.

Sie erreichten eine Weggabelung. »Dieser hier.« Kat deutete nach links und sie folgte der Steigung zur Mine. Jetzt waren sie ganz nah dran. Hoffentlich war der Minenwächter nachts abwesend. Falls nicht, hätte sie keinen Notfallplan.

Sie stapfte Jace hinterher und nach einer Ewigkeit erreichten sie endlich das Bergwerk. Kat deutete auf den Schuppen. »Wir werden unsere Sachen dort ablegen, damit wir sie nicht herumschleppen müssen. Sollten Probleme auftreten können wir später zurückkommen und sie holen.« Sie konnte es nicht abwarten, ihre schwere Tasche zu verstauen, und es war sinnlos, ihre Sachen den ganzen Weg bis zum Absetzteich zu tragen. Ihr Taschen wären im Schuppen trocken und versteckt, während sie die Wasserproben nahmen.

Sie folgte Jace zur Eingangstür des Schuppens und war erleichtert, keine Fahrzeuge auf dem Parkplatz zu sehen.

Jace fummelte am Vorhängeschloss herum. »Wir kommen nicht rein. Es ist verriegelt. Vielleicht war das doch so keine gute Idee.«

»Was ist, wenn wir abhauen müssen? Wenigstens sind unsere Rucksäcke in Sicherheit, während wir die Proben nehmen. Außerdem dauert es noch ein paar Stunden, bis Ed die Blockade erreicht. Wir müssen irgendwo warten.«

»Klar, wenn ich das Schloss öffnen kann. Aber ich habe kein Werkzeug.«

Kat starrte auf das glänzende neue Vorhängeschloss. Der Wächter hatte es offensichtlich nach ihrem Besuch ersetzt. Sie ließ sich bedrückt an der Schuppenwand entlang auf den Boden gleiten.

»Was nun?« Sie hatte den Schuppen auch als Versteck jeglicher Art betrachtet, falls man sie entdecken würde. Je nachdem, wen sie vor dem Morgen begegneten, wäre es eine Notwendigkeit.

»Ruhig Blut«, sagte Jace. »Wir haben Zeit. Schauen wir uns nach etwas um, mit dem wir es aufschneiden oder hebeln können.«

»Ich geh um den Schuppen herum, mal sehen, was ich finde.« Der

Schneefall wurde stärker und bedeckte alles mit schmuddeligen nassen Flocken. Sie fand eine Menge verrosteter Geräte, aber keine Teile, die man abnehmen und zum Schneiden oder Aufstemmen benutzen könnte.

Plötzlich zerschmetterte Glas hinter ihr. Sie wirbelte herum, aber Jace war nicht da. Sie ging ums Gebäude herum. Jace hatte die Seitenscheibe mit einem Ziegelstein eingeschlagen. Nun konnten sie durch das Fenster hineinklettern. Sie seufzte vor Erleichterung. Sie hatten sicheren Schutz, obwohl sie eigentlich nicht dachte, dass er ein Fenster einschlagen würde.

»Tut mir leid, aber ich dachte, wir dürfen keine Zeit verschwenden.« Er strich die Glasscherben mit seinem Handschuh weg. »Und wir brauchen einen Ausweichplan. Ich weiß nicht, wen wir hier oben vielleicht antreffen.«

Auch eine gute Idee, denn ein kaputtes oder fehlendes Schloss war ein verräterisches Zeichen. Ein Seitenfenster war weniger offensichtlich.

Sie nickte. »Ich erwarte fast, dass Ranger hier auftaucht. Es gibt einen Grund, warum er mich auf der Terrasse loswerden wollte. Bei dem Gedanken die Schlucht hinunterzustürzen, lief es ihr eiskalt über den Rücken.

Sie tätschelte ihren Rucksack und war zufrieden, die harten Plastikecken ihres Laptops zu fühlen. Alles, was sie in der Blockhütte hinter sich gelassen haben, konnte ersetzt werden.

Jace überraschte sie, indem er ihr zustimmte. »Ich bin sicher, dass er die Lawine ausgelöst hat. Er weiß, dass du etwas herausgefunden hast, also muss er dich zum Schweigen bringen. Dennis hält ihn nicht auf, weil es genau das ist, was er will. Menschen terrorisieren, damit sie ihr Land aufgeben.«

Er winkte sie zum Fenster und machte eine Räuberleiter. Kat ließ ihre Tasche fallen, kletterte hinauf und durchs Fenster.

»Was ist da drin? Steine?« Jace verzog das Gesicht, als er ihre Tasche anhob.

»Nur eine kleine Absicherung.« Sie packte jede Tasche, die er ihr hineinreichte. Sie verstaute sie in einer Ecke hinter ein paar Geräten.

Niemand würde sie bemerken, es sei denn, man würde den Schuppen filzen.

Er sprang hinunter und strich sich die Hände sauber. »Ich würde dieser Unterkunft im Vergleich zu unseren bisherigen einen Stern erteilen.«

Jace zündete ein Streichholz an und sah sich im Schuppen um. Die Geräte warfen seltsame Dinosaurierschatten im Dämmerlicht. Außer Streichhölzern hatten sie keine andere Beleuchtung. Auch keinen Ofen. Es war ein ziemlicher Kontrast zur luxuriösen Blockhütte und Kat hätte sich fast gewünscht, mehr Zeit darin verbracht zu haben.

Er zündete ein weiteres Streichholz an. »Ich wünschte, wir könnten draußen ein Feuer machen.« Lange Schatten fielen über sein Gesicht, während er vor gestapelten Kisten saß.

Streichhölzer.

Dynamit.

Jace saß nur wenige Schritte davon entfernt. Sie nahm seine Hand und blies das Streichholz aus.

»Wieso das denn?«

Ein kalter Windstoß kam durch das zerbrochene Fenster. Mit dem Morgengrauen wurde der Himmel langsam dunkelblau. Es lief ihr eiskalt den Rücken hinunter. »Ich erzähle es dir später.« Jetzt war nicht der richtige Zeitpunkt dafür. »Lass uns die Wasserproben holen.« Ins Fenster hinein und wieder hinauszuklettern schien vergebliche Mühe zu sein, aber der Schuppen garantierte ihnen eine sichere Zuflucht bis zum Morgen. Sie wühlte in ihrem Rucksack und holte ein paar leere Wasserflaschen heraus. Sie reichte Jace eine davon. »Wir werden zuerst zum Absetzteich gehen.«

Sie brachte es nicht übers Herz, ihm zu sagen, dass ihre neu gefundene Zuflucht ein Schuppen voller Dynamit ist.

KAPITEL 20

Der Absetzteich war zugefroren. Kat suchte nach einem Stein und schlug ein paar Minuten lang auf das Eis ein, bevor sie die glasige Oberfläche brechen konnte, um zum Wasser darunter zu gelangen.

Sie hatte gerade eine Wasserprobe dem Absetzteich entnommen, als sie den Hubschrauber über ihr hörte. Das Surren der Rotorblätter verstärkt sich, je näher der Helikopter kam. Sie erstarrte und wartete auf den Ton, den der Hubschrauber machte, wenn er zur Landung ansetzte. Die Töne verstärkten sich. Der Heli flog nicht über das Bergwerk hinweg, sondern er landete dort.

»Sie sind hinter uns her, Jace.« Kat zog an seiner Schulter. „»Wir sitzen in der Falle.« Ranger und Dennis mussten irgendwie erfahren haben, wo sie sind, obwohl sie niemandem begegnet waren, noch nicht einmal einem Nachtwächter. Vermutlich hatte man sie auf den Überwachungskameras entdeckt. Sie haben sie verfolgt, nachdem Batchelors letzter Gast zum Flughafen transportiert worden war.

Jace reckte den Hals und suchte den dunklen Himmel ab. »Ich höre ihn, kann aber bei dieser Wolkendecke nichts entdecken.«

Kat sprang auf. »Wir sollten besser gehen, solange wir noch können.«

»Warte – vielleicht ist es die andere Demonstrantengruppe. Sie können uns helfen.«

»Es sind zu viele, als dass sie mit dem Hubschrauber kämen.« Ed und Fritz hatten beide mindestens ein Dutzend Aktivisten erwähnt. Nicht nur das, aber sie protestierten nur an Wochentagen und jetzt war Wochenende. »Ranger hat meinen Laptop-Bildschirm gesehen und weiß, dass ich herausgefunden habe, dass Dennis Eigentümer des Bergwerks ist. Er kann sich denken, dass wir hier sind, um Wasserproben zu nehmen.«

»Er weiß nicht, dass du das herausgefunden hast.«

»Vielleicht nicht, aber er weiß, dass ich Dennis' hinterhältige Taktik publik machen werde.« Dennis hatte sich alle Mühe gegeben, sein Eigentum in einem Netz von geheimen Gesellschaften zu verstecken. Er würde alles Erdenkliche tun, um sein Eigentum geheim zu halten. Selbst wenn es Mord voraussetzte. »Lass uns gehen.«

»Aber wohin? Wenn wir in den Schuppen laufen, werden sie uns sehen, wenn wir den Parkplatz überqueren.« Jace schaute gen Himmel. Hubschrauberkufen stießen durch die Wolken hundert Meter über ihnen, gefolgt von dem Rumpf. Der Parkplatz wurde dumpf beleuchtet, als das Scheinwerferlicht die Wolken durchbrach. Der Lichtkreis breitete sich aus, während sich der Hubschrauber senkte. Windböen umgaben sie. In weniger als einer Minute wären sie dem vollen Scheinwerferlicht des Hubschraubers ausgesetzt.

Ohne den Schutzmantel der Dunkelheit wären sie wehrlos.

Kat zeigte auf den Minenschacht, während sich die Rotoren verstärkten. »Lauf!«

Die Suchscheinwerfer des Hubschraubers verwandelten den Parkplatz in eine seltsame außerirdische Landschaft. Die blau-weißen Lichter tanzten im Schnee, eine Kinofilmszene unter null Grad.

Sie kletterten auf den Minenschacht und in die Dunkelheit hinein, aber die Suchscheinwerfer folgten ihnen.

Sie fühlte sich wie ein Tier in einem Naturfilm, verfolgt von unsichtbaren Feinden. Ganz gleich, wie sie sich drehten oder wendeten, sie liefen den Problemen in offene Arme.

KAPITEL 21

*K*at bekam einen Hustenanfall drei Meter unter der Erde. Ihre Lungen brannten vom Sprint in der eisigen Luft. Mit einer Hand stemmte sie sich gegen die Höhlenwand. Ihre Handfläche war staubig und sandig.

Sie konnte Jace nicht in der pechschwarzen Finsternis sehen, aber seine Atemnot hören.

Gott sei Dank hatte sie ihren Rucksack im Schuppen gelassen, andernfalls hätten sie es nie geschafft. Aber was, wenn sie ihren Laptop fänden? Er war gut im Schuppen versteckt, aber das zerbrochene Fenster war ein verräterischer Hinweis, ihn zu durchsuchen. Ihr Computer enthielt den einzigen ultimativen Beweis für Batchelors Betrug, mit Ausnahme der Wasserprobe, die sie fest in ihrer Hand hielt. »Ich denke, sie haben uns gesehen.«

»Vielleicht, vielleicht auch nicht«, sagte Jace. »Weitergehen. Wir müssen aus der Hörweite.« Seine Schritte hallten in der höhlenartigen Kammer. »Der Ton hallt hier unten.«

Kat folgte seiner Stimme, die sich immer weiter zu entfernen schien. Ein paar Meter weiter stieß sie gegen eine Wand. Im wahrsten Sinne des Wortes. Sie verletzte ihr Nase, die am rauen Stein schabte und sie hustete vom Staub. Sie konnte doch nicht einfach so blind laufen. Bergwerke waren gefährliche Orte.

Kat fluchte leise vor sich hin. In der Dunkelheit hatte sie nicht die abrupte Neunzig-Grad-Wende in der Minenschachtwand bemerkt.

»Beeilung!« Jaces Stimme hallte irgendwo durch die Kammer vor ihr.

Die Minenschachtluft war feucht und Kat war in dieser pechschwarzen Dunkelheit blind. Sie quälte sich ihren Vorwärtsschwung beizubehalten, sah aber nicht, wo sie hinging. »Warte, ich glaube nicht, dass wir weitergehen sollten.«

Jaces Stimme antwortete irgendwo ein paar Meter vor ihr. »Müssen wir aber. Dann haben wir eine Chance, dass sie uns nicht finden. Vielleicht haben sie uns draußen nicht gesehen.«

Sie schlurfte vorwärts, aber die Unruhe wuchs mit jedem Schritt. «Sie wissen, dass wir hier sind! Wir haben uns selbst eine Falle gestellt.« Ihr Gesicht war gerötet und sie bekam Platzangst.

»Kat?« Jace war mindestens zwanzig Meter vor ihr, ganz tief in der Mine. »Wo bist du?«

Sie wollte gerade antworten, als sie Fußstapfen am Tunneleingang hörte.

Ihr Herz raste. Sie waren in die Enge getrieben. Man konnte sich nirgends verstecken.

Sie musste Jace ganz schnell einholen. Sie schaltete die Taschenlampe ihres Telefons ein und verkleinerte das Licht mit ihrer Hand zu einem schmalen Strahl vor ihr. Sie schaute geradeaus und versuchte, nicht die engen Wände und niedrigen Decken zu beachten. Sie erschrak, als plötzlich ein Stein herunterfiel.

Sie atmete erleichtert auf, als sie wieder in Jaces Sichtweite kam. Sie kämpfte damit, zu ihm aufzuschließen. Ihr Lichtstrahl fiel auf leere Holzkisten. Sie trugen die gleiche Beschriftung wie diejenigen, die Ranger und Burt am Vormittag transportiert hatten.

Explosivstoffe.

»Kat? Mach das Licht aus.«

»Nein. Schau dir das an.« Sie leuchtete auf den Sprengstoffzünder. Zu spät erkannte sie, dass sie einen fatalen Fehler gemacht hatten. Die

Ladung war wahrscheinlich mit einem Zeitzünder versehen, der während der Demonstration losging. »Dieser Ort ist mit Sprengfallen versehen.«

Jace fluchte leise. »Das muss der geplante Ort sein.«

»Der Parkplatz war zu offensichtlich.« Kats Herz pochte wild. »Ranger und Burt haben geplant, die Demonstranten hereinzulocken, weil hier die Explosion gedämpft ist. Niemand wird etwas hören.«

Sie waren direkt in die eigene Todesfalle gelaufen.

»Sie werden die Demonstranten wahrscheinlich mit gezogener Waffe zwingen, hineinzugehen.« Jaces Stimme war leise und ruhig.

»Jetzt verstehe ich.« Kats Stimme zitterte. »Sie werden die Ladung detonieren, die Demonstranten sitzen in der Falle und alles sieht wie ein Unfall aus. Jeder wird denken, die Demonstranten haben den Minenschacht durch eine Sprengung sabotiert, obwohl sie die eigentlichen Opfer waren. Sieht aus, als ob wir ihre Pläne vereitelt haben.«

Ihr Licht warf Schatten auf Jaces Gesicht, als sie versuchte, seine Reaktion zu verstehen.

»Jetzt sind wir die Opfer.« Seine Augen weiteten sich. »Stattdessen werden sie uns in die Luft jagen.«

Sie hatten einen unwiderruflichen Fehler gemacht. Sprengstoff wurde permanent in Bergwerken benutzt. Business as usual für ein Bergbauunternehmen, auch wenn sie in letzter Zeit inaktiv gewesen waren. Jeder, der die Explosion hörte, würde nicht zweimal darüber nachdenken.

Die Mine war eingemottet worden, sie war abgelegen und niemand anderer als ihre Entführer, wüsste, wo sie sich aufhielten.

Und da war mehr als nur ein Zünder. Kat folgte den Drähten mit dem Strahl ihrer Taschenlampe. Er lief an einer Wand zum Mineneingang entlang. Der Zünder in der Höhle könnte eine Art Absicherung sein oder er würde vielleicht aus der Ferne ausgelöst. Sie wusste nicht genug über Sprengstoff. Und sie wollte es nicht wissen.

Eine tiefe Stimme dröhnte durch die Kammer. »Kommen Sie heraus, sofort!«

Sie hustete, eine unwillkürliche Reaktion auf den Staub.

»Bewegung!«

Kat drehte sich in Richtung der Männerstimme. Es klang nicht wie Dennis oder Ranger. Ihr Herz klopfte, als sie feststellte, dass es kein Entkommen gab. Egal, was sie taten, im Endeffekt mussten sie hinausgehen.

Das könnte positiv sein, weil es bedeuten würde, dass keine Explosion unmittelbar bevorsteht. Es ließ ihnen etwas Zeit und gab ihnen eine Chance zu entkommen.

»Vielleicht ist das der Wächter«, sagte Kat, obwohl sie nicht überzeugt war. Obgleich die Echohöhle die Stimme verzerrte, war sie jünger als die des älteren Mannes, den sie getroffen hatte. »Das hört sich nicht wie Ranger an. Burt glaube ich genauso wenig.«

»Wer auch immer es ist, wir tun am besten, was er sagt.« Jace drückte ihre Schulter. »Keine abrupten Bewegungen, bis wir wissen, was er will.«

Er küsste sie, bevor er sich zum Eingang des Minenschachts umdrehte. »Folge mir.«

Kats Herz raste, als sie die Konsequenzen in Betracht zog.

Wäre die Explosion stark genug, um den Schuppen auf der gegenüberliegenden Seite des Parkplatzes zu zerstören? Jemand könnte die Beweise auf ihrem Laptop finden und die Wahrheit offenbaren. Das war ebenso unwahrscheinlich, da niemand vor Ort für Dennis Batchelor arbeitete. Und sie hatte keinen Zweifel daran, dass Ranger jeden belastenden Beweis fein säuberlich entfernen würde.

Sie nahm einen tiefen Atemzug und folgte Jace in die Öffnung. Sie hatte nichts zu verlieren und sie wollte nicht kampflos untergehen.

KAPITEL 22

*J*ace drückte Kats Hand, während sie zum Minenschafteingang zurückgingen. »Wer ist da?«

»Jace, ich bins, Gord. »Ich komme rein.«

»Gord? Was zum Teufel?« Jace konnte es einfach nicht glauben. »Was machst du denn hier?«

»Hat dir Kat nichts davon erzählt?«

Ein Lichtstrahl leuchtete in den Bergwerksschacht und blendete sie kurzzeitig.

»Mir was erzählen?« Jace hielt inne. »Warte – komm nicht rein. Wir kommen raus.«

Kat atmete erleichtert auf. Die E-Mail hatte letztendlich ihr Ziel erreicht. Manchmal geschehen wirklich Wunder.

Sie machten kehrt und gingen neben dem Seil entlang, das vom Zünder in Richtung Mineneingang gespannt war. Allerdings hing es locker herunter und sie hätten in der Dunkelheit leicht drüber stolpern können. Würde daran ziehen oder zerren genügen, um die Ladung auszulösen? Sie hatte keine Ahnung von Dynamit und bevorzugte, es dabei bewenden zu lassen.

Jace zog an ihrem Arm. »Komm schon. Wir haben keine Zeit zu verlieren.«

Er kletterte zum Eingang hin und sie folgte. Wenige Minuten später atmete sie eisige Luft ein. Frische Luft hatte noch nie so gut geschmeckt.

»Oh Mann, du bist es wirklich«, sagte Jace. »Du hast ja keine Ahnung, wie froh ich bin, dich zu sehen.«

Gord Dekker stand am Eingang mit einer Hochleistungstaschenlampe in der rechten Hand. Technisch gesehen war er Jaces Konkurrent, da er für *The Daily Beat* arbeitete, nachdem er zu Beginn des Jahres *The Sentinel* verlassen hatte.

Kat eilte zu Gord und umarmte ihn. »Du hast meine Mail bekommen! Ich hätte nie gedacht, dass sie durchgeht.« Sie hatte keine Zeit gehabt, den Laptop vollständig herunterzufahren, als sie aus der Blockhütte stürzte. Ihr E-Mail-Programm hatte die Nachricht erneut gesendet. Die miese Internetverbindung hatte es letztendlich geschafft, die Mail an Gord abzuschicken.

Gord zog sich zurück und legte seinen Arm um ihre Schulter. »Ich konnte nicht verstehen, warum du mir eine Topstory zukommen lässt anstelle von deinem Freund hier. Ich wusste, dass du in Schwierigkeiten sein musst.«

Jace machte einen schockierten Eindruck. »Du hast Gord die Story gegeben?«

»Ich brauchte einen Backup-Plan mit jemandem, dem wir vertrauen konnten. Ich wusste, dass Gord die Fakten überprüfen und die Story bringen würde, wenn uns etwas zugestoßen wäre.« Sie löste sich aus seiner Umarmung. »Aber ich dachte nicht, dass du es mitten in der Nacht tun würdest.«

»Du hast Glück, dass ich unter Schlaflosigkeit leide.« Gord drehte sich zu Jace um. »Fertig zum Aufbruch?«

»Nicht ganz«, sagte Jace und deutete über den Parkplatz. »Wir müssen unsere Taschen aus diesem Schuppen holen.«

Kat schleppte sich hinter den beiden Männern her, während sie über den Parkplatz gingen. Ihr Unbehagen wuchs, denn der Morgen graute und sie konnte es kaum erwarten, im Hubschrauber wegzufliegen. Der Rückweg zum Schuppen schien eine Ewigkeit zu dauern. Sie hoffte, dass der Hubschrauber keine unerwünschte Aufmerksamkeit auf sich ziehen würde.

Jace kletterte durchs Fenster, überreichte ihr die Taschen und stieg wieder hinaus. »Woher hast du denn den Hubschrauber?«

»News-Heli.« Gord grinste. »Sie haben ihn mir ausgeliehen. Mit dem Piloten, natürlich, und ein paar Betankungsstopps. Apropos, wir müssen uns beeilen. Kraftstoff ist teuer.«

Die Scheinwerfer des Hubschraubers leuchteten wie ein Leuchtturm am Ende des Parkplatzes.

»Ich dachte schon, wir wären verloren.«, sagte Jace. »Wir sind länger geblieben als vorgesehen.«

»Timing ist alles.« Gord deutete auf Kats Tasche und hängte sie über seine Schulter. »Dein Artikel ist in der Morgenausgabe. Ich stehe als Verfasser darunter und ihr werdet als anonyme Informationsquellen genannt. Wir werden eure Identität später veröffentlichen, sobald ihr in Sicherheit seid.« Er drehte sich zu Jace um. »Es war mir klar, dass du jetzt noch nicht an die Öffentlichkeit gegangen wärst.«

»Ich will das überhaupt nicht.« Kat antwortete an seiner Stelle. Sie würde viel lieber hinter den Kulissen bleiben.

»Das ist in Ordnung. Erst, wenn wir von hier weg sind.« Jace deutete auf den Hubschrauber. Die Rotorblätter liefen jetzt wieder auf Hochtouren. »Was mich daran erinnert, dass wir nicht viel Zeit haben.«

Kaum hatte er die Worte ausgesprochen, leuchteten Scheinwerfer in die Menge. Die Räder des Fahrzeugs drehten im Schnee durch, während es auf sie zu kam.

Ranger.

»Lauf!« Der Land Cruiser beschleunigte und fuhr direkt auf Kat zu.

Der SUV war weniger als zehn Meter entfernt. Er kam immer näher und drohte, ihr den Weg zum Hubschrauber abzuschneiden.

Sie flehte ihre Beine an, sie so schnell wie möglich zur geöffneten Hubschraubertür zu bringen. Jace war schon da, Gord knapp vor ihr. Sie kämpfte gegen den Wind der Rotoren.

»Los geht's!«, schrie Gord. Er drehte sich um und packte sie am Arm.

Rangers SUV taumelte etwa fünf Meter vor dem Flugzeug zum Stillstand. Er sprang aus dem Fahrzeug und winkte heftig. »Sie dürfen nicht weg – kommen Sie sofort zurück!«

Kat hatte kaum einen Fuß in den Hubschrauber gesetzt, hob er schon ab. Sie hatte Angst, als sie sah, dass die Tür noch offen stand, während sie nach oben taumelten. Sie krallte sich an den Rücksitz, um sich zu stabilisieren, während sie erst drei, dann sechs, dann fünfzehn Meter über den Parkplatz senkrecht nach oben stiegen, wo der Hubschrauber schließlich sein Gleichgewicht fand.

Gord zog die Tür zu, während der Hubschrauber aufstieg. Innerhalb von Sekunden waren sie dreißig, sechzig Meter über dem Parkplatz. Ranger und sein SUV verwandelten sich unter ihnen in winzige Spielzeugfiguren.

Das Morgengrauen erinnerte Kat an die prekären Wetterbedingungen, während der Pilot damit kämpfte, den Hubschrauber gerade zu halten. Ihrem Magen gefiel das gar nicht, als sie ihren Sicherheitsgurt befestigte.

Wenige Minuten später hatte der Pilot an Höhe gewonnen und den Hubschrauber ausbalanciert. Sie drehte sich zu Gord um, denn sie sorgte sich um Ed und die anderen lokalen Demonstranten.

Sie sprach, konnte aber durch den Lärm im Helikopter ihre Stimme nicht hören.

Gord reichte ihr einen Kopfhörer, den sie aufsetzte. Gord und Jace taten das Gleiche.

»Der Pilot hat gerade die Polizei angefunkt.« Gords Stimme knisterte durch die Ohren. »Sie werden Ranger und Burt wegen der Sprengstoffsabotage verhaften. Sie werden mit meinem Herausgeber in Verbindung treten, um deine Datei zu erhalten. Es könnte ein paar Stunden oder länger dauern, da sie Ermittlungshilfe von der Strafverfolgungsbehörde in der Nähe benötigen. Sie werden die Mine sofort schließen und dafür sorgen, dass niemand dorthin geht. Sobald die Ermittler aus den umliegenden Abteilungen eintreffen, wird die Aktion voll in Gang gesetzt.«

Hilfe von außen war eine gute Sache, da Batchelor es gewohnt war, seine eigenen Regeln in dem winzigen Paradise Peaks aufzustellen. Er hatte wahrscheinlich sogar lokale Beamte unter seiner Fuchtel. Schließlich hatten sie Ranger einfach beim Wort genommen, anstatt die Lawine zu untersuchen. Entweder waren sie korrupt oder inkompetent.

Das brachte sie auf eine Idee. »Sag ihnen, sie sollen sich mit einem Demonstranten namens Ed in Verbindung setzen. Die Einheimischen werden wissen, von wem ich rede. Seine Fotos von der Lawinenszene wird beweisen, dass es kein einfacher Unfall war.« Sie hatte keinen anderen Beweis als ihre Vermutung.

Gord nickte. »Deine Notizen über die Lawine und der Augenzeugenbericht zum Sprengstoff reichen aus, um Ranger und Burt auch daraufhin zu verhören. Allerdings wird es schwierig sein, das mit der Lawine zu beweisen.«

»Ich bezweifle, dass Batchelor kooperieren wird«, sagte Jace. »Kann man ihn daran hindern, sich in ein anderes Land abzusetzen? Er könnte dorthin ziehen, wo er sein Geld untergebracht hat.«

»Ich denke, er wird bleiben. Positiv oder negativ, er liebt das Rampenlicht. Sein Ego kommt ihm in die Quere«, sagte Kat. »Er ist zuversichtlich, dass Ranger die Angelegenheit für ihn ausbadet. Aber das wird er nicht tun.«

»Warum nicht?«, fragte Gord. »Wahrscheinlich wird er für seine Dienste gut bezahlt.«

»Es geht nicht ums Geld«, sagte sie. »Ranger fühlte sich verraten, als Batchelor ihn mir gegenüber wegen seiner Aktionen in der Blockhütte nicht verteidigte. Ich glaube nicht, dass es das erste Mal ist. Diese auswärtigen Demonstranten? Dennis hat sie angeheuert, um Unfrieden zu stiften. Und um den einheimischen Demonstranten die Schau zu stehlen. Es waren bezahlte Demonstranten, die er unter Kontrolle hatte.

»Zuerst dachte ich, er hätte sie sich nur ausgedacht, ein weiterer Trick von Batchelor, die Einheimischen zu erschrecken. Ranger behauptete, nichts über sie zu wissen. Er schien ziemlich wütend auf sie zu sein.

»Als Dennis Batchelors rechte Hand, hätte er es wissen müssen. Dann habe ich gemerkt, dass Dennis Geheimnisse vor Ranger hatte. Ranger hat das wohl auch entdeckt. Ein Kerl wie er sieht das als Verrat an. Warum soll er sein Leben für Dennis aufs Spiel setzen, wenn er ihm nicht reinen Wein einschenkt? Er fühlte sich benutzt und in diesem Augenblick stellt er wahrscheinlich die Loyalität seines Chefs infrage. Schließlich ist er derjenige, der verhaftet wird, nicht Dennis. Ich habe das Gefühl, dass er Batchelors Spielchen aufdecken wird.«

Jace nickte. »Er wird nicht die Schuld für Mord auf sich nehmen. Keine Arbeit ist so viel wert.«

Kat konnte dem nur zustimmen. Sie schaute aus dem Hubschrauberfenster und bewunderte den Sonnenaufgang hinter den Bergen. Sie war erleichtert, das Tal - und die Schwierigkeiten - hinter sich zu lassen.

Das war ein wahnsinniges Wochenende gewesen und es war nicht einmal vorbei. Wie ironisch, dass ihr Wochenendausflug zu einer Flucht geworden ist.

KAPITEL 23

Der Sonntagmorgen schlich sich als mattgrauer Dezembertag in Vancouver herein. Nichts Dramatisches, selbst die Berge versteckten sich unter dem Schleier von Wolken und Nieselregen. Manchmal war ein solch langweiliger Tag tröstlich. Heute fühlte sie sich geradezu fabelhaft. Kat beobachtete den Regen, wie er das Fenster herunterrieselte.

Kat, Jace und Gord saßen in Gords Innenstadtbüro im *The Daily Beat*. Sie waren direkt zu seinem Büro im 29. Stockwerk mit Blick auf den Hafen von Vancouver aufgebrochen, wo der Heli ein paar Stunden zuvor gelandet war. Sie hatte fast 24 Stunden nicht geschlafen, aber die Augen schließen war das letzte, an das sie jetzt dachte.

Der *Daily Beat* war mit der Story von Batchelors zwielichtigen Geschäften innerhalb von einer Stunde nach der Verhaftung von Burt, Ranger und Dennis in Druck gegangen.

Sie beugte sich vor, um einen genaueren Blick auf Gords Monitor zu werfen. Die Schlagzeile der Titelseite fiel ihr ins Auge:

Dennis Batchelor – Betrug eines Milliardärs und Umweltschützers aufgedeckt

»Das hätte ich selber nicht besser sagen können.« Sie war im Begriff wegzuschauen, als sie die Nebenzeile sah. Sie schnappte nach

Luft beim Anblick ihres Namens. »Aber warum mein Name? Ich dachte, wir wären anonyme Informationsquellen.«

»Das wäre ungerecht gewesen. Schließlich ist es deine Story. Du hast die Korruption entdeckt, also kann ich unmöglich die Anerkennung dafür annehmen. Ich habe nur ein paar Kleinigkeiten bearbeitet.«

Kat zog eine Grimasse. »Jetzt bin ich der Öffentlichkeit ausgesetzt.«

»Jeder konzentriert sich auf die Täter, nicht auf dich.« Gord lächelte. »Aber mein Chef will mit dir reden. Er will dir anbieten, Gastkolumnistin zu werden.«

Jace stöhnte.

»Ich werde darüber nachdenken.« Sie mochte es nicht, im Mittelpunkt zu stehen, und obwohl das Jobangebot faszinierend klang, hatte sie für ein Jahr genug Aufregung gehabt. Zwischen der Tatsache, dass sie fast in die Luft gejagt worden wäre und ihrem unerwarteten investigativen Journalismus, hatte sie ihren täglichen Job als Wirtschafts- und Betrugsermittlerin neu schätzen gelernt.

Und viele Fälle, die sie beschäftigen werden.

Nach Weihnachten, natürlich.

Gord scrollte auf der Seite nach unten zu einer zweiten Story. Diese war ein Exposee über Regierungs-Lobbyismus und Korruption, mit genug pikanten Details, um eine Untersuchung und Ermittlung zu Batchelors Geschäften mit der Mine auszulösen. Obwohl die Geschichte vor nur wenigen Stunden erschienen war, sprach bereits jeder darüber. Es bestätigte nur den Korruptionsverdacht der Öffentlichkeit. Nun gab es konkrete Beweise.

»Ein tiefer Einblick in George MacAlisters Kampagnenfinanzierung«, sagte Gord. MacAlister war bereits von seinem Amt enthoben worden, da die Regierung zu Schadensbegrenzung überging. Gegen ihn und Dennis Batchelor wurde Strafanzeige wegen Korruption erstattet.

»Wann hast du denn Zeit gefunden, um einen zweiten Artikel zu schreiben?«, fragte Kat.

»Während des Hubschrauberflugs. Du hattest die meisten Details.

Ich habe nur noch die Beiträge zur letzten Wahlkampagne hinzugefügt.«

»Dennis hat fast seine gesamte Kampagne finanziert, nur so konnten sie beide von den verborgenen Grundstücksgeschäften profitieren.« Jace schüttelte den Kopf.

Gord nickte. »MacAllisters geheime Eigentumsanteile an der Mine wurden auch aufgedeckt. Das Amt zu verlassen ist seine geringste Sorge. Abgesehen von dem offensichtlichen Interessenkonflikt, wird Strafanzeige wegen der Umweltkatastrophe gestellt.«

»Aber das Wasser war doch gar nicht verseucht.«, sagte Jace.

»Er hat die Leute von Prospector's Creek wissentlich getäuscht. Der Kronanwalt erwägt gerade die spezifischen Anklagepunkte. Was auch immer das Ergebnis sein mag, es wird hohe Strafen für die Fälschung von Umweltverträglichkeitsprüfungen geben. Gord legte die Hände hinter den Kopf und lächelte. »Seine Gier hat nicht nur die Öffentlichkeit, sondern auch die Umwelt gefährdet.«

»Da wir gerade von der Umwelt reden, was haltet ihr von Dennis' Friedensangebot?« Kat war von Batchelors schneller Reaktion auf die schlechte Presse überrascht. In einem verzweifelten Versuch, die öffentliche Gunst wieder zu erlangen, hat er seine Absicht angekündigt, eine sanierte Regal Goldmine für den Einsatz als öffentlichen Park zu spenden. Er hat bereits den Namen gewählt. Great Bear Park gefiel Kat nicht, aber die breite Öffentlichkeit schien es zu mögen. Batchelors Vermarkter sind zumindest auf Gold gestoßen.

»Es ist nur ein dünn verschleierter Versuch, seinen Weg aus der Misere zu erkaufen«, sagte Gord. »Ich bin nicht einmal sicher, dass es ein Versprechen ist, das er halten kann. Lotus Investments, die bisherigen Eigentümer, wollen ihn verklagen, um die Mine zurückzubekommen. Sie wollen die abgewickelte Verkaufstransaktion rückgängig machen, da sie auf betrügerische Informationen beruhte.«

Kat wurde plötzlich von Erschöpfung überwältigt. Hatte sie wirklich nur einen einzigen Tag in Dennis Batchelors Welt verbracht? Der heutige Tag versprach mehr davon und es war erst am Morgen. »Ein ganzer Tag Arbeit und der Tag hat gerade erst begonnen.«

»Du hast leicht reden.«, seufzte Jace. »Ich habe noch einen ganzen Tag vor mir. Ich muss noch Batchelors Entwurf beenden.«

Gord konnte es nicht glauben. »Du schreibst doch nicht etwa immer noch an seiner Biografie?«

»Natürlich. Mein rechtlich verbindlicher Vertrag besagt, dass ich nach Abschluss hunderttausend Dollar erhalte. Ich beabsichtige, einzukassieren, was er mir schuldet.«

»Er wird dich nie bezahlen«, sagte Gord. »Gerade jetzt, wo er bloßgestellt worden ist.«

»Er hat mich zu bezahlen, wenn ich meinen Teil der Abmachung einhalte. Eine Ghostwriter-Biografie, gemäß dem Vertrag«, sagte Jace. »Nach allem, was passiert ist, wird sie vielleicht nie veröffentlicht werden, aber das passt mir ganz gut in den Kram. Ist mir egal, was er damit tut, solange er mich bezahlt. Und das sollte er auch lieber tun, wenn er nicht noch eine Klage am Hals haben will.«

Jace war überraschend locker, dachte Kat. »Und du dachtest schon du würdest niemals ein Buch schreiben.«

»Warte nur, bist du mein Nächstes siehst.«, sagte er. »Eine nicht autorisierte Biografie über Batchelors schmutzige Geschäfte und Korruption. Ein wenig pikanter als die Ghostwriter-Version.«

»Ein garantierter Bestseller«, sagte Gord. »Die Leute wollen seine Geheimnisse erfahren.«

Batchelor hatte sicher eine Menge davon.

»Ich hoffe, dass Dennis in den Knast kommt.«, sagte Kat. »Er ist indirekt für den Tod der Kimmels verantwortlich.«

Die Ermittler hatten Batchelors geheime Pläne für die neue Hotelanlage gefunden, als sie eine Stunde zuvor seine Lodge durchsuchten. Wenn er endlich das Gelände hätte, das er brauchte, würde er behaupten, die Mine sei saniert worden und als Held dastehen. Der neue Umweltbericht würde das Minengelände und den Prospector's Creek als vollständig von der Umweltkatastrophe erholt zeigen, die aber eigentlich nie passiert war.

Wie tragisch, dass die Kimmels ihren hart erkämpften Sieg niemals zu sehen bekommen. Sie hatten im Endeffekt gewonnen, aber bis dahin alles verloren.

Batchelors neue Straße würde nicht gebaut und die bestehende Autobahn auch nicht umgeleitet werden. Es würde alles so bleiben, wie es ist, und Paradise Peaks bliebe weiterhin abseits von allem und schwierig zu erreichen. Die einzige Veränderung war, dass das Dorf eine bessere Zufahrtsstraße bekam, allerdings nur unter der Voraussetzung, dass die unberührte Wildnis erhalten bliebe.

Die Uhr würde um fünf Jahre zurückgedreht und alles wäre wieder so, bevor Batchelor seine Pläne in Angriff genommen hatte. Manchmal war der beste Fortschritt gar keiner.

Ed Levine hatte recht, den Umweltschutz ein Stadtwort zu nennen. Worte waren nichts wert, wenn keine Substanz dahinter war.

Wenn du diesen Weg gehst, dann brauchst du dafür keine Bezeichnung, um das Richtige zu tun. Du würdest keine Aufmerksamkeit darauf lenken. Sobald es etwas war, über das man bloggen, dass man kaufen oder abonnieren konnte, ging die Wahrheit dabei verloren.

Kat starrte auf die regnerische Aussicht. Auch mit dem Schnee in Paradise Peaks, hatte sie bis jetzt keine Weihnachtsstimmung gespürt. Sie drehte sich zu Jace um. »Weißt du, eigentlich habe ich das mir versprochene Wochenende nicht bekommen. Nachdem ich das ganze Wochenende gearbeitet habe, muss ich entspannen.«

»Irgendwohin wo es schön und ruhig ist?« Gords Gesicht verriet keine Regung. »Ich könnte dich auf eine Mission nach Luxemburg senden. Ich habe gehört, dass es da einige Geldtransfers gibt, die sie untersuchen müssen.«

»Nein, lieber nicht.« Kat lachte. »Zuhause ist immer noch am Schönsten.«

Schnee bestäubte die Spitzen der North Shore Mountains weit hinter dem Hafen und plötzlich fühlte es sich wie Weihnachten an. Nicht, dass sie Schnee benötigte, um in Weihnachtsstimmung zu kommen. Sie brauchte keine Stadtwörter oder desgleichen.

Wie Ed Lavine musste auch sie dem Phänomen keinen Namen oder ein Markenzeichen geben. Sie würde es einfach nur genießen.

~

HAT IHNEN *GREENWASH* GEFALLEN?

Dann melden Sie sich an, bei Neuerscheinungen von Colleen benachrichtigt zu werden, und zwar unter

http://eepurl.com/c0jsL1

Oder besuchen Sie ihre Website unter: www.colleencross.com

ANMERKUNG DES AUTORS

Greenwash liegt im schönen Südosten von British Columbia, Kanada, nur westlich der Rocky Mountains. Paradise Peaks und Sinclair Junction befinden sich in den Selkirk Mountains. Das Land ist atemberaubend schön, aber auch unversöhnlich, wenn Mutter Natur ihre Macht ausübt.

Lawinen, Steinschlag und sogar wirtschaftliche Katastrophen können jederzeit geschehen. Das Gebiet hat viele ›Boom-and-Bust‹-Zyklen erlebt, was durch die zahlreichen Geisterstädte in der Landschaft belegt wird. Viele weiteren sind völlig von der Bildfläche verschwunden, aber der Grenzgeist der ehemaligen Einheimischen lebt in den heutigen Bewohnern weiter.

Während Paradise Peaks und Sinclair Junction erfundene Städte sind, gehören sie zu einem Verbund aus Dörfern und kleinen Städten, die sich mehr recht als schlecht durchkämpfen und von den Rohstoffindustrien oder dem Wildnistourismus abhängig sind. Wie Sie sich vorstellen können, sind die beiden nicht immer auf der gleichen Wellenlänge. Dies führt zu einer unbequemen Koexistenz und manchmal zu Auseinandersetzungen und Kontroversen.

Menschen, die diese Orte bewohnen sind etwas Besonderes. Zäh und widerstandsfähig, mit dem Bewusstsein, dass sich die Dinge von einem Augenblick auf den anderen ändern können. Sei es der Auf- und Niedergang des Goldrausches, eine umgeleitete Bahnlinie, die zum wirtschaftlichen Ruin führt oder ein Erdrutsch, der eine Stadt in Sekunden auslöscht, sie haben Katastrophen erlebt und wissen, dass nichts von Ewigkeit ist. Sie überleben durch Verstand, Notfallpläne und den großen Respekt vor der Wildnis.

Sei es die historischen Einwohner aus dem 19. Jahrhundert oder die derzeitigen Bewohner, diese Menschen begeistern mich.

Wie Joni Mitchell im Lied *Big Yellow Taxi* singt, werden wir erst wissen, was wir haben, bzw. hatten, wenn es weg ist. Man kann keine Paradiese bepflastern, aber wir können den Fortschritt nicht vollständig aufhalten. Ein Gleichgewicht schaffen, erfordert, jedem zuzuhören, nicht nur dem Lautesten oder Mächtigsten.

Ich habe an die leiseren Stimmen gedacht, als ich dieses Buch geschrieben habe. Ihre Worte können gedämpft, aber nie zum Schweigen gebracht werden. Sie respektieren das empfindliche Gleichgewicht der Natur und verdienen ihren Lebensunterhalt, ohne das Gleichgewicht zu stören.

Hören wir auf sie.

Hat Ihnen *Greenwash* gefallen? Lesen Sie das nächste Buch in der Reihe, *Der Kult des Todes*.

Erfahren Sie mehr über mich und meine Bücher auf meiner Website: www.colleencross.com und melden Sie sich an, um bei Neuerscheinungen benachrichtigt zu werden: http://eepurl.com/c0jsL1

Sie erhalten nur eine E-Mail bei einer Neuerscheinung.

Vielen Dank, dass Sie mein Buch gelesen haben. Ich hoffe, dass Sie beim Lesen genauso viel Spaß hatten, wie ich beim Schreiben!

AUSSERDEM VON COLLEEN CROSS

Verhexte Westwick-Krimis
Verhext und zugebaut
Verhext und ausgespielt
Verhext und abgedreht
Die Weihnachtswunschliste der Hexen
Hexenstunde mit Todesfolge

Wirtschafts-Thriller mit Katerina Carter
Exit Strategie: Ein Wirtschafts-Thriller
Spelltheorie
Der Kult des Todes
Greenwash
Auf frischer Tat
Blaues Wunder

Zu Neuigkeiten über Colleens Bücher, besuchen Sie ihre Website: http://www.colleencross.com

Einfach für den Neuerscheinungen Newsletter anmelden, um immer direkt über die Neuerscheinungen informiert zu werden!

CPSIA information can be obtained
at www.ICGtesting.com
Printed in the USA
BVHW040841250722
642936BV00016B/205/J